kremayr
scheriau

Thomas Mulitzer

TAU

Roman

Alle Figuren und Handlungen in diesem Roman sind frei erfunden. Ähnlichkeiten mit realen Personen und Ereignissen sind nicht beabsichtigt und rein zufällig.

FSC
www.fsc.org
MIX
Papier aus verantwortungsvollen Quellen
FSC® C012536

www.kremayr-scheriau.at

ISBN 978-3-218-01080-1

Schutzumschlaggestaltung: Christine Fischer
Unter Verwendung einer Grafik von: Shutterstock/Nithid
Lektorat: Paul Maercker
Satz und typografische Gestaltung: Ekke Wolf, www.typic.at
Druck und Bindung: Christian Theiss GmbH, St. Stefan i. Lavanttal

Gedruckt mit freundlicher Unterstützung durch das Land Salzburg.

LAND SALZBURG

In das erste Buch, da schreibt man alles hinein.
Thomas Bernhard

ERSTER TAG

Das Schreiben besteht ja nicht nur aus dem Hirnwichsen und den Bewegungen der Hand, aus dem ewigen Grübeln, dem Zermartern und Zweifeln, es besteht wirklich nicht nur aus der stolzen Einsamkeit und dem Flüchten in eine Fantasiewelt. Das Schreiben ist nicht nur das: die Unlust, zum Bruttosozialprodukt dieses Landes etwas anderes beizutragen als einen in die Luft gereckten Mittelfinger. Auch besteht es nicht aus dem Nachforschen und Häuten, dem Hinrotzen von Gespinsten und dem maßlosen Verstümmeln unverfälschter Unschuld, wie wenn man einem Neugeborenen noch im Kindbett beide Arme abhackt. Jede Seite dampft vor Schweiß, jeder Satz ist fleischgewordenes Talent, und die Spur des Rotstifts gleicht den Spritzern frischen Babybluts. Aus der Gier nach Ruhm allein kann das Schreiben auch nicht bestehen, nicht aus dem, dass ich sage »Ich bin Schriftsteller!« und wochenlang vor weißen Blättern hocke. Das Schreiben ist ja nicht nur eine Kur für den Geist, für das Begreifen und Sinnieren. Das Schreiben muss auch mit außergeistigen Tatsachen rechnen und mit lästigen Möglichkeiten wie der Realität. Mein Vorhaben, das

Überschneiden des Lebensweges meiner Großeltern mit jenem eines lungenkranken Literaten zu erfassen, zwingt mich dazu, mich mit solchen Tatsachen und Möglichkeiten auseinanderzusetzen. Meine elfenbeinerne Umgebung zu verlassen und aufs Forschungsfeld zu wandern. Schichten freizulegen und die Funde sauber zu vermessen. Wie wenn man ein Dinosaurierskelett ausgräbt. Und mit Schichten meine ich den Schutt der Zeit, der sich über alles legt wie im Herbst Blätter auf das Gras und dann im Winter Schnee und Eis. Und es kann ja sein, dass das Außergeistige, also das, was außerhalb unseres Wahns liegt, außerhalb des fiktionalen Rahmens tuberkulöser Aufzeichnungen, dass diese jahrzehntelange Vermutung jahrzehntelange Wahrheit ist. Es kann ja durchaus sein, dass das Schreiben im Leben stattfindet und nicht umgekehrt.

ZWEITER TAG

Ich wollte mit dem Auto fahren. Aber Professor Lavie meinte, da könne der Archäologe die Kelle ja gleich ins Parkett seines Wohnzimmers rammen. Also bin ich zum Bahnhof gegangen und hab den Elfuhrzehnzug genommen, gezwungenermaßen. Die Kopfhörer waren schon eingestöpselt, da besann ich mich auf den Zweck dieses Unterfangens, nahm sie ab und schaute mich um. Die Menschen im Großraumabteil schienen normal auszusehen. Studenten, die übers Wochenende nach Hause fuhren, Familien, Pensionisten. Nichts Auffälliges. Aber noch waren wir in Stadtnähe, noch stiegen Leute aus und zu, und der Flachgau zog, wie es sich für ihn gehört, flach am Fenster vorüber. Also wartete ich ab, schlief sogar ein wenig. Die Stopps wurden seltener und die Aussicht zunehmend unwirtlich. Ich hatte das Buch dabei, und als ich es aus dem Rucksack nahm, kroch ein Frösteln über meinen Rücken. Der Himmel war weg, Felswände auf beiden Seiten. Jetzt überschreiten wir die Grenze, dachte ich, und so fühlte es sich auch an, wie der Eintritt in ein anderes Land, ohne Sonne oder Gastlichkeit. Die Gleise verliefen dicht am Gestein vorbei, ich hätte die verdreckten Grasbüschel darauf von meinem Fenster aus berühren können, auf der anderen Seite brodelte der Fluss. Rechts und links nichts als Kälte. Wie er es beschrieben hatte. Ich fühlte ein unbehagliches Grollen in mir aufsteigen und ein Gefühl der Verbundenheit mit einem Toten, der dieselbe Reise vor über fünfzig Jahren antrat. Mir war schlecht. Ich rang nach Atem. Dann stieß ich auf, und es ging besser. Nach zehn Minuten ließen wir das Gebirgsmassiv hinter uns, und die Sonne schien, als wäre nichts geschehen.

Mir schräg gegenüber saß ein Mann, der eine Wurstsemmel aß. Ich versuchte, eine Vulgarität in dieser scheinbar alltäglichen Handlung zu erkennen, ein Schlingen, Stopfen oder Würgen, irgendeinen primitiven Aspekt des In-die-Semmel-Beißens, ein wüstes Fressen oder Schmatzen, aber vergebens. Kein viehisches, nationalsozialistisches, katholisches Gebaren trat hervor. Er war ein Mann, und er aß eine Wurstsemmel. Nichts weiter.

Am Bahnhof fühlte ich mich seltsam heimisch. Die Trafik, in der ich nie Zigaretten gekauft, das Bahnhofsrestaurant, in dem ich nie gegessen, die Menschen, die ich nie gekannt hatte. In Gedanken war ich kurz weit fort, in irgendeiner durchkreuzten, abgehakten Großstadt. Dann wieder zurück. Gestrandet am Kap des Heiligen Vinzenz kletterte ich die Böschung hoch. Das Ende der Welt ist gleichzeitig ihr Anfang. Mein Großvater konnte mich nicht abholen, weil mein Onkel ihm das Autofahren verboten hatte, was er ganz und gar nicht verstehen konnte, war er doch sein Leben lang – bis auf zwei, drei rauschbedingte

Abstürze in Gebirgsbäche – völlig unfallfrei gefahren. Also nahm ich den Bus. Im Innergebirg verkehren die öffentlichen Verkehrsmittel in ausgedehnteren Intervallen als anderswo, nicht weil die Uhren hier langsamer laufen würden, sondern weil es nichts gibt, wohin man fahren könnte. Die Leute fahren mit dem Auto zur Arbeit und mit dem Auto nach Hause, sie fahren mit dem Auto zum Wirten und mit dem Auto nach Hause. Und die Kinder werden in der Früh in einen Bus gezwängt und in die größeren Nachbarorte verfrachtet, wo man versucht, Wissen in ihre Köpfe zu stopfen. Zu Mittag oder am Abend, je nachdem, wann die Köpfe gefüllt sind, werden sie zurückgekarrt, die Finger voller Filzstiftstriche und die Achseln sauer dünstend. Dazwischen kräht ab und zu ein Hahn, und die Alten zetern auf der Hausbank.

Die Wartezeit von fünfundvierzig Minuten verbrachte ich im Café auf der anderen Straßenseite. Vom Fenster aus konnte ich die braune Suppe von einem Fluss sehen, die jeden Abfall mit sich reißt und an die Ufer ferner Städte spült. Treibholz, Plastikflaschen, Ratten. Ich trank ein kleines Bier. Auch am Tresen tranken sie Bier, obwohl erst früher Nachmittag war. Der vertraute Klang des Dialekts machte mir die Männer augenblicklich sympathisch. Ich hörte ihnen zu, aber ich gehörte nicht dazu. Ich vertiefte mich ins Buch. Von einer Blutspur las ich und von Staub am Ärmel, von Brotbrocken und Schnee. Im Café war es schwül wie in einem Schweinebauch. Die Kellnerin hielt den Organismus am Leben, indem sie Bier zu allen Zellen pumpte. Die Männer lachten, wie man nur lachen kann, wenn man untertags schon angetrunken ist und die nächsten Tage ohne Verpflichtungen weitertrinken kann. Ich war ein Eindringling in diesem Mikrokosmos, nur ein Virus auf der Durchreise. Im WC hatte jemand ins Pissoir gekotzt. Ich zahlte und ging. Schwemmgut, das flussaufwärts treibt, ist ein schlechtes Omen.

Der Bus überquerte die Ache. Schon von Weitem sah ich das Krankenhaus, wo sie im Winter den verunglückten Skifahrern reihenweise die Füße absägen und die Ordensschwestern dem Leitspruch ihres Schutzpatrons folgend Liebe in die Tat umsetzen. Die Liebe der Ordensschwestern bekamen über Jahre hinweg auch die Schülerinnen der angeschlossenen Haushaltungsschule zu spüren, die im Internat jeden Abend das Nachthemd hochheben mussten, um zu beweisen, dass sie keine Unterwäsche trugen. Dabei wurden ihre Vaginen penibel auf Pilz- und andere Infektionen untersucht. Auch das Schlafen auf dem Bauch war strengstens verboten, da durch Reibung an der Matratze sexuelle Erregung ausgelöst werden konnte. Als ich Jahre zuvor in diesem Krankenhaus meinen Zivildienst geleistet hatte, trugen wir aus Protest keine Unterhosen, um in Kombination mit der weißen Dienstkleidung einen bleibenden Eindruck bei den liebestollen Nonnen zu hinterlassen. Die alte Lungenheilanstalt thronte noch immer am Fuße des Berges. Im Gegensatz zu früher siechten die Kranken nicht mehr in einer halbverfallenen Liegehalle, sondern vegetierten in modern gestalteten Räumlichkeiten dahin, die mit allen Annehmlichkeiten ausgestattet waren, die sich die Todgeweihten des 21. Jahrhunderts nur wünschen konnten. Kabelfernsehen bis zum allerletzten Augenblick. Verrecken am Puls der Zeit.

Dem Schatten des Heukarecks entkommen, tauchte der Bus in den nächsten, noch dunkleren Schatten ein. Der Tiefgraben führt vom Luftkurort nach Weng. Die Straße war gerade breit genug für den Bus und zog sich wie eine vernarbte Stichwunde durch die Landschaft. Weng kommt von wenig. Und viel darf man sich wahrlich nicht erwarten, wenn man die Reise ins Hinterland des Innergebirgs auf sich nimmt. Ich war mit wenig aufgewachsen und das Wenige hatte mir nie gereicht. Jetzt kam ich zurück, mit weniger in den Händen als bei meiner Abreise. Ich stieg aus dem Bus in die frische Alpenluft und hörte den Wasserfall plätschern. Weng, Heimat hasserfüllten Herzens.

Das Zimmer war klein, aber nicht ungemütlich. Vom Fenster aus konnte man den Dorfplatz sehen, die Kirche und die Berge. Es lag noch kein Schnee. Das Gasthaus war seit über dreißig Jahren geschlossen, in den Nullerjahren wurde es renoviert und ausgebaut, Wohnungen wurden an Ärzte und Krankenschwestern vermietet, die Schankanlage und die Musikautomaten verkauft. Ich wohnte im selben Stock wie mein Großvater, in der kleinsten Wohnung des Hauses, ein Zimmer, ein Vorraum mit Küchenzeile, daneben Bad und WC. Er hatte das Bett mit einem frischen Laken überzogen und Staub gesaugt, und das, obwohl er bald neunzig wurde. Den Fernseher, ein altes Röhrengerät, hatte er extra aus dem Keller nach oben getragen. Wir saßen in seinem Wohnzimmer und tranken Bier. Als ehemaliger Wirt ließ er keine Gelegenheit aus, Bier aufzutischen. Zuerst Bier, später Cognac.

»So schlecht kann das nicht sein. Schau mich an, ich lebe immer noch.«

Wenn ich meinen Großvater sah, freute ich mich. Es war dieselbe Freude, die mich als Kind beim Dreiradfahren durch den Tanzsaal hatte lachen lassen. Seitdem meine Großmutter gestorben war, lebte er allein. Er trug seit Jahren dieselben Hemden, war aber immer ordentlich gekleidet und eine stattliche Erscheinung. Bis auf seine Zeitung und zwei Mahlzeiten am Tag inklusive der passenden Getränke brauchte er nichts.

»Das zahlt sich alles nicht mehr aus. Ich müsste doch schon längst tot sein, eigentlich. So wie es die Zigeunerin vorausgesagt hat. Fünfundsiebzig wirst du, wenn's gut geht sechsundsiebzig, mit mehr darfst du nicht rechnen. Bin schon über zehn Jahre zu lange hier, warum auch immer.«

Das Gute an meinem Großvater war, dass er Dinge, die ihn nicht störten, hinnahm, ohne sich lange damit zu beschäftigen. Ich hatte ihn vor einer Woche angerufen und gefragt, ob die kleine Wohnung noch leer stehe. Ich sagte, ich brauche eine Auszeit vom Leben in der Stadt. Er fragte mich nicht weiter aus, sondern sagte nur, dass ich willkommen sei. Also fuhr ich los.

Nach dem Cognac lenkte ich das Gespräch ungeschickt auf den Autor. Wie das damals gewesen war, als er im Stüberl saß und als dann das Buch herauskam. Mein Großvater schaute mich verwundert an. Ich fragte mich, ob er mich verstanden, ob er mich überhaupt gehört hatte. Ich wartete auf eine Reaktion, eine Schimpftirade, Verwünschungen, einen gehässigen Monolog. Ich wartete lange – er schwieg.

Weng war mir düsterer in Erinnerung. Als Kinder diente uns das Gasthaus als riesiger Spielplatz, aber die Treppe in den Dachboden, die mit Gerümpel vollgestellten Zimmer und die Gasthaustoiletten jagten meinen Geschwistern und mir immer Angst ein. Meine Lieblingsbeschäftigung war es, mit dem Dreirad durch den leeren Tanzsaal und das Vorzimmer zu fahren. Als ich das erste Mal »Shining« sah, fühlte ich mich sofort in meine Kindheit zurückversetzt, ich hatte zwar keine toten Zwillingsschwestern gesehen, aber meine Cousinen waren schrecklich genug. Am unheimlichsten war der Keller. Da gab es den Kohlenraum, die Waschküche, unverputzte Gewölbe, kalte Mauern und einen Fitnessraum mit Bildern an den Wänden, die entblößte Männer mit gigantischen Muskeln zeigten. Wir durften uns überall frei bewegen, aber nur selten trauten wir uns, in unbekannte Regionen des Hauses vorzudringen. Während unsere Eltern im Stüberl Kaffee tranken, erfuhren wir zum ersten Mal in unserem Leben, was Freiheit bedeutet, mit all ihren Vor- und Nachteilen. Draußen gab es einen Zauberwald und von Herzen böse Kinder. Darum war Weng für mich nie die ländliche Idylle, mit der auf den bunten Ansichtskarten geworben wurde. Weng war das Gasthaus, Weng waren meine

Großeltern. Erinnerungen sind trügerisch. Im Lauf der Jahre verwischen die Bilder in unseren Köpfen und vermengen sich mit Gefühlen, Träumen und Befangenheiten. Schablonen schieben sich zwischen uns und die Vergangenheit, falls es so etwas wie eine Vergangenheit überhaupt gibt. Wer weiß denn schon, was wirklich passiert ist? Die Fotos sind vergilbt, und nichts ist je abgeschlossen. Ich ging nach draußen, es roch nach Herbst.

Mein Vorhaben war streng geheim, mehr oder weniger. Professor Lavie war sicher schon vor längerer Zeit der Einfall gekommen, mich nach Weng zu schicken. Ob die Ergebnisse zufriedenstellend sein würden beziehungsweise ob es überhaupt Ergebnisse geben würde, konnte ich ihm nicht versprechen. Fakt war, dass ich tatsächlich eine Auszeit brauchte. Und das würde ich auch sagen, wenn man mich fragte, warum ich in Weng war, dass ich Urlaub auf dem Land mache und meinem Großvater unter die Arme greife. Professor Lavie hatte mir aufgetragen, nicht aufzufallen. Er verlangte von mir detaillierte Aufzeichnungen über meinen Aufenthalt. Eine präzise Beschreibung der Begegnungen und Gespräche, der Erzählungen meines Großvaters, meiner Gedanken. Einen Bericht über alles, was ich in Erfahrung bringen konnte. Die Vergangenheit, die Gegenwart, die Zukunft. »Schreiben Sie alles auf, es kann alles von Bedeutung sein.«

Ich musste die Sache langsam angehen. Einerseits wollte ich meinen Großvater nicht unnötig mit Fragen nach Ereignissen belasten, die vor einem halben Jahrhundert passiert waren, andererseits war es auch nach allgemeinen Gesichtspunkten ratsam, in dieser Sache keinen Staub aufzuwirbeln. Die Bewohner von Weng waren überaus empfindlich, wenn es um die Geschichte und Geschichten ihres Dorfes ging, und neigten zu Argwohn gegenüber Fremden. Und das war ich wohl, ein Fremder, obwohl ich in der Nähe aufgewachsen und als Kind immer wieder zu Besuch gewesen war. Wer in die Stadt zieht, wird ein Fremder, ist wahrscheinlich immer schon einer gewesen. Und die bösen Kinder waren jetzt erwachsen.

Professor Lavie war nie in Weng gewesen, aber er hatte darüber gelesen und ich hatte ihm in ausführlichen Sitzungen davon erzählt. Dass der Autor Gast im Wirtshaus war, dass er mit einem Mofa kam und meine Großmutter glaubte, er sei ein Vorarbeiter oder Polier der Firma, die im Tiefgraben eine Baustelle betrieb. Dass er immer im Stüberl saß und nie im Saal. Dass das Buch ein Schock für die Leute war, oder genauer gesagt nicht nur das Buch selbst, sondern auch die Reaktionen darauf. Schaulustige reisten an, um zu erkunden, wo die Protagonisten gewohnt hatten, um die Wirtin zu sehen, die sie in meiner Großmutter gefunden zu haben glaubten. Es gab noch andere Wirtshäuser im Ort, aber die waren schwieriger zu finden oder mussten in der Zwischenzeit schließen. Da gab es die Studentengruppe, einer lenkte unten ab, die anderen gingen rauf und stöberten in den Zimmern. Da gab es den Pfarrer aus dem Nachbarort, der mit dem Bischof beim fünften Bier saß, mit dem Finger auf meine Großmutter zeigte und sagte: »Das ist die Wirtin aus dem Buch.« Der genaue Wortlaut ihrer Antwort ist nicht überliefert, aber es ging in Richtung: »Wer Kinder fickt, sollte nicht mit Steinen werfen.«

Um sechs Uhr verließ ich das Haus. Ich ging in den Wald und kletterte wie ein Kind zwischen Baumstümpfen herum. Zuerst folgte ich dem Rundweg, dann bog ich ins Dickicht ab und nahm die Fährte von etwas auf, das ich nicht einordnen konnte. Ich stieg einen Abhang hinauf und stapfte durch knöcheltiefes Laub. Der Wald wurde lichter, dutzende Bäume waren gefällt worden, der Zauberwald meiner Kindheit war zu einer traurigen Ansammlung kranker Lärchen geschrumpft. Kurz vor der Anhöhe rutschte ich aus und konnte mich gerade noch an einem Grasbüschel festhalten. Mit beschmutzten Händen kehrte ich um. Der Abend kommt schnell in dieser Jahreszeit. Der Berg deckt Weng mit seinem Schatten zu, würde es schier mit seiner Finsternis ersticken, wären da nicht die Laternen, die mit ihrem blassen Neonlicht den Weg ins Dorf erhellen. Aus dem Buswartehäuschen sah ich die Glut von Zigaretten leuchten, parkende Roller und Fahrräder standen auf der Straße und am Gehsteig. Gelächter und das Klimpern von Flaschen. Ein provisorischer Bretterverschlag war der Treffpunkt der Jungen, dort kamen sie am Samstagabend zusammen, etwas anderes gab es nicht. Im Wirtshaus tranken ihre Eltern und Großeltern, und dort würden sie selbst irgendwann trinken, aber jetzt saßen sie noch in Anoraks in diesem dünnwandigen Häuschen mit ihren Bierflaschen und Zigaretten und jugendlichen Liebeleien. Beim Vorbeigehen schaute ich weg. Als mein Blick auf den Wegrand fiel, dachte ich an mein erstes Mal.

DRITTER TAG

Ein guter Tag beginnt mit einem guten Frühstück. Ich frühstücke nie.

Dass er am Sonntag die Heilige Messe besuchte, war bei meinem Großvater wie bei den meisten Menschen nicht Resultat einer tiefen Überzeugung, sondern vielmehr eine Angewohnheit, die er nicht mehr ablegen konnte. Je älter man wird, desto stärker nimmt einen der Glaube, mit anderen Worten: die Angst vor dem Tod, in Beschlag. Ich musste mit, da gab es keine Widerrede. Die Bänke waren hart, und ich konnte meine Beine nur umständlich zwischen dem Rest meines Körpers und der vorderen Sitzreihe verstauen. Ergonomische Sitzmöbel sind ein Fremdwort in der katholischen Kirche, denn ihrer Auffassung zufolge ist der Mensch zum Leiden geboren. Das wird nicht nur in den Kreuzigungsszenen an den Wänden deutlich, sondern zeigt sich auch an der fehlenden Heizung beziehungsweise, falls vorhanden, der Weigerung, diese einzuschalten. Die Kirche braucht keine weltlichen Annehmlichkeiten, denn sie hat Gott. In Ihm werden die Herumirrenden Obdach finden, die Traurigen Trost und die Fröstelnden werden gewärmt werden. Ich bezweifelte, dass all die lebendig verbrannten Heiden und Hexen sich nach Wärme gesehnt hatten. In der Kirche allerdings fanden sie wahre Herzenswärme. Bevor ich am Scheiterhaufen brannte, fror ich lieber.

Der Pfarrer war ein bärtiger Bergfex. Er trug die Kleidung eines Geistlichen, aber darunter war er Alpinist, Schweinehirt und Kuhtreiber durch und durch. Als emeritierter Biologieprofessor nutzte er den Rahmen der sonntäglichen Zusammenkunft grundsätzlich dazu, den Kirchgängern einen Vortrag über die Flora und Fauna des Innergebirgs zu halten. Er referierte über Fakten aus dem Tierreich und schaffte es am Ende manchmal nur mit Mühe, seine Darlegungen wie ein Gleichnis aussehen zu lassen und einen Bezug zum Glauben herzustellen. Hinter seinen Hallelujas und Hosannas verbargen sich Lockrufe: »Kuadei, kuadei!«, »Meck, meck, meck!«, »Puli, puli, puli!« Und das vielstimmige Amen der versammelten Gemeinschaft hallte als Muhen, Blöken und Gackern in meinen Ohren wider.

Sie nannten ihn den Schweindlpfarrer. Der Grund dafür war nicht der naheliegende, der Spitzname rührte vielmehr daher, dass er auf seinem Bergbauernhof eine alte Schweinerasse züchtete und diese somit vor dem Aussterben bewahrte. Die zähen Urzeitviecher sind um einiges widerstandsfähiger als ihre modernen Artgenossen, nur so können sie auf dem Hof des Pfarrers überleben. Neben den Schweinen züchtete er die Alpine Steinziege, die ohne seine Anstrengungen ebenfalls nicht mehr existieren würde, das Alttiroler Berghuhn sowie eine unbestimmte Anzahl seltener Vögel und Insekten. Unterstützt wurde er dabei von der Pfarrersköchin, seiner Kameradin im Geiste und – wie manche behaupteten – im Bett.

An diesem Sonntag sprach er über den Trauerschnäpper. Dieser Singvogel brütet in Höhlen oder künstlichen Nistkästen, die in Parks oder Obstgärten für ihn angelegt werden. In manchen Gebieten ist das Angebot an natürlichen Nistmöglichkeiten so gering, dass er ganz auf die Fürsorge von Ornithologen angewiesen ist. Ohne deren löbliche Arbeit würde der Trauerschnäpper womöglich aus unseren Breiten verschwinden. Bauet Gott ein Nest, und Er setzt sich bereitwillig hinein. Seinen Gesang wiederholt er bis zu siebentausend Mal am Tag: »Bit bit bit bit wütsi wütsi tsi tsi tsi, bit bit bit bit wütsi wütsi tsi tsi tsi, bit bit bit bit wütsi wütsi tsi tsi tsi.« Der Schweindlpfarrer legte sich voll ins Zeug. Mein Großvater wurde zunehmend unruhig, früher hätte es so einen Singsang in der Kirche nicht gegeben. Auch ich konnte nicht still sitzen und rutschte von einer Position in die andere, um eine Stellung zu finden, in der mein Rücken nicht schmerzte. Mea culpa, zum Leiden geboren. Wohl kaum einer hätte sich am Sonntagmorgen aufgerafft und seinen müden Körper zu einem ornithologischen Vortrag geschleppt. Welch geschickte Taktik war es, neben seiner umfassenden Forschungs- und Lehrtätigkeit Priester zu werden, da geht einem das Publikum nie aus, denn in die Kirche kommen die Leute nicht, weil sie wollen, sondern aus Gründen, die sie längst vergessen haben oder sich gar nicht erst bewusst machen möchten.

Er sprach noch immer angeregt von Vögeln. Und genau in diesem Moment kamen – auch durch den Anblick der Jugendlichen am Abend zuvor – Bilder in mir hoch, die mich wie meine Kindheitserinnerungen für immer an Weng binden würden. Bilder einer glühenden Mainacht in den Nullerjahren, Bierzeltrausch und funkelnde Sterne, ein klassischer Exzess jugendlichen Leichtsinns. Julia war Marketenderin des Schützenvereins und schenkte aus einem kleinen Holzfass schwarz gebrannten Obstler aus. Wir hatten einen Trichter dabei und tranken Bier auf dem Feld hinter den Dixi-Klos. Sie war einen Kopf kleiner als ich und hatte die vollen Lippen von Frauen, die mit ihrem Schmollmund alles bekommen, was sie sich in den Kopf setzen. Ihre Haare waren schwarz und lockig, die kleinen Brüste prall im Dirndl, das nicht lang genug war, um ihre Knie zu bedecken, bunt und an der Taille straff geschnürt. Sie wirkte reif für ihr Alter, ihr Äußeres war ihrer Naivität um Jahre voraus – ihrem Wesen nach ein gefundenes Fressen für ältere Schürzenjäger, trotzdem gab sie mir den Vorzug, und alles dank eines Trichters aus der Abteilung für Gefahrstofflagerung im örtlichen Lagerhaus. Ich kannte sie vom Sehen, sie ging in die Hauptschule, ich ins Gymnasium. Wir waren fünfzehn, völlig ahnungslos und glaubten, die Welt gehöre uns. Die Konturen des Zeltes verschwammen mit dem Himmel, der Schnaps gab uns den Rest. Am nächsten Tag hatte ich nicht nur einen Mordskater, sondern auch Julias Telefonnummer in meinem gigantischen Mobiltelefon. Da ich den Trichter im Feld liegengelassen hatte, gab es einen Grund, erneut nach Weng zu fahren.

Der Pfarrer beschrieb das Federkleid des Trauerschnäppers in allen Details, das schwarz-weiße Gefieder des Männchens, die schlichte Zeichnung des Weibchens, den Schnabel, den Scheitel, den Schwanz. Der Flügelspiegel ist bei beiden Geschlechtern weiß, das Männchen ist besonders durch seinen weißen Stirnfleck zu erkennen. Bei Erregung zucken die Flügel und manchmal auch der Bürzel.

Am nächsten Abend fuhr ich mit meinem Moped zu Julia. Ich hatte Bier in meinem Rucksack, sie nahm ihr Holzfass mit. Das Feld war frisch gedüngt. Wir stiegen vorsichtig über den Mist und machten uns auf die Suche nach dem Trichter. Als wir ihn fanden, hielt sie ihn in die Höhe und ich schluckte ein Bier auf ex. Sie trank Schnaps. Wir hockten uns zwischen die Gülle und quatschten über den gestrigen Abend und triviale Themen, auf die Jugendliche ihr Dasein bauen und an die ich mich beim besten Willen nicht erinnern konnte. Nach dem vierten oder fünften Bier war die Sonne hinter den Bergen versunken. Ohne Vorwarnung steckte ich ihr die Zunge in den Mund. Sie schmeckte aufregend und feucht, ihr Speichel brannte in meinem Rachen, alles vermischte sich, Bier und Lipgloss und Schnaps und Angstschweiß und Pfingstrosen und Dünger und Orangenblüten, ich verlor mich im Strudel wie ein verrückter Kapitän, der sein Schiff bereitwillig ins Unwetter navigiert, das Auge fest am Fernrohr und ein wildes Grinsen im gischtumtosten Gesicht. Als ich ihre Brüste aus dem Dirndl murkste, griff sie nach dem Holzfass und nahm einen großen Schluck. Irgendwo bellte ein Hund. Zum Glück war es schon dunkel, denn der Anblick dieser Szene hätte uns bestimmt einen Mordsschrecken eingejagt, ihr die Bluse und das Höschen im Dreck, dazu mein Schwanz, mein zuckender Bürzel, und mir das splitternackte Mädchen mit den vollen Lippen auf der Wiese voller Dung. Ich drang in sie ein. Sie schrie, und ich zog ihn wieder raus.

Die Paarungszeit des Trauerschnäppers dauert von Mai bis Juni. Das Männchen steigt auf den Rücken des Weibchens und begattet sie, indem er seine Kloake auf die ihre presst. Über einen nicht ausstülpbaren Penis, der genau genommen kein Penis ist, sondern eine Ansammlung von erigierbaren Hautunebenheiten, fließt die Samenflüssigkeit des Männchens in den Abzugskanal des Weibchens. Der Akt ist nach wenigen Sekunden vorbei.

Sie trank einen Schnaps und noch einen, ich exte ein Bier, um ihr nicht in die Augen schauen zu müssen. Sie so sauweh und Blut und schöner vorgestellt und ich sorry und leider kein Kondom und was machen wir jetzt. Da schluckte sie den Schnaps runter und nahm meinen Schwanz in den Mund. Sie lutschte dran, als wäre er ein Wassereis mit Colageschmack, es tat weh und fühlte sich irgendwie auch gut an, so sicher war ich mir da nicht, aber ja, es fühlte sich bestimmt gut an. Erst als sie ihre Hände zu Hilfe nahm, zuerst die rechte, dann aus Ermüdung auf die linke wechselnd, kam ich. Sie ließ sich auf die Wiese fallen, ihre Knie und Unterschenkel waren schmutzig. »Jetzt brauch ich eine Tschick«, schnaufte sie.

Ich so wow und danke und Julia und dann war mein Kopf schon zwischen ihren Beinen. Das schien mir in dieser Situation das einzig Richtige. Ich strengte mich gewaltig an und versank erneut in diesem unbekannten Strudel, diesem Duftgemisch aus süß und sauer und bitter, und über allem schwebte der Geruch von Jauche.

Später fuhr ich mit dem Moped nach Hause und kapierte erst Wochen später, dass dieser kurze Moment der Vereinigung mein erstes Mal gewesen war. Ob es Liebe war? Ich hätte es damals nicht sagen können und konnte es auch heute noch nicht, Leidenschaft mit Sicherheit, Dummheit sowieso, aber das, was wir einander da geschenkt oder genommen hatten, am Wegrand im Dunkeln, als Unzucht zu bezeichnen, lag mir fern, schon alleine deshalb, weil moralische und sittliche Normen in der Pubertät keinerlei Geltung besitzen.

Der Trauerschnäpper gehört zur Familie der Fliegenschnäpper. Er harrt in seiner Sitzwarte und fängt Insekten im Flug, bevorzugt Fliegen, Schmetterlinge, Bienen und andere Hautflügler. Er schlägt sie so lange gegen einen Ast oder einen Stein, bis die Gliedmaßen abbrechen. Dann schluckt er den Kopf und den Leib hinunter. Die restlichen harten Bestandteile werden mit dem Kot ausgeschieden.

Da ich den Trichter ein zweites Mal vergessen hatte, musste ich erneut nach Weng. Ein Freund fuhr mit, ich hatte Schiss. Auf dem Feld konnten wir ihn nicht finden, also fuhren wir zu Julia. Ich klingelte. Ihr Vater machte auf. Ich fragte nach dem Trichter und nach Julia, oder umgekehrt, zuerst nach Julia, dann nach dem Trichter, er rief nach ihr, sie kam die Treppe runter, schaute mich kaum an und holte ihn aus der Garage. Ihr Vater stutzte und fragte, was wir denn mit dem Trichter vorhätten. Er konnte nicht verstehen, warum man, wenn man Durst hatte, das Bier nicht aus der Flasche trinken sollte.

Das Peinlichste war, dass ich mein Moped nicht zum Anspringen brachte und es die Einfahrt hinunterrollen lassen musste, mein schönes schwarzes Moped. Noch lange Zeit danach brachte ich den Geruch von Frauen mit Jauche in Verbindung. Und umgekehrt. Es dauerte Jahre, diese unglückliche olfaktorische Verknüpfung aufzulösen.

Bauet Gott ein Nest, und Er setzt sich bereitwillig hinein. Betet so oft, wie der Trauerschnäpper singt, und Gott wird euch erhören. Atemlos teilte der Schweindlpfarrer dem Chor mit, dass es nun an der Zeit sei, Gott mit Gesang zu erfreuen.

Ich verlor mich in der Maserung der Holzbretter vor meinen Knien, verschlief das halbe Vaterunser und schreckte auf, als ich die dröhnende Stimme des Pfarrers hörte.

»Der Friede des Herrn sei allezeit mit euch.«

Geblöke.

»Gebt einander ein Zeichen des Friedens und der Versöhnung.«

Die Herde rieb ihre Hufe aneinander. Mein Großvater gab grundsätzlich niemandem außerhalb der

Familie die Hand, also schaute er an die Decke und tat so, als hätte er anderes zu tun und sei zu abgelenkt für dieses Ritual. Der Mann vor mir drehte sich um und streckte mir die Hand entgegen.

»Friede sei mit dir!«

Es war Julias Vater. Er schaute mich an, zuerst zuversichtlich in Erwartung eines festen Händedrucks, dann irritiert ob meiner Untätigkeit, sein Blick in meine Augen wandelte sich von gutmütig über verunsichert zu ablehnend, erst da gab ich ihm die Hand, und er wandte sich dem Nächsten zu. Meinem Großvater. Der schaute angestrengt hinauf ins Gewölbe und drehte sich halb um, bis der Händeschüttler aufgab und wieder den Worten des Pfarrers lauschte. Von da an konnte ich meinen Blick nicht mehr von der Halbglatze vor mir lassen. Ich verfolgte jede Bewegung seines Kopfes, mir schien, als würde er darüber nachgrübeln, woher er mein Gesicht kannte, als würde ihm jeden Moment einfallen, dass ich der Typ war, der seiner Tochter die Jungfräulichkeit genommen, ihre Bluse beschmutzt und ihren Ruf zerstört hatte. Sein Kopf zuckte merklich öfter als vor dem Friedensgruß.

Als uns der Schweindlpfarrer in den sonnigen Sonntagvormittag entließ, hatten sich meine Rückenschmerzen zu einer gefühlten mittelschweren Querschnittlähmung ausgeweitet. Ich bekreuzigte meine Stirn. Mea culpa, mea culpa, mea maxima culpa.

Mein Großvater kochte Würstel. Er tischte Frankfurter mit Schwarzbrot auf, Kren und scharfen Senf.

Dazu gab es Bier. Er wollte nicht wahrhaben, dass ich kein Fleisch aß.

»Das sind gute Würstel.«

»Mag schon sein.«

Ich tunkte das Brot in den Senf und dann in den Kren. Die Würstel schob ich meinem Großvater auf den Teller.

»Schmecken's dir nicht?«

»Du weißt eh, dass ich das nicht esse.«

Er hielt inne.

»Ich hab bis jetzt nur einen Vegetarier gekannt, und der war ein Arschloch.«

»Den Onkel Ferdi?«

»Nein, den Hitler.«

Wir lachten. Beruhigend, wenn über achtzig Jahre Dasein auf diesem Planeten, noch dazu in diesem Dorf am Arsch der Welt, es nicht fertigbrachten, einem den Humor zu rauben.

»Lass es dir schmecken!«, sagte er und gab mir seine Brotscheiben.

Nach dem Essen legte ich mich aufs Bett und las im Buch des Autors, eine Stunde vielleicht, höchstens eineinhalb. Den Rest des Tages verbrachte ich im Keller.

Wenn man in diesem Land geboren wird, hat man naturgemäß eine Affinität zum Dunklen, Feuchten, Modrigen, man strebt nie nach oben, auch wenn es für Außenstehende so aussehen mag, sondern immer nach unten, tief, tief unten, die Leute steigen ja niemals Karriereleitern hoch, sie schürfen an ihrem Fundament und schaufeln ihr Grab, sie stecken ihren Kopf in ein Erdloch und lassen sich in den Arsch ficken. Unter Tage fühlen sie sich wohl, weich gebettet auf Finsternis und Schimmel, das ganze Land ein kollektiver Kohlenkeller, der sich vor der Sonne verschließt und die Probleme der Welt verkennt, ja ignoriert. Eine Hand umfasst die Bierdose, die andere tätschelt einen Kinderkopf. So döst das debile Volk der Katastrophe entgegen und verschläft jede Möglichkeit des Aufbegehrens. Und die Dörfer in den Tälern, all die Behausungen und Betriebsstätten und Wirtshäuser im Schatten der Berge dienen ihm als Unterschlupf und Schutz. In Niederösterreich müssen sie die Keller erst graben, hier ist die Landschaft selbst Keller. Sie bildet natürliche Mauern, Erdwälle, Berge und schroffes Eis, die Mentalität dient als Balken vor dem Tor. Menschen verschwinden und werden vermisst. Dann gibt es Menschen, die nie an der Oberfläche, das heißt im Krankenhaus, im Kindergarten, in der Schule waren und somit nicht verschwinden können, sie waren niemals da und werden nicht vermisst. Wenn ich durch Straßen voller Menschen gehe, gegen den Strom, dann frag ich mich, welcher der mir Entgegenkommenden solche Geister in sich trägt, durch welchen Kopf und welchen Schritt sie spuken. Sie sind da, aber man sieht sie nicht. Auch im Keller wachsen Pflanzen. Ganze Wälder wuchern in dieser alpinen Unterwelt, die sich mit massiven Felsen von der Öffentlichkeit abschottet. Hier gehen die Leute nicht, sie kriechen. Wie Kumpel in vertrackten Stollen beugen sie sich ihrem Schicksal, dem Wetter, ihrer Alkoholsucht. Gewissermaßen ist jedes Dorf in dieser Gegend eine Miniaturausgabe der Nation, ja der ganzen Welt. Es modert und die Fäulnis schwillt.

Ich hörte seine Stimme in meinem Kopf. Elendslange Verwünschungen, in direkte Reden gequetscht wie zu viel Fleisch in einen Kranzdarm. Ich schlug mir die Faust an die Schläfe und die Einbildung verflog. Im Keller gab es einen Raum mit riesigen Schränken, gefüllt mit Dingen, die bei der Renovierung des Hauses nicht weggeworfen worden waren. Ich suchte nach Fotos, Briefen, einem Tagebuch und fand einen Schatz. Früher standen im Tanzsaal leuchtende Jukeboxes, für Jahrzehnte der einzige Lichtschimmer in diesem tristen Tal. Als Kinder bekamen wir fünf oder zehn Schilling zum Einwerfen und spielten immer wieder die gleichen Songs. Mittlerweile waren die Jukeboxes verkauft. Die dazugehörigen Schallplatten wurden in Kisten und damals schon vergilbten Ledermappen verstaut und verstaubten nun in diesem Raum. Es mussten hunderte, wenn nicht tausende sein. Schwarzes Gold. Der erste Karton, den ich aus dem Schrank hob, bremste jedoch meinen Enthusiasmus: regionale Volksmusik und deutscher Schlager. Sicher waren auch hier vereinzelt Raritäten zu finden, vergriffene Gassenhauer und obskure B-Seiten von zugekoksten Schnulzensängern, aber auf diesem Gebiet war ich wahrlich kein Experte. Also nahm ich mir die nächsten Kisten vor, eine nach der anderen, und dann die in Leder gebundenen Sammelalben. Hier vor mir waren alle großen Hits von den späten Fünfzigern bis zu den

Achtzigern. Von Fats Domino bis Madonna. Die meisten Platten waren nach Labelfarbe sortiert. Rot waren die Rolling Stones, grün die Beatles, jede Farbe ein anderes Universum.

Ich atmete Staub ein und musste husten. Vielleicht lag es an der stickigen Luft oder am Vinyl. Schallplatten werden aus Polyvinylchlorid hergestellt, einem starken Nervengift, das Krebs verursacht. Dieses narkotisierende Gas reizt die Augen und kann zu genetischen Schäden führen, betroffen sind insbesondere die Speiseröhre, die Leber, die Milz und die Knochen der Hand. Höchstwahrscheinlich gelangte, als ich die Türen öffnete, der im Schrank abgelagerte Feinstaub an die Luft und dann über die Nase und den Mund direkt in mein Hirn. Das Gift wirkte sofort.

Mein Großvater war kein Sammler, die Anhäufung der Schallplatten hatte pragmatische, wirtschaftliche Gründe. Die Neonboxen und die Musik lockten über Jahrzehnte hinweg Einheimische und Urlauber in den einzigen Tanzsaal des Dorfes. Liebhaber würden ein kleines Vermögen für die Sammlung hinblättern. Es gibt tatsächlich Leute, die ihr Leben mit massenhaft Gegenständen füllen, die sie nicht brauchen, die sie sich genau genommen gar nicht leisten und die sie aufgrund der Vielzahl nicht einmal angemessen genießen können, nur um ihrem Dasein einen fragwürdigen Sinn zu verleihen. Alles Gesammelte dient letztendlich als Staubfänger und Sammelplatz für Milben. Die Milben legen Kotballen und Eier in die Sammlungen und die Haut der Sammler, aus den Eiern schlüpfen

Larven, die Larven verursachen Asthma, Fleckfieber und Krätze. Sechs Wochen nach der Infektion treten erste Bläschen auf, rote Pusteln und enorme Blasen, die Betroffenen verspüren starken Juckreiz, der zu Kratzwunden führt, später kommt es zu großflächigen Krusten und schmerzhaften Entzündungen. Wenn mehrere Furunkel nebeneinander aus dem Körper der Sammler wuchern, können sie zu einer gigantischen qualvollen Eiterbeule zusammenwachsen. Ohne einen chirurgischen Eingriff unter Vollnarkose wartet der sichere Tod.

Aber Vinyl hatte auch eine gute Seite, in den besten Fällen sogar zwei. »Let's Spend the Night Together« und »Ruby Tuesday«, »Lola« und »Celluloid Heroes«, »Sloop John B« und »You're So Good to Me«. Außerdem erfuhr ich dank einer Jukebox meines Großvaters als Teenager, dass »Knocking on Heaven's Door« nicht von Guns N' Roses stammt. Aber das war Nostalgie. So wie alles Sammeln Nostalgie ist. Heimweh nach einem Zuhause, das es nie gegeben hat.

Und am dämlichsten sind die Hipster, die Schallplatten im Backrohr erhitzen und daraus Obstschalen formen, die sie auf Kunsthandwerksmärkten zu überteuerten Preisen an noch dämlichere Hipster verkaufen. Kein Wunder, dass die Welt zugrunde geht. Esst euer PVC-Obst und verreckt an eurer Dummheit.

VIERTER TAG

Ich wachte ohne Wecker auf. Im Haus war es still. Mein Fenster blickte Richtung Nordwesten, es war schon hell draußen, aber keine Sonnenstrahlen fielen direkt in mein Zimmer, nur vereinzelte Querschläger, die von der Fassade des gegenüberliegenden Hauses abprallten, taumelten mir in die müden Augen. Ich ließ die kühle Morgenluft herein und schaute von meinem Hochstand auf das Wild. Eine gebrechliche Frau überquerte den Dorfplatz mit einem geflochtenen Korb in der Hand. Vor der Kirche standen zwei Gemeindearbeiter und lasen die Todesanzeigen im Partekasten. Ein Traktor bog in die Straße zum Furchensee. Kein imposantes Brunftschauspiel, kein Jagdtrieb, keine Geduld.

Im Haus gegenüber war früher ein Lebensmittelgeschäft untergebracht gewesen, das meinem Urgroßvater gehört hatte und nach seinem Tod meiner Großtante und ihrem grobschlächtigen Gatten. Meine Großmutter kam in diesem Haus zur Welt. Später gab es lange kein Geschäft im Dorf, und vor ein paar Jahren hatte ein paar Häuser weiter ein Kramladen eröffnet, ein Nahversorger im alten Stil, familiär, begrenzt und gerade in dem Maße überteuert, dass sich die Fahrt zum nächsten anständigen Supermarkt nicht rentierte. Ohne Auto war man sowieso auf die lokalen Angebote angewiesen, abgesehen vom Kramladen gab es zwei, drei Gasthäuser, wobei eines eher eine Bar war, eines den Gästen des angeschlossenen Hotels vorbehalten und das dritte ohne fixe Öffnungszeiten, das heißt, wenn es überhaupt je geöffnet hatte. Ansonsten? Eine Asphaltbahn zum Stockschießen, ein Hohlweg in den Wald, eine Rutsche und zwei Schaukeln, ein umgekipptes Güllefass. Am Morgen und am späten Nachmittag, dazwischen in unregelmäßigen Abständen, donnerte der Postbus durch das Dorf, meistens ohne Passagiere. Der Bus blieb an dem Wartehäuschen stehen, in dem die Zigaretten glühten, niemand stieg aus, niemand ein, er war wie ein Geisterschiff auf dampfender See, der Kapitän dazu verdammt, ewig im Kreis zu segeln, von der Bahnstation über den Luftkurort nach Weng, zum Furchensee und wieder zurück zur Station.

Mein Großvater war schon weg. Unter der Woche wurde er täglich von meinem Onkel oder einem seiner Lehrlinge abgeholt und am Nachmittag wieder zurückgebracht. Mit seinen fast neunzig Jahren auf dem Buckel arbeitete er an fünf, manchmal sechs Tagen in der Woche im Betrieb meines Onkels. Nicht unbedingt, weil er dort gebraucht wurde – er war zwar eine große Hilfe und seit zwanzig Jahren nicht einen Tag krank gewesen, aber es würde auch ohne ihn gehen –, sondern vor allem darum, weil er ohne Arbeit nicht leben konnte. Würde er ein Monat oder zwei untätig zu Hause sitzen, er hielte es nicht aus und würde vor Langeweile dement werden. So wie andere Pensionisten aus der Untätigkeit heraus, die der Ruhestand und das Alter mit sich bringen, dement werden. Ohne eine überzeugend sinnvolle Aufgabe verlieren sie den Kontakt zur Außenwelt, und ihr Gehirn beginnt, die letzten Fäden, die es mit der Realität verbinden, einen nach dem anderen zu kappen. Wer gibt sich schon damit zufrieden, die Zierpflanzen im Garten zu pflegen, Puzzles mit tausend Teilen zusammenzusetzen oder darauf zu warten, dass die Enkelkinder die Pille mit den falschen beziehungsweise je nach Standpunkt richtigen Abführ- oder Schmerzmitteln kombinieren, den Empfängnisschutz zum Teufel jagen und endlich Urenkel zeugen? Mein Großvater nicht. Er stand ab zehn Uhr morgens hinterm Tresen, vor dem Waschbecken, auf der Terrasse, er war da bei jedem Wetter, lebte länger als alle seine Gäste und hatte nicht vor, so bald in den Ruhestand zu gehen. Sein Lebensabend war noch nicht erreicht, die Sonne brannte noch hoch vom Himmel. Währungen kamen und gingen, er zuckte mit den Achseln und kassierte alles von der Reichsmark bis zum Euro. Ob Hakenkreuz, Bundesadler oder die zwölf Sterne – an der Macht war nur das Kapital. Lehrlinge kamen und gingen, ebenso Regierungen und Präsidenten, Missen Austria verschrumpelten zu Haut- und Botoxbrocken ungeahnter Schrecklichkeit, er war der Fels in der Brandung. Das Wirtshaus ohne ihn, ja die Welt ohne ihn, war nicht vorstellbar.

Tagsüber war es ganz angenehm, allein zu sein. Ich ging nur in der Unterhose bekleidet in die Wohnung meines Großvaters und holte mir aus dem Kühlschrank, was ich brauchte. Ich aß auf seinem geräumigen Balkon, der nach Südosten auf Häuser, Wald, Berge und den Sportplatz schaute, genoss die Ruhe und die Freiheit, nichts zu tun. Am Nachmittag bekam ich wieder Hunger, und da ich keine Lust auf Brot mit Senf und Kren hatte, musste ich wohl oder übel in den Kramladen.

Das Gute an der Kirche ist ja, dass man mit niemandem reden muss, man lässt den Pfarrer – den Vorteufel – predigen, sagt hier und da ein Amen, tut so, als ob man lautstark singen würde, um sein Gähnen zu kaschieren, man sitzt, steht auf und kniet nieder, man kaut auf dem Leib Christi herum, aber sagen muss man an sich nichts. In Gemeinschaft beten ist kein Reden, in Gemeinschaft beten und singen ist Blöken mit der Herde. Darum entsteht auch keine wahre Verbindung zu den Glaubensbrüdern und -schwestern, kein Miteinander, sondern nur ein Nebeneinander. Im Kramladen ist das anders. Da muss man die Leute grüßen, am besten freundlich und mit einem unverstellten Lächeln im Gesicht. Da muss man sagen »Einen Laib Schwarzbrot, bitte!« und »Zwanzig Deka von dem Käse in der Ecke, nein rechts davon, ja genau der.« Schon nach dem ersten Besuch wird man ein bekanntes Gesicht, das dem Fräulein von der Wursttheke vielleicht im Gedächtnis bleibt, sodass es etwa hinter vorgehaltener Hand eine Stammkundin fragt, ob sie es denn kenne, dieses bekannte, trotzdem unbekannte Gesicht. Das ist aber nur im Kramladen so. Die großen Supermärkte in den Städten und im Umland der Gemeinden sind wie Kathedralen, jeder Konsument wird zum Schäfchen degradiert im Angesicht des himmlisch hellen Angebots. Die Leute in der Stadt gehen nicht in die Kirche, ihre Heiligenbilder sind blendende Reklamen, eine Avocado um neunundneunzig Cent, Damenslips im Dreierpack, die Auswahl aus zwanzig Biersorten, die einzige Freiheit, die ihnen geblieben ist.

Ich fand die Nudeln auf Brusthöhe und das Sugo gleich daneben. Der Rest war schwer zu übersehen, so groß war das Geschäft nicht. An den Kramladen angeschlossen war eine Art Café, vier Tische standen vor einer Glasfassade, jeder Sessel hatte eine andere Farbe, eine andere Form, das Mobiliar wirkte wahllos zusammengewürfelt. Die Theke mit Kuchen und anderem Gebäck diente gleichzeitig als Kassa für den Laden. Ich bezahlte und nahm das Wechselgeld, und als ich mich umdrehte, spazierte eine Frau auf mich zu, ein Tablett in der einen, ein Geschirrtuch in der anderen Hand, sie musste etwas älter sein als ich, sie war nicht unschön, nur ein Mädchen war sie nicht mehr, obwohl sie sich so kleidete. Unsere Blicke kreuzten sich, und erst als ich ihre vollen Lippen sah, wusste ich, wer sie war. Auch sie erkannte mich, obwohl über zehn Jahre seit unserem letzten Treffen vergangen waren. Sie sagte meinen Namen, und es war, als hörte ich ihn zum ersten Mal nach langer Stille, als würde mich ein Schrei aus dem Schlaf reißen. Ob sie sich freute, mich zu sehen, konnte ich nicht sagen. Ich war mir selbst nicht im Klaren, was ich von der Situation halten sollte.

»Was machst denn du in Weng?«

Sie sah müde aus, erschöpft.

Ich erzählte ihr, dass ich meinen Großvater besuche. Dann Smalltalk übers Wetter.

»Und sonst so? Sag bloß, du bist Student!«

»Nein, nicht mehr. Ich mach ein Sabbatical«, log ich.

»Hä? Du bist doch kein Jude, oder?«

»Auszeit. Ich mach eine Auszeit.«

»Wie lange bleibst du?«

»Ein paar Wochen werden es schon werden, schätz ich.«

»So lange? Dann werden wir uns ja jetzt öfter über den Weg laufen.«

Ich konnte ihrer Mimik nicht entnehmen, ob sie das gut fand oder beschissen. Auch ihr Tonfall verriet nichts. Während unseres Gesprächs musterte ich sie von allen Seiten, so unauffällig das bei einer guten Armlänge Abstand eben möglich war. Sie war immer noch gut proportioniert, etwas kleiner als ich, mit dunklen Locken bis über die Schultern, keine Schönheit im klassischen Sinn, nein, dafür waren die Ringe unter ihren Augen zu dunkel und die Wangenknochen zu rustikal, aber ihre Brüste waren gewachsen und auch ohne Dirndl feist, und die Lippen noch dieselben wie in der Mainacht unseres ersten Mals. Das Feld lag nicht weit entfernt, und ich wusste, dass auch sie daran dachte.

»Und du arbeitest hier?«

»Aus Spaß schlepp ich die Gläser sicher nicht durch die Gegend.«

»Eh ein netter Laden.«

»Viel Arbeit gibt's nicht in Weng. Und hier kann ich meine Zeit flexibel einteilen, das passt perfekt mit den Kindern.«

Während ich die Matura gemacht hatte, wegzog und studierte, mit diesem und jenem mein Geld verdiente und verprasste, ohne Ziel durch graue Städte streifte, war sie in Weng geblieben, nach der Hauptschule und einem Jahr Polytechnikum begann sie eine Lehre als Bürokauffrau, arbeitete ein paar Jahre, bekam ein Kind, heiratete einen Installateur und bekam ein weiteres Kind. Die ganze Zeit über lebte sie in Weng. Zuerst im Haus ihrer Eltern, dann im Haus der Eltern ihres Ehemannes, jetzt in einem Zubau. Ich fragte mich, ob Menschen, die ein Leben lang an einem Ort bleiben, schon als Kind von dieser Immobilität träumen oder ob sie ihre Sehnsucht nach der Ferne irgendwann aufgeben, ob sie eines Tages aufwachen und schlagartig begreifen, dass sie ihren Zustand nicht mehr ändern können. Wer schwärmt denn schon davon, im Lokal drei Straßen weiter Essensreste von den Tischen zu wischen? Wer will in einem Zubau neben seinen Eltern wohnen? Ich wusste nicht, was Julia werden wollte, als sie ein Kind, ein Schulmädchen, ein Teenager war. Ich wusste nur, wie sie geklungen hatte am Tag, als sie aufhörte, ein Kind zu sein, ich wusste, dass sie gerne draußen war, dass sie Schnaps trinken konnte, stamperlweise Schnaps, ohne zu kotzen, dass sie gute Witze kannte und wie es gerochen hatte. Auch für mich war ein Zubau im Raum gestanden, meine Eltern hatten extra Grund von unserem Nachbarn erworben, um die Garage zu erweitern und aufzustocken, um mir ein Heim zu bauen, mit separaten Eingängen, wie sie nicht müde wurden zu betonen. Aber ich wollte nie in meinem Heimatdorf sterben, in keinem Zubau an den Uterus wohlig warme Einfalt schlürfen. Der Horizont, der durch die Berge grundsätzlich sehr eng bemessen ist, verlangte danach, erweitert zu werden. Da ich die Berge nicht versetzen konnte, raste ich durch sie hindurch. Der Zubau wurde nie gebaut.

Nachdem ich ungefähr wusste, wie das Wetter in den nächsten Tagen und Wochen aussehen würde, und weil ein weiterer Tisch darauf wartete, abgewischt zu werden, machte ich mich wieder auf den Weg. Beim Verabschieden passierte etwas Eigenartiges: Julia streifte meinen Arm mit ihrer Hand, mit Absicht, nicht aus Versehen, und die Gänsehaut kroch mir bis ins Genick. Ob es klug ist, zum Anfangspunkt seiner Sexualität zurückzukehren – gedanklich oder in der Tat –, ist eine Frage der Lebenseinstellung. Ich beschloss abzuwarten. Als ich auf die Straße trat, war mir, als läge Jauche in der Luft.

Das letzte Mal, als ich in Weng gewesen war, musste etwa zwei Jahre zurückliegen. Anlass war das Margaretenfest, eine Dorfgaudi im Hochsommer, das Fest der Heiligen Margareta, die als Patronin der Wenger Kirche sowie Schutzheilige der Bauern ihre Hände über die Hirten, die Jungfrauen, Ammen und Gesichtskranken des Dorfes ausbreitet. Als Kind hatte ich immer gedacht, das Fest würde zu Ehren meiner Großmutter gefeiert, die auch Margareta hieß. Margareta Susanna Maria Helena Kreszentia Luzia, um genau zu sein.

Damals hatte sie noch gelebt. Sie war schon am Morgen mit von der Partie, bei der Feldmesse am Sportplatz und bei der Prozession zur Kapelle der Rosenkranzkönigin. Und später beim Geschunkel auf den Bierbänken vor der Bühne durfte sie auch nicht fehlen. In gewisser Weise war es durchaus ihr Fest, ihr Wirtshaus stand neben der Kirche und war jahrelang der Mittelpunkt der dörflichen Gemeinschaft, der Pfarrer stillte seinen Durst mit Bier aus ihrem Zapfhahn, die Kapelle wurde von meinem Großvater erbaut, als Dank für seine Tuberkulosegenesung nach dem Zweiten Weltkrieg. Aber sie war viel zu bescheiden, um sich in Szene zu setzen. Meine Großmutter war eine graziöse, gesellige Frau, als Krämerstochter von Geburt an höher gestellt als die Kinder der Bergbauern oder Arbeiter, trotzdem hatte sie ihr Leben lang hart gearbeitet, während des Krieges als Kindermädchen und Verkäuferin, später als Wirtin an der Seite meines Großvaters. Besäufnisse und Ausschreitungen waren keine Seltenheit, zerbrochene Bierkrüge im Saal, Handgreiflichkeiten, Blut, eingeschlagene Fenster nach Sperrstunde – in den Fünfzigerjahren war das Innergebirg fast so etwas wie der Wilde Westen Österreichs. Hier trafen wüste Alpensöhne auf deutsche Wandertouristen, alte Nazis auf ehemalige Widerstandskämpfer, Arbeitstrupps auf unbedarfte Landmädchen. Und den Treibstoff für diese Maschinerie lieferten meine Großeltern. Ohne Schnaps ging nichts, denn die Kehlen und Seelen mussten befeuchtet, die Scharniere geölt werden. Erst wenn alle Teile des Ganzen in Alkohol getränkt waren, wurde aus Hemmung Aktivität, aus Stillstand Fortschritt. Hier – wo nicht? – war die Zivilisation auf Schnaps gebaut. Im Grunde existiert die Menschheit nur noch, weil sie sich egoman von einem Rausch zum nächsten hantelt und im Suff der Versuchung nicht widerstehen kann, ihre DNA ein weiteres Mal zu reproduzieren.

Zu den Gästen zählten auch Sommerfrischler aus der Hauptstadt, die in kleinen, aber mondänen Holzhütten am See wohnten. Die Städter trugen Dirndl und Trachtenanzug, um ihre Verbundenheit mit der Landbevölkerung zum Ausdruck zu bringen. Indem sie tagtäglich ihre edle Festtagskleidung zur Schau stellten, verstärkten sie hingegen nur die offensichtlichen Unterschiede. Während sie rund um den See promenierten, den Wasserfall und die wildromantische Klamm bestaunten, brachten die Bauern sonnenverbrannt und nassgeschwitzt das Heu ein. Die Sommerfrischler schenkten meiner Großmutter als Dank für die Bewirtung Bücher, anfangs Hamsun und London, später Sartre und Camus, die sie mit einer Freundin bei Kaffee und Kuchen besprach. Diese Freundin ließ sich mehrmals in der Woche mit dem Taxi aus einem benachbarten Gebirgstal nach Weng chauffieren. Als Ehefrau eines hehren Heimatdichters war sie vermögend, aber einsam, da ihr Gatte es vorzog, auf Vortragsfahrten mit Leserinnen zu verkehren. So manche

Signierstunde hatte sich im Nachhinein als Schäferstündchen entpuppt. Die abgegriffenen Bücher und die Geschichten dieser Freundin waren für meine Großeltern die ersten Berührungspunkte mit der großen Welt der Literatur. Hier Blümchenlyrik, Brot und Boden, dort Abenteuer und Absurdität. In der Geborgenheit der nachmittäglichen Gaststube tränkte die Besucherin Tischdecken mit ihren Tränen und liebäugelte mit Vergeltung. Sogar in der stillsten Zeit im Jahr litt sie unter der sturen Selbstverständlichkeit, mit der ihr Gatte sie betrog. Während er von Ochs und Esel erzählte, dachte er an Echsen. Sie fand keinen Trost in seinen Worten und keine Wärme in seinem Nest. Es sollte jedoch noch Jahre dauern, bis sie ihr Schicksal selbst in die Hand nahm.

So wie ein Dealer, der Dealer bleiben und nicht zum Junkie verkommen will, seinen eigenen Stoff nicht anrührt, trank auch meine Großmutter nicht. Höchstens dann und wann ein Stamperl Baileys. Der stand nicht auf der Karte, sondern war der Wirtin vorbehalten. Die Gäste begnügten sich mit Bier, Wein und schwarz gebranntem Schnaps.

Zum Margaretenfest gab es ein weiteres kulinarisches Highlight: Bacardi-Cola. Während die meisten Leute relativ gesittet an den Biertischen saßen, der Tanzlmusi lauschten und gemütlich schunkelten, bestellte eine Gruppe Burschen ganze Tabletts mit Plastikbechern voller Bacardi. Schon am Nachmittag grölten sie im Rumrausch obszöne Lieder und urinierten ungeniert hinter das Zelt. Ich kannte einige von früher. Als ich in die Unterstufe des Gymnasiums ging, stiegen auf dem halben Heimweg die Hauptschüler in den Bus zu. Es war jeden Tag aufs Neue eine Invasion. Der Bus bog in die Haltestelle ein, und drei Dutzend Halbwüchsige schlugen gegen die Fenster, zwängten sich unter heftigem Gedränge durch die erst halbgeöffneten Türen und rammten ihren Mitschülern die Ellbogen ins hochrote Gesicht. Silogestank erfüllte die Atmosphäre. Die älteren Kinder liefen bis nach hinten durch, ohne zu vergessen, jedem, der ihnen nicht gefiel, eine kräftige Kopfnuss zu verpassen, sie setzten sich auf wehrlose Mädchen und stießen andere zu Boden, und dabei johlten und schrien sie wie Wahnsinnige. Als ich dieses Schauspiel zum ersten Mal erlebte, stockte mir das Blut in den Adern. Ich dachte in meiner kindlichen Naivität nicht, dass solche Gewalt möglich wäre, ich verstand nicht, warum der Busfahrer nicht einschritt oder die Bundespolizei mit einer extra dafür eingerichteten Sonderkommission zur Verfolgung von Bandenkriminalität Minderjähriger. Diese Kreaturen waren jetzt erwachsen und genauso sturzbetrunken wie die Eltern, die sie gezeugt hatten.

Die Feldmesse am Vormittag hatte nicht der Schweindlpfarrer gehalten, sondern der Dechant aus der Bezirkshauptstadt, kurioserweise ebenso ein Tierfreund, dessen animalische Zuneigung sich Gott sei Dank auf den profanen, privaten Bereich beschränkte. Der Schweindlpfarrer war bei wichtigen kirchlichen Anlässen – aus Gründen, die man sich denken kann – nur Assistent. Der Dechant war bodenständig, volksnah und ein trinkfester Theologe, wie ihn eine ländliche Gemeinde braucht. Er fiel vor allem durch seinen Revoluzzergeist auf. Es kam vor, dass er abtrünnige Schäfchen mit der Faust züchtigte, dass er besoffen vom Pferd fiel oder sich durch sein soziales Engagement und seine humanitäre Hilfe hervortat. Seinen Pfarrhof teilte er mit einer Handvoll Asylsuchenden aus Afghanistan und Syrien, einer davon war in einer feierlichen Taufzeremonie sogar zum Christentum übergetreten. Von einer Hölle in die andere.

Mit diesen jungen Burschen im Schlepptau tauchte er am Margaretenfest auf, gab eine Runde Kracherl aus und gesellte sich mit seiner Entourage unter das Trachtenvolk. Die Leute reagierten zum Teil belustigt, die meisten beachteten die Gruppe nicht weiter. Irgendwann löste sich einer der Betrunkenen, ein korpulenter Bursche mit schulterlangen fettigen Haaren, von der Bar und marschierte breitbeinig auf den Dechant zu. Er baute sich vor ihm auf und öffnete sein Hosentürl. Der Dechant konnte sich gerade noch hinter den nächsten Tisch retten, ehe ihn der Strahl traf. Dunkelgelber Harn plätscherte auf die Bierbank und spritzte auf den Asphalt darunter. Die Leute rundherum sprangen auf. Der Attentäter vollführte einen Schwenk und besprengte den Halbkreis vor ihm, als gieße er welke Blumen mit einem Gartenschlauch. Goldhaubenfrauen wichen angewidert zurück, auch deren Männer gingen in Deckung und wagten nicht, sich ihm zu nähern. Dann zielte er wieder auf den Dechant, der die Flüchtlinge hinter sich versammelt hatte. Mit offenem Hosenstall lief er auf die Gruppe zu, ohne dabei aufzuhören zu urinieren. Mittlerweile hatte sich ein ganzer Tross hinter dem Fettsack gebildet, vor allem Säufer in Lederhosen, die johlend applaudierten. Mehrere Liter Bier bahnten sich mit ungeheurem Druck den Weg nach draußen. Der Durchmesser des Strahls war mit dem eines voll aufgedrehten Wasserhahns vergleichbar. Es rieselte auf halb verspeiste Brathendln, durchweichte Pommes frites und Semmeln und troff von den Tischen wie der Inhalt umgestoßener Karaffen voll Orangenlimonade. Als er über eine Bierbank stieg, brunzte er sich selbst auf die Waden. Endlich verlor der Strahl an Kraft. Als die letzten Tropfen noch aus der Harnröhre quollen, quetschte er seine Waffe schon zurück durch den Schlitz und verstaute sie in seiner Ledernen. Seine Hand wischte er an seinem Hemd trocken. Nun kam der Dechant auf ihn zu und fing an zu brüllen. Da verpasste ihm der Pisser einen Stoß. Damit begann eine wilde Rauferei, Fäuste krachten auf Wangenknochen, Haferlschuhe auf Schienbeine, Bierkrüge zerschellten am Boden, schließlich verschwanden die Hauptakteure in der Menge, die sich zuerst schlichtend, dann aufbrausend, wütend einmischte. Der Dechant und die Flüchtlinge schafften es nur mit Mühe, sich durch die Wenger Jugend zu boxen und das Fest zu verlassen. Der Pisser stolperte zurück zur Bar, wo er sich an einem Sonnenschirm festhielt, um nicht umzufallen. Er gönnte sich einen weiteren Becher Bacardi-Cola.

Später erfuhr ich, wer er war: Er stammte aus ärmlichen Verhältnissen, war ein arbeitsloser Hilfsarbeiter,

Alkoholiker, ein Taugenichts seit eh und je. Er wohnte in einer Einzimmerwohnung im Haus neben jenem meiner Großeltern. Aufgrund seiner Fettleibigkeit und seiner chronischen Faulheit wollte ihn kein Betrieb einstellen, für einen Job in einer Nachbargemeinde kam er nicht infrage, da er seinen Führerschein schon vor Jahren wegen Trunkenheit am Steuer verloren und die Nachschulung nie absolviert hatte. Davon abgesehen hätte er das ebenfalls verpflichtende psychologische Gespräch nie und nimmer bestanden, zu deutlich traten seine Minderbemitteltheit, seine Aggression und seine Asozialität hervor. Fürs Radfahren war er schlicht zu fett. Über den Vorfall in Weng wurde in den Medien nicht berichtet.

Ich hatte die Leute immer schon lieber beobachtet, als an ihren Handlungen oder Gesprächen teilzunehmen. Die Seitenlinien waren mein Revier, nicht das Spielfeld, aber das machte mich nicht zu einem Schiedsrichter oder Fan, denn beides wäre mir zuwider. Und wenn ich mir zuweilen ein Urteil anmaße oder – noch schlimmer – Applaus, so schiebe ich die Schuld auf meinen Auftraggeber und seine Anweisung, kein Blatt vor den Mund zu nehmen. Ich aß Nudeln auf dem Balkon und schaute auf das Dorf hinab. Meine Kapuze schützte mich vor der Kälte des Abends, die ohne Vorwarnung hereinbrach und sich der Luft bemächtigte wie die Wollust eines Trinkers. Der Fettsack turnte am gegenüberliegenden Balkon herum und hantierte im Feinrippunterhemd an seiner Satellitenschüssel, zwischen seinen Lippen steckte eine brennende Zigarette, und als er auf den Boden stieg, hörte ich eine Flasche klimpern, sie rollte unter dem Geländer hindurch und fiel zwei Stockwerke nach unten, zersprang mit einem lauten Knall am Asphalt, Bier schäumte aus den Scherben. Der Fettsack fluchte, und ich streute noch etwas Parmesan auf meine Nudeln. Er schnippte seine Tschick hinterher und verschwand in der Wohnung. Das Fensterglas sah sogar aus der Entfernung grindig aus, dunkle Vorhänge versperrten die Sicht ins Innere, in einer Ecke des Balkons stapelten sich Bierkisten, am Asphalt darunter lagen Glassplitter und haufenweise Zigarettenstummel, das Bier bahnte sich seinen Weg zum nächsten Abfluss. Ein Schandfleck am ansonsten gepflegt wirkenden Wohnhaus. Es blieb herauszufinden, ob der Pisser ein trauriger Einzelfall war oder ob er gewissermaßen einen Prototypen darstellte, das repräsentative Beispiel eines Dorfbewohners, bei dem sich Eigenschaften wie Stumpfsinnigkeit, Verrohung und Trunksucht um ein Quantum stärker zeigten als beim Rest der Probanden.

FÜNFTER TAG

Oktober ist mein Lieblingsmonat, er zieht verblühten Flieder in die Erde, mischt Gedächtnis und Begierde und tränkt das Land mit spätem Regen. Der Sommer kommt über uns wie ein Millionenheer von Mücken, stechend heiß und gnadenlos. Im Herbst kühlen die Gemüter ab, und es bleibt Zeit, um zu verschnaufen und über die Exzesse – oder ärgerlicher: die Versäumnisse – der Saison nachzudenken.

Ich glaube, ich war ein glückliches Kind. Aber ich weiß, ich war ein unglücklicher Jugendlicher. In dem Augenblick, als ich von der Volksschule auf das Gymnasium wechselte, verlor ich alle meine Freunde. In den Neunzigerjahren war es im Innergebirg durchaus nicht die Regel, seinen Kindern die bestmögliche Ausbildung zu bieten. Zwei Generationen davor war die Volksschule noch die einzige Bildungsstätte, die ein Mensch aus dieser Gegend je von innen sah. Mein Vater war der Einzige aus seinem Dorf, der den beschwerlichen Weg in die Hauptschule im Tal auf sich nahm: in der Früh mit den Arbeitern durch den Tiefgraben, am Nachmittag zu Fuß zurück. Irgendwann bot die Volksschule nur noch vier Jahre Unterricht an statt acht, die Straßen wurden asphaltiert und ein Busverkehr wurde eingerichtet, und so kam es, dass auch die Kinder von den entlegensten Bergbauernhöfen in die Hauptschule gekarrt wurden. Gymnasium war immer noch ein Fremdwort. In meinem Jahrgang waren wir zu viert: die Tochter eines Arztes, die Tochter eines Wirts, ein aus Deutschland Zugezogener und ich. Wir mussten früher aufstehen als die Hauptschüler, wurden über Umwege in die Bezirkshauptstadt transportiert und kamen meistens später nach Hause als jene, die ihren Eltern im Stall helfen mussten, Kuhmist von einem Ort zum anderen zu schaufeln. Meine Mutter legte großen Wert auf Bildung – wäre es nach meinem Vater gegangen, wäre ich wahrscheinlich Tischler oder Einzelhandelskaufmann geworden –, also war es klar, dass wir noch in der vierten Klasse der Volksschule mehrere Bildungseinrichtungen in der Umgebung besichtigten. Im Knabeninternat Marianum wurden wir von einem Präfekten, der aussah wie der Bombenleger Franz Fuchs, durch denkmalgeschützte Gewölbe geführt. In einer katholischen Missionsprivatschule waren Latein und Altgriechisch ab der ersten Klasse Pflicht, und seit Kurzem wurden sogar Mädchen aufgenommen. In der Hauptschule bröckelte der Putz von den Wänden. Die Entscheidung fiel auf das Gymnasium, trotz aller Vorbehalte wie der Entfernung und den Gerüchten über Oberstufenschüler, die angeblich Drogen nahmen und an jüngere verkauften (ein Vorzug, den ich später sehr zu schätzen lernte). Meine Freunde wechselten ausnahmslos an die Hauptschule und hielten mich fortan für einen größenwahnsinnigen Schnösel, der sich ihnen überlegen fühlte.

Tatsächlich fühlte ich mich nie überlegen, auf den täglichen Busfahrten wurde meine körperliche Unterlegenheit sogar sehr deutlich. Und Jahre später, während ich noch die Namen von Punkbands auf die Schulbank schmierte, hatten meine ehemaligen Freunde schon einen Beruf erlernt und verdienten ihr eigenes Geld. Sogar meine Eltern bereuten die Entscheidung später, als sie bemerkten, dass ich einer jener introvertierten Bücherleser geworden war, die in den Ferien bei Sonnenschein lieber im Keller hocken als Fußball zu spielen und die keine Lust an körperlicher Arbeit verspüren. Als Kind war ich immer gut gelaunt, aktiv und laut gewesen, jetzt zog ich mich immer mehr zurück. Ich war todunglücklich. In meinen Adern flossen Blut und Frost, ich war nicht cool, sondern unwirsch wie ein Gletscher, unnahbar und mit Eisklumpen in der Kehle. Ich war ein wandelnder Wachkomapatient, unfähig, eine Verbindung zu anderen herzustellen, und blieb die meiste Zeit allein. Erst als ich zu trinken anfing, besserte sich meine Lage. Der Alkohol brannte sich durch das Eis in meinem Blutkreislauf und taute mich für ein paar selige Stunden auf. Erst im Rausch brachte ich den Mut auf, Mädchen anzusprechen, und ohne Alkohol wäre ich wahrscheinlich auf ewig Jungfrau geblieben.

Und jetzt saß ich da und die Leiche meiner Jugend vermoderte irgendwo in den Ecken meines Hirns. Der Wind wehte welke Blätter von den Bäumen, und ich fühlte mich immer noch in einem Käfig eingeschlossen, wie ein Spion im Körper eines Fremden. Ich schaute aus zwei Löchern in die Welt und scannte die Umgebung mit meinen bescheidenen Sensoren. Alles, was ich sah, waren verschattete Bilder an den Wänden. Meine tote Großmutter, tote entfernte Verwandte, meinen Bruder. Auch wenn ich mich selbst in dunklen Momenten kalt und leblos wähnte, kamen sie mir dadurch keinen Millimeter näher. Das Alleinsein an sich ist nicht das Schlimme, das Schlimme ist ja vielmehr das Sich-allein-Fühlen, das Sich-einsam-und-verlassen-Fühlen. Mein Dasein störte mich nicht, nur die Gedanken daran machten mich verrückt, mein Gesicht war mein Gesicht, aber die Reflexion im Glas der Bilderrahmen hätte ich am liebsten mit der Faust zerschlagen. Im Zentrum der Bilder hing ein Porträt meiner Urgroßeltern. Ein stattlicher Mann mit dunklen, geölten Haaren und Schnauzbart, an seiner Seite eine blasse junge Frau, deren Blick mich nach all den Jahren und durch all die Staubschichten festnagelte und zum Erinnern zwang. Sie hatten die großen Kriege miterlebt, die Wirtschaftskrise, die Geldentwertung und den Hunger – besonders den der anderen, denn im Krämerladen waren so gut wie immer Lebensmittel vorrätig –, sie bekamen zehn Kinder, von denen nur vier die ersten Jahre überlebten, die anderen starben an Banalitäten, an Unterkühlung, Lungenentzündung oder lagen am Morgen ohne ersichtlichen Grund leblos in der Wiege. Kein Grabstein trug ihre Namen. Meine Großmutter hatte sie kurz vor ihrem Tod auf die abgerissene Seite eines Kellnerblocks geschrieben, damit sie nicht vergessen würden: Bertl, Franz, Herbert, Mathilde, Luise, Kaspar. Von den vieren, die ihre Kindheit überlebten, mussten zwei für Hitler in den Krieg ziehen. Mein Urgroßvater hörte britische Feindsender und bekam dafür zweimal eine Verwarnung und beim dritten Mal Prügel von der Gestapo. Wer von den Nachbarn der Denunziant war, erfuhr er nie. Als Albert, einer der Söhne, 1943 am Ende seines Fronturlaubs nicht mehr kämpfen und sich den Deserteuren in den Bergen anschließen wollte, verbot ihm mein Urgroßvater zu bleiben. Zum Schutze der restlichen Familie musste er seine Pflicht erfüllen. Er beugte sich dem Willen seines Vaters und fuhr mit dem Zug zurück an die Front. Seine Eltern begleiteten ihn zum Bahnsteig. Sie sahen ihn nie wieder.

Wandert man von Weng zum Furchensee, durch die sogenannte Furche, so sieht man auf der rechten Seite einen alten Bauernhof. Hier lebte die Familie Thaler. Inmitten dieser Einöde, lange Märsche entfernt von den benachbarten Höfen, pflügte sie den schroffen Boden und betrieb eine kaum einträgliche Milchwirtschaft. Der junge Bauer Schurl und seine Frau Elisabeth hatten drei Kinder, zwei Buben und ein Mädchen, ein viertes Kind war unterwegs. Als Schurl fünfundzwanzig Jahre alt war, erhielt er einen Einberufungsbefehl der Wehrmacht. Das war 1943. Auf Betreiben seines Vaters, des ehemaligen Bürgermeisters von Weng, wurde er trotz Tauglichkeit zur Bewirtschaftung des Hofs unabkömmlich gestellt. Ein Jahr später kam erneut ein Brief der Wehrmacht. Und was dann passierte, davon erzählen die Alten eine furchtbare Geschichte.

Da eine weitere Unabkömmlichkeitsstellung ausgeschlossen war, fasste der alte Bauer einen Plan. Er ging mit seinem Sohn in die Holzhütte und versuchte, ihm mit einem scharfkantigen Holzscheit einen Fuß abzuhacken. Seine Hoffnung war, dass die Wehrmacht einen Krüppel nicht gebrauchen könnte und er so das Leben seines Sohnes retten würde. Aber der Plan scheiterte. Er hackte dem jungen Schurl zwar eine tiefe Kerbe ins Schienbein, war aber nicht imstande, weiter zuzuschlagen und sein Werk zu vollenden. Schließlich mussten sie einen Arzt holen, um die klaffende Wunde zu behandeln. Der Fuß blieb am Körper, zumindest das Schienbein war gebrochen. Sie hatten ein paar Wochen Zeit gewonnen, aber die Wehrmacht und die Kreisbauernschaft wurden zunehmend misstrauischer, zumal sich in unmittelbarer Umgebung mehrere Bauernsöhne dem Wehrdienst verweigerten oder einfach spurlos verschwanden. Die Gestapo begann, sich mit dem Fall zu befassen. Als Schurl wieder einigermaßen gehen konnte, verabschiedete er sich von seiner Familie und ging in die Wälder.

Wenn man von der Furche aus weiterwandert und am Ende des Weges über die Kuppe schaut, blickt man auf den Furchensee, einen kleinen Bergsee, von hohen Gipfeln umgeben und tief genug, um geschändete Leichen darin zu versenken. Auf den umliegenden Almen versteckten sich junge Männer, die nicht gewillt waren, in den Krieg zu ziehen oder an die Front zurückzukehren. Die Wehrmachtsdeserteure, die als die »Partisanen vom Furchensee« in die Geschichte eingehen sollten, waren nicht auf sich allein gestellt, sondern erhielten Unterstützung von der Bevölkerung, ihre Aktivitäten wurden gedeckt, sie durften in Hütten und Ställen übernachten und wurden mit Lebensmitteln und Schnaps versorgt. Als ihr Anführer galt Franz Prantinger, ein Schattseitenkind vom Hochkönig, der als Sägewerksarbeiter sein Geld verdiente. Er war ein umtriebiger Weiberer und zeugte mindestens vier Kinder mit mindestens vier Frauen. Eine davon trug zum zweiten Mal ein Kind von ihm im Bauch. Da sie vom Kindsvater keinerlei Zuwendungen zu erwarten hatte, beschloss sie, es nicht zu gebären. Über einem Nachttopf hockend durchstieß sie mit einer Stricknadel ihre Gebärmutterwand, sodass sie in der Almhütte, in der sie die verbotene Prozedur durchführte, innerhalb weniger Tage ausblutete.

Wegen einer Fußverletzung wurde der Prantinger vom Kriegsdienst freigestellt und war somit geradezu ein Vorbild für den Thaler Schurl. Während des Krieges schlachtete er das Vieh der Bauern, die das Fleisch dann unerlaubterweise weiterverkauften. Es dauerte nicht lange, da wurde er wegen seiner Schwarzschlachtungen verhaftet. In Wild-West-Manier wurde er aus dem Gefängnis befreit und versteckte sich in den Bergen. Andere schlossen sich ihm an. Von nun an lebten sie von der Wilderei und gelegentlichen

Viehdiebstählen. Dem Prantinger mit seiner geselligen Art fiel es nicht schwer, die örtlichen Bauern für sich zu gewinnen. Besonders Resl, die junge Tochter des Mayrhofbauern am Furchensee, fand Gefallen an dem gesetzlosen Mannsbild. Es dauerte nicht lange, und sie war schwanger.

Die örtlichen Gendarmen schafften es nicht, der Deserteure habhaft zu werden, zu groß war deren Rückhalt unter den Bauern und Sennern. Die Gestapo ging subtiler und brutaler vor. Sie schickte zwei Spitzel nach Weng, die sich als Touristen verkleideten und die Bevölkerung aushorchten. Auf der Oberwengalm trafen sie auf Resls Brüder Josef und Anton, die sich auf Heimaturlaub befanden.

Über den Mitterbichl führt der Weg zum Mayrhofgut. In der letzten Kurve stand seit den Nachkriegsjahren ein verwittertes Marterl, seit Kurzem ein Steindenkmal mit folgender Inschrift:

> Hier wurden
> meine Söhne
> Josef und Anton
> im Morgengrauen des
> 2. Juli 1944
> von der Gestapo
> meuchlings
> ermordet.

Darunter sind die Fotos der beiden Burschen in Wehrmachtsuniform zu sehen, darüber thront das in Stein gehauene Bildnis einer trauernden Mutter.

Der zweite Juli 1944 begann in einer schwülen Sommernacht. Unter dem funkelnden Sternenhimmel stieg der Prantinger von seiner Alm herab und durch ein Fenster in Resls Kammer. Zur selben Zeit kreisten die Gestapo und tausend SS-Männer Weng großräumig ein. Um vier Uhr früh begannen die Todesschwadronen mit der Durchsuchung von Bauernhöfen, Wirtshäusern und Sennerhütten. Sie stießen die Türen mit ihren schweren Stiefeln auf, brüllten Befehle, rissen alte Ehepaare gewaltsam aus dem Schlaf und durchstochen das Heu in den Stallungen und den Heuböden mit frisch geschliffenen Bajonetten. Heustadel wurden kurzerhand in Brand gesteckt, Verdächtige verprügelt und in Gewahrsam genommen. Die Schlinge zog sich immer enger.

Die schwangere Resl lag über einen Sessel gebeugt in der Stube, und einer der Gestapospitzel drosch mit einem Haselnussskistock auf ihren Rücken ein. Als der Skistock zerbrach, griff er nach dem Besenstiel und holte erneut aus. Ihre schmerzverzerrten Schreie drangen nach draußen, wo die restliche Familie versammelt war. Ihre Brüder, in kurzen Lederhosen und mit nacktem Oberkörper, wurden von der SS in Schach gehalten. Nachdem Resl halbtot geschlagen war, verriet sie das Versteck ihres Liebhabers. Die SS-Männer stürmten den Dachboden, konnten ihn aber nicht finden. Also warfen sie Handgranaten in den Kamin, durchkämmten die Stallungen zum dritten Mal und schossen wahllos auf die Tiere, sodass etliche Pferde verbluteten. Dann zerrten sie die Resl zurück in die Stube, wo sie der Gestapomann erneut mit dem Besen verdrosch. Bevor sie ohnmächtig wurde, nahm er sich die Brüder vor. Ihre Schreie gellten durch die Nacht, und noch immer gab es keine Spur vom Prantinger. Schließlich führten sie die beiden ab, im Marschschritt in die Dunkelheit. Später wurde die Resl auf einen Heuwagen gesetzt, der in dieselbe Richtung fuhr. In einer Kurve sah sie ihre Brüder am Wegrand liegen, auf dem Rücken, eng nebeneinander, ihre Augen schielten, aus ihrer Brust troff Blut.

Die Resl kam mit dutzenden weiteren Wengern in ein Lager. Auch der Thaler Schurl und sein Vater wurden verhaftet. Andere Deserteure gingen mit Gewehren auf die Eindringlinge los, streckten SS-Leute mit Kopfschüssen nieder und starben im Kugelhagel. Während seine Geliebte ihre toten Brüder sah, saß der Prantinger mit sich selbst ringend auf dem Bett in ihrer Kammer. So wurde er gefasst. Neben ihm lagen zwei Revolver, die Kugeln blieben unabgefeuert. Er wurde weggebracht, in der Landeshauptstadt verhört, gefoltert und durch den Strang gehenkt. Auch der Thaler Schurl wurde zum Tode verurteilt. Einen Tag, nachdem sein viertes Kind das Licht der Welt erblickte, wurde seines ausgelöscht.

Der Weg ins Tal ist steil und ermüdend. An jeder Kurve klebt das Blut von längst vergessenen Menschen, von

Opfern und Tätern, von kaltblütigen Offizieren, Feiglingen, armen Hascherln und Raufbolden, von Kleinkindern und Greisen. Über die Einschusslöcher und Blutlacken, die Krater und die Leichenteile ist längst Gras gewachsen, aber die Wunden triefen weiter. Die Toten sind tot, und die Henker haben überlebt. Sie haben denunziert, eingeschüchtert und gemordet, das Dorf ins Unglück gestürzt und sich dann seiner Rettung gerühmt. Und nach dem Krieg sind sie wieder in ihren schönen Hotels und Gasthöfen gesessen, unbehelligt, überheblich, und haben den Rasen mit Drohungen gedüngt. Die Rivalität zwischen Weng und den umliegenden Ortschaften hat eine lange Tradition, die mit der Zusammenlegung von Gemeinden nach dem Anschluss neu befeuert wurde. Der Gau war Hitlertreue, Blut und Boden, Weng war – nicht geschlossen, aber mehrheitlich – Widerstand. Die Nazieliten blieben auch nach dem Krieg federführend, und ihre Nachfahren sind es bis heute. Ein Leben auf Gräbern.

Österreich, in deinem dunklen Bauch
schlummert immer noch der Holocaust.

Nur Vereinzelte – ein Senner, ein Totengräber, ein Lauscher – erzählten, wie es wirklich war. Als die Burschen in ihren Lederhosen einen Herzschuss bekamen, als Skistöcke auf den Rücken von Frauen zerbarsten, als die hohen Herren lüstern nach den verlassenen Höfen schielten, als man nicht offen über die Ereignisse reden konnte, als sich die Mitschuldigen aufpudelten und die Opfer zu Tätern erklärten. Über die Geschichte ist Gras gewachsen und Schnee gefallen. Aber der Gletscher zieht sich zurück. Es taut.

SECHSTER TAG

In der Ecke saßen drei Jäger und tranken Schnaps. Vor ihnen standen jedoch keine Stamperl, sondern größere Gefäße, Blumenvasen nicht unähnlich. Gefüllt waren sie mit einer bräunlichen Flüssigkeit, wahrscheinlich Zirbenlikör, einer Spezialität des Schnapsbrenners, für die ihm sogar Preise verliehen wurden, internationale, wie er mehrfach betonte. Wir nahmen am Stammtisch Platz, dem größten in der Gaststube, weil mein Großvater und der Schnapsbrenner früher gemeinsam wilde Sauftouren unternommen hatten, die sie sich in regelmäßigen Abständen lautstark in Erinnerung riefen. Er stellte sich mir als Karl, der Keusche vor, und lachte verschmitzt in seinen weißen Rauschebart. Dann schob er uns je ein Seidel Bier vor die Nase, »zum Aufwärmen.« Auf den Untersetzern war ein Gartenzwerg abgebildet. »Mein Lediger«, sagte der Schnapsbrenner.

Am Stammtisch saßen außer uns noch drei weitere Männer, alle um die vierzig, fünfzig, sowie ein altes Pärchen. Sie wollten alles von mir wissen, was ich machte, wo ich wohnte, warum ich nicht in Weng wohnte, warum ich lieber in der Stadt wohnte als in Weng, ob ich Weng denn nicht so schön fände wie die Stadt und so weiter. Ich versuchte, so gut es ging schlagfertig zu sein, weil Schlagfertigkeit beim Schnapsbrenner und seinen Gästen erwartet wurde. Dann brachte der Hausherr ein Tablett mit acht leeren Stamperln und mehrere Flaschen klaren Schnaps. Jeder bekam ein Stamperl und eine Kostprobe Zwetschke, dann Apfel, dann Birne. Mein Großvater probierte nur einen kleinen Schluck, da er Hochprozentiges nicht mehr in Mengen vertrug. Für niemanden sonst gab es Erbarmen, alle mussten die Gastfreundschaft des Schnapsbrenners erwidern und die scharfen Spirituosen in den Rachen schütten, als gäbe es kein Morgen. Dafür entlohnte er uns mit Trinksprüchen, gereimten Geschichten und ganz passablen Witzen. Später führte er mich durch die Räumlichkeiten der Brennerei, zeigte mir stolz den kupfernen Brennkessel und erklärte bis in die kleinsten Details, wie die Destillationsapparate funktionierten. An einer Wand hingen mehrere alte Sägen und Äxte.

»Ich hab über siebzig Sägen. Siebzig Sägen und eine Nervensäge. Die Nervensäge schleif ich selber. Man weiß ja nie, was man zurückbekommt, wenn man etwas in fremde Hände gibt.«

Frauenfeindlichkeit gehört im Innergebirg zum guten Ton. Der Gebirgler hat eine tiefsitzende Angst vor dem Fremden, und das umfasst Frauen genauso wie Zugezogene, Flüchtlinge und generell alles Unbekannte, Neue, Revolutionäre. Im Gebirge zählen phallische Bergspitzen und Kirchtürme, das weibliche Genital hingegen ist wie eine Gletscherspalte ein dunkler Ort, in den man besser nur mit der passenden Ausrüstung hinabsteigt: Steigeisen, Seil, Hüft- und Brustgurt, genügend Karabinern, einem großen Maß an Vorsicht, Unbehagen und einem Schnapsrausch allerersterGüte. Das Geschlechtliche ist allgegenwärtig, es hängt dem Schnapsbrenner im Bart und an den Fingern, am Sichtbeton im Keller klebt das Geschlechtliche und in den Schnapsresten am Linoleum. Obwohl die Frauen im Prinzip die einzige Rettung für die Männer darstellen, das heißt, sofern die Männer keine Geistesmenschen sind, denn in diesem Fall gäbe es ohnehin keine Rettung für sie, obwohl die Frauen also die Männer vor sich selbst und die ganze verdammte Rasse vor dem Aussterben bewahren, werden sie in einer Tour schlechtgeredet. Eine späte Rache für das präzivilisatorische Matriarchat. Noch verhalten sich die Nervensägen still. Die Ruhe vor dem Sturm.

Als wir von der Führung zurück in die Gaststube kamen, sah ich Julia am Tisch der Jäger sitzen. Sie saß neben dem jüngsten, einem bärtigen Mannsbild mit rotem Kopf und glasigen Augen, und nippte an seiner Schnapsvase. Als ich ihr zunickte, lächelte sie kurz und wandte sich gleich wieder den Jägern zu. Ich teilte mir mit meinem Großvater eine Brettljause, er aß den Speck, ich den Käse und den Aufstrich. Das alte Paar stimmte einen Jodler an. Alle horchten gebannt, das Lied erzählte von Schwarzbeersträuchern und Liebe, von Almen und Erinnerung, in manchen Augen sah ich Tränen funkeln, so ergriffen war das

Publikum von den greisen Stimmen. Wenn sich die Intervalle für einen Augenblick dissonant aneinanderrieben oder lange Töne krächzend wegbrachen, war es am schönsten, denn in diesen Momenten war man sich schlagartig der Vergänglichkeit bewusst, der Vergänglichkeit des Klangs, des in den zwei runzligen Körpern eingeschlossenen Lebens, der gegenwärtigen Sekunde. Wir klatschten ergriffen, und ein Rudel Bauernburschen kam polternd in die Stube. Ich erkannte einige von ihnen als die Flegel wieder, die mich früher im Bus drangsaliert hatten, sie hatten dieselben scharlachroten Schädel und dasselbe Siloaroma, nur waren sie omnidirektional gewachsen, in die Höhe hinauf und in einen Bierbauch hinein. Nach unten waren sie auch gewachsen, was das Niveau ihrer Gespräche nachdrücklich bewies. Sie setzten sich zu den Jägern und zu Julia, der Schnapsbrenner begrüßte sie überschwänglich und war sofort mit einer Flasche und einer Handvoll Vasen zur Stelle. Der Schnaps plätscherte so idyllisch aus der Pulle wie ein Bergbach ins Tal, und die Typen planschten in ihrem inneren See aus Alkohol und Grobschlächtigkeit. Sie hielten ihre Gläser in die Luft und begannen zu brüllen.

»Prost, dass'd Gurgel nit verrost! …«

Ein Trinkspruch folgte dem nächsten. Der Schnapsbrenner schaute ganz rührselig zur Truppe hinüber und sehnte sich vermutlich nach seiner eigenen Jugend, als die Leber und der Magen noch keine Probleme machten und der Schnaps noch nicht einfach durch den Körper hindurchlief, von der Speiseröhre ohne große Umwege in die Unterhose.

»Das sind wilde Hund'«, sagte er, nicht ohne Stolz. Er wusste, dass sein Geist in ihnen weiterleben würde. Und es stimmte, sein Gesöff würde Generationen von Wengern prägen. Verminderte Gehirnleistung und alkoholgeschädigte Kinder – die verseuchte DNA trägt seine Handschrift.

»Recht saufen, laut singa,
beim Scheißen recht stinga,
beim Pudern recht plärr'n,
so hom mirs gern!«

Dieses Gebrüll wurde nur durch gelegentliche Trinkpausen unterbrochen. Der Mittwoch markiert – so liegt es in seiner Natur – die Mitte der Woche, und das muss schließlich gefeiert werden. Wenn man kreativ ist oder alkoholkrank, findet man immer einen Grund, sich grundlos zu besaufen. Der Feierabend etwa bietet eine solche Gelegenheit, zumal schon der Begriff an sich zum Exzess animiert. Ich beobachtete die Burschen mit ihrem Rausch und den aufgeschwemmten Backen, den verdreckten Fingernägeln und dem Stallparfüm im Nacken und fragte mich, ob ich in einer anderen Dimension der Realität einer von ihnen geworden wäre. Wenn ich im Innergebirg geblieben wäre, wenn ich die Hauptschule besucht und nie Kerouac gelesen hätte, wenn ich Mechaniker auf der Schattseite geworden wäre, hätte ich die gleichen roten Wangen, würde ich dem Schnapsbrenner Geld schulden und derbe Trinksprüche auswendig aufsagen können? Wäre ich wie sie, wenn ich nicht ich wäre?

Indem man einen Weg einschlägt, schlägt man Millionen anderer Wege aus. Die Entscheidung für eine Richtung ist gleichzeitig die Entscheidung gegen alle anderen Richtungen. Als ich fortging oder eigentlich schon früher, als ich anfing, übers Fortgehen nachzudenken, hatte ich mich unbewusst dazu entschieden, anders zu werden als meine Eltern und Großeltern, ein von Grund auf anderes Leben zu führen, es musste nicht besser sein als das ihre, anders reichte vollkommen. Und jetzt sehnte ich mich plötzlich nach Zugehörigkeit. Obwohl mich die stickige Luft und das vulgäre Ambiente anwiderten, übten sie gleichzeitig eine seltsame Anziehung auf mich aus. Irgendwie lag etwas Zufriedenstellendes, Sicherheit Gebendes in der Tatsache, dass man an einem Ort geboren und am Ende seines Daseins nur ein paar Meter unterhalb von den Würmern seiner Heimat gefressen wurde. Es musste angenehm sein, gemeinsam mit seinen Schulkameraden und dem Mädchen von nebenan alt zu werden und jeden Mittwochabend darauf anzustoßen, dass die Hälfte der Arbeitswoche überstanden war. Wenn ich nur genügend Schnaps trinken würde, wäre ich dann irgendwann wie sie? Könnte ich je ein Teil von etwas sein, einer Gemeinschaft, einer Trink- und Fress-, ja einer Dorfgemeinschaft? Ich rülpste. Als ich mich umdrehte, war mein Großvater verschwunden.

Julia schien sich mit den Saufbolden bestens zu amüsieren. Sie saß mittlerweile fast auf dem Schoß des jungen Jägers und schlürfte Schnaps aus seiner Vase. Er unterhielt sich mit den anderen, lachte hin und wieder wie ein angeschossenes Pferd und legte keinen Wert darauf, ihre Zärtlichkeiten zu erwidern. Er trug den gleichen Ring am Finger wie sie.

Während alle Mäuler an der Flasche hingen, ergriff der alte Sänger das Wort.

»Ihr wisst ja von meiner Auseinandersetzung mit dem Dechant – nicht zuletzt deswegen, weil ich die Spuren davon immer noch im Gesicht trage. Und da ich schon allerhand Gerüchte vernommen habe, möchte ich die Gelegenheit nutzen und die Sache richtigstellen. Es stimmt schon, dass ich ein paar Bier intus hatte, immerhin waren wir beim Frühschoppen, aber was der Dechant anscheinend vergisst zu erzählen, ist, dass er selbst auch nicht gerade nüchtern war. Wir sind uns am Klo vom Kirchenwirt über den Weg gelaufen und er hatte einen seiner Burschen dabei und da hab ich mir halt einen Scherz erlaubt, nichts Grobes, naja, was man eben so sagt, wenn ein Pfarrer und ein dunkelhäutiger Bub gemeinsam aufs Klo gehen. War ja quasi aufgelegt. Und dann ist er mich gleich angesprungen, der Dechant. Früher hätte er sich das nicht erlauben können, da hätte ich auch vor einem Hochwürden nicht Halt gemacht, aber schaut mich an, ich bin alt und kann keiner Fliege was zuleide tun. Mit der Mistgabel hätte ich ihnen kommen sollen. Er ließ mir keine Ruhe. Ich hab ihm sogar angeboten, dass ich seinen Burschen auf ein Bratl und einen Schnaps einlade, aber das wollte er nicht annehmen, das gehe aus religiösen Gründen nicht, hat er gesagt. Was soll das überhaupt für eine Religion sein, wenn man kein Bratl essen und keinen Schnaps trinken darf! Dann ging es hin und her zwischen uns und irgendwann hab ich mir eine Watschen eingefangen, da seht ihr's. Ohne großartigen Grund hat er zugeschlagen. Dass ich die beiden attackiert hätte, davon kann jedenfalls nicht die Rede sein, das ist eine Lüge. Nicht, dass ich mich rechtfertigen müsste, aber jetzt wisst ihr Bescheid. Danke!«

»Bei einem Stuhlgang gleich gegen mehrere Gebote verstoßen, das sieht unserem Dechant gleich.«

Die Meute lachte hysterisch.

Als ich meinen Schwanz rausholte, sprach mich ein Typ von der Seite an.

»Was bist denn du für einer?«

Ich schaute weiter starr nach vorne.

»Einer von hier bist du nicht.«

»Ich besuche meinen Großvater.«

»Aber du wohnst in der Stadt, gell?«

»Schon länger, ja.«

»Das merkt man.«

Aus dem Augenwinkel konnte ich erkennen, dass sein Blick auf mich gerichtet war und dass sein Urinstrahl das Pissoir verfehlte.

»Und was machst du hier, mitten unter der Woche?«

Er lallte. Jetzt drehte ich meinen Kopf ganz zu ihm, es war der junge Jäger mit dem Bart.

»Dasselbe wie du, Schnaps trinken.«

»Hast du gerade Urlaub oder wie?«

»So ähnlich.«

»Was hackelst du denn?«

»Schwer zu sagen.«
»Also ich bin Jäger.«
»Das hab ich mir gedacht.«
»Ja und was bist du?«
Wir pissten schon eine gefühlte Ewigkeit.
»Ich schreibe.«
»Was schreibst du? Code?«
»Kot?«
»Code! Bist du ein Programmierer?«
Eigentlich hatte ich mir vorgenommen, mit niemandem über mein Leben oder meine Absichten zu sprechen.
»Oder schreibst du Bücher?«
Zu spät.
»Schon eher.«
»Echt jetzt? Und über was schreibst du da so?«
Da es kein Zurück mehr gab und wir sowieso beide stockbesoffen waren, dachte ich mir, dass es nicht weiter schaden würde, mit ihm ein paar Worte jenseits von Smalltalk und Gelalle auszutauschen. Worüber ich schreibe?
»Naja, über die wichtigen Dinge im Leben: Liebe, Tod, Sehnsucht …«
Ich überlegte kurz und fügte ein weiteres Thema hinzu.
»… deine Frau …«
»Meine Frau? Du kennst meine Frau ja gar nicht!«
Ich musste wider Willen grinsen.
»Bist du deppert, Alter?«
»Man muss jemanden nicht unbedingt kennen, um über ihn oder sie schreiben zu können.«

Er schüttelte die letzten Tropfen ab und baute sich neben mir auf.

»Jetzt pass mal auf. Meine Frau geht dich gar nichts an, hast du verstanden?«

Ich knöpfte meine Hose zu und versuchte, mich irgendwie aus der Situation zu winden.

»Es muss ja nicht sein, dass deine Frau, wie sie da draußen sitzt, und deine Frau in meinem Buch ein und dieselbe Person sind.«

»Ja was denn sonst?«

»Die Handlung eines Romans findet immer innerhalb eines fiktionalen Rahmens statt. Natürlich bestehen Bezüge zur realen Welt, aber nur weil ich zum Beispiel über eine Frau aus Weng schreibe, heißt das noch lange nicht, dass es diese Frau aus Weng wirklich gibt, und auch wenn es sie gibt, ist damit nicht gesagt, dass ich über Dinge schreibe, die wirklich so passiert sind.«

Ich machte meinem Image als Klugscheißer aus der Stadt alle Ehre. Der Oberkörper meines Gesprächspartners bewegte sich zuckend nach vorne und wieder zurück. Er verzog sein Gesicht.

»Hä? Also lügst du die ganze Zeit, oder wie?«

»Nur weil etwas nicht passiert ist, ist es nicht unwahr. Natürlich schreib ich über Dinge, die ich selbst erlebt hab. Es ist ja nicht so, dass die Realität zu langweilig wäre. Ganz im Gegenteil: Manchmal ist es einfach gescheiter, Namen zu verändern oder die eine oder andere Tatsache zu unterschlagen. Ich würde zwar gerne sagen können, dass dies im Dienste der Kunst geschieht, aber es geschieht eher aus Selbstschutz. Ich muss mich da schon im Vorhinein absichern, gegen

Verleumdungsklagen und Schadenersatzforderungen, ich muss mich schützen vor fast allen, die ich kenne, vor beleidigten Lokalpolitikern und betrogenen Ehemännern, vor meiner eigenen Ehrlichkeit.«

Sein Blick war mittlerweile so glasig, dass ich mir nicht sicher war, ob er mich überhaupt noch wahrnahm.

»Außerdem ist die Beschreibung einer Person sowieso nie mit der Person an sich identisch. Das ist wie bei der Pfeife von Magritte.«

»Hä?« Er winkte desinteressiert ab und lehnte sich an die Wand, um nicht umzukippen. »Ja, ja, ja. Trinken wir lieber noch einen Schnaps.«

Er bestellte zwei Stamperl Obstler und schob eines vor mich hin. Augen zu und durch.

»Schau, meine Frau ist schon gar nicht mehr da. Über die könntest du eh nichts schreiben, so fad, wie die ist.«

Das Gesöff brannte sich seinen Weg durch meine Speiseröhre. Ich riss mich vom Barhocker los.

»Das werden wir schon sehen.«

Während du beim Schnapsbrenner an deinem Stammtisch hockst, während du mit den anderen Jägern über Jägerdinge schwadronierst, während du einen Obstler nach dem anderen trinkst und immer besoffener wirst, während du fremden Ärschen nachgaffst und anzügliche Kommentare von dir lässt, während du dich immer weiter in die Scheiße reitest, sitzt deine Frau zu Hause. Früher kam sie öfter mit auf deine nächtlichen Ausflüge, aber heute erträgt sie dein Saufen und Lallen und Ignorieren nicht länger, als die Wirkung von zwei, drei Fläschchen Jägermeister anhält.

Sie ist zu Hause, aber sie wartet nicht auf dich. Die Kinder sind bei der Nachbarin oder schlafen schon. Deine Frau schläft nicht. Ihr bleicher Leib räkelt sich auf der Bettwäsche, ihre Zehennägel sind lackiert, ihre Finger krallen sich in weiche Haut, ihr Venushügel ist sorgfältig rasiert. Sie beißt sich auf die Lippen. In der Stereoanlage dreht sich eine CD von Bruce Springsteen. Sie liebt das Saxofon, weil es so sinnlich heiser über den Drumbeat gleitet. Jetzt spreizt sie ihre Beine. Sie ist doch nicht so sorgfältig rasiert. Ihr Duft durchströmt den Raum, eine Mischung aus gewässertem Billigparfüm und Muschi, mit zunehmenden Noten Schweiß. Süß und scharf beim ersten Schluck, bitter im Abgang.

Du weißt gar nicht mehr, wie die Vagina deiner Frau schmeckt. Der Schnaps hat deine Geschmacksnerven zerstört, genauso wie er deine Gehirnzellen ruiniert hat. Entweder bist du zu betrunken für jegliche sexuellen Aktivitäten oder du bist zu betrunken, um bei jenen sexuellen Aktivitäten, für die du gerade noch nicht zu betrunken bist, irgendetwas mitzubekommen. In solchen Momenten fällst du über deine Frau her wie ein Tier, drückst deinen lettigen Halbsteifen ohne Vorspiel in sie rein und rutschst auf ihr herum, ohne dass sie auch nur den geringsten Funken Erregung verspürt. Aber sie lässt es über sich ergehen, aus einem einzigen Grund: Langeweile.

Davon erzählt sie an lauen Abenden, wenn du unterwegs bist, aber nach der ersten Flasche Wein bist du kein Thema mehr. Sie genießt die ungeteilte Aufmerksamkeit, die ihrem nackten Körper zuteil wird, und streichelt sich selbst über die Oberschenkel. Ihre Augen blicken verführerisch durch den Raum, sie beißt in ihren Zeigefinger und leckt ihn dann genüsslich ab. Sie schiebt ihr Becken langsam vor und zurück, als würde sie von den Wellen des Meeres geschaukelt werden. Wie eine gehäutete Schlange windet sie sich auf dem Ehebett. Dann dreht sie sich auf den Bauch, stützt sich auf die Ellbogen und macht ein Hohlkreuz. Auch wenn der Soundtrack ohne Saxofon auskommen würde, wäre klar, welchem Genre diese Szene zuzuordnen ist. Die winzigen Härchen auf ihrem Hintern glänzen im Licht des Mondes. Mit den Händen greift sie fest nach beiden Backen, sodass sich der Spalt in der Mitte wie eine Muschel öffnet und die Perle preisgibt. Sie stöhnt leise auf und streckt ihr Kreuz noch weiter durch. In der Dämmerung sieht man kein Anzeichen ihrer beiden Schwangerschaften, keinen Kaiserschnitt und keine Narben, keine Fettlappen, auf die die Erdanziehungskraft einwirken könnte. Sie stöhnt ein zweites Mal, dieses Mal lauter. Dann gibt sie sich dem Beat völlig hin und verfällt mit jedem Stoß mehr und mehr in einen früheren Seinszustand, in eine alte Zeit, als der Mensch noch glücklich war, naturverbunden und eins mit seinen Trieben. Ihr Keuchen übertönt die Boxen und paart sich mit den Refrains des Bosses, so klingt es, wenn eine Background-Sängerin den Weg nach vorne schafft.

Die Tür zum Schlafzimmer ist verschlossen. Falls die Kinder im Haus sind – wen interessiert das schon –, dann könnten sie nicht rein. Sie können lauschen und lernen, aber verstehen können sie es nicht. Schweißperlen tanzen auf den Schultern deiner Frau, doch noch nässer ist sie weiter unten. Ihr Kopf vergräbt sich tief im Kissen, sie beißt sich daran fest, um nicht vollends den Verstand zu verlieren. Dann entlädt sich die Erregung in einem letzten großen Aufbäumen und in zuckenden Muskeln, die Bettwäsche ist klatschnass und das Herz deiner Frau klopft wie nach einem Marathon. Du wirst nichts davon mitbekommen, denn sie wird das Leintuch wechseln, sich ihren Schweiß abbrausen und ihre Haut bedecken. Du wirst nichts davon erfahren, denn sie wird dir nichts davon erzählen. Es ist ihr Geheimnis. Die, die es kennen, schweigen und erfreuen sich daran. Entscheide selbst, ob das autobiografisch ist oder Fiktion. Ich bin mir sicher, tief in dir kennst du die Antwort.

Als ich zur Tür wankte, hörte ich hinter mir den Chor der Trinker.

»Einer geht noch, einer geht noch leicht …«

Für sie war die Nacht noch jung. Ich stolperte nach draußen und sog die frische Luft in meine Lungen. Es regnete, also stellte ich mich unter das Vordach. Auf der Treppe saß Julia und blies Rauch in die Dunkelheit.

»Hey«, sagte sie.

»Hey«, sagte ich.

Ich fiel müde und durchnässt ins Bett. Im Traum war mir, als hörte ich den Sound von Clarence Clemons.

SIEBENTER TAG

Heute kam ein Brief von Professor Lavie. Ganz der Intellektuelle alter Schule setzte er per Hand ein Schreiben auf, in dem er sich nach dem Fortgang meiner Nachforschungen erkundigte. Höflich, aber bestimmt erinnerte er mich an mein Versprechen, mich spätestens nach drei Tagen in Weng bei ihm zu melden. Ich vergaß. Zu beschäftigt war ich mit Schallplattenhören, Spirituosenverkosten und dem Sinnieren über die Vergangenheit. Bis auf einen halbherzigen Versuch, mit meinem Großvater über den Autor zu sprechen, hatte ich nichts getan, um meinen Auftrag auch nur ansatzweise zu erfüllen. Und das nach fast einer Woche. Ich solle meine Aufgabe nicht aus den Augen verlieren, schrieb er, und mir in Erinnerung rufen, was ein Fortschritt in dieser Angelegenheit für mich bedeuten würde. Falls ich noch nichts unternommen hätte – er kannte mich zu gut –, dürfe ich ruhig ein schlechtes Gewissen haben. Und das hatte ich in der Tat. Also ging ich in mein Zimmer, nahm das Buch zur Hand und legte mich aufs Bett. Ich blätterte wahllos eine Seite auf und begann zu lesen. Eine Schmährede auf die menschliche Existenz, wiedergegeben von einer bemitleidenswerten Figur, dem Protagonisten des Buches, einem vereinsamten Maler, der den Ich-Erzähler, einen Medizinstudenten, tagein, tagaus mit ewiglangen Monologen zumüllt, bis er, der Maler, am Ende spurlos verschwindet. Diese Person dominiert das Buch, so wie der Autor auch im echten Leben immer von anderen dominiert worden ist. Zuerst vom Großvater, von den nicht anwesenden Eltern, später von literarischen Idolen und schmachtenden alten Witwen. Der Maler fühlt sich von allem und jedem bedroht, so wie sich der Autor immer bedroht gefühlt hat in diesem Land. Eine kurze Recherche ergab, dass dieser deformierte Charakter auf einem realen Vorbild beruhte, einem erfolglosen Künstler aus dem Luftkurort, dem dort sogar ein eigenes Museum gewidmet war.

Kurz entschlossen ging ich in die Wohnung meines Großvaters und nahm mir seinen Autoschlüssel aus dem Kästchen an der Wand. Früher, als er noch einen Taxidienst betrieben hatte, fuhr er stets VW-Busse, alle paar Jahre einen neuen, weil er sie regelmäßig schrottete, bis ihm mein Onkel einen Kleinwagen kaufte, sparsam und für kurze Fahrten gerade recht. Wie er denn mit diesem Mofa Leute befördern solle, wollte mein Großvater wissen, ohne die Tatsache miteinzubeziehen, dass er schon lange keine Leute mehr beförderte. Nach anfänglichem Unmut gewöhnte er sich rasch an die Vorzüge seines neuen »Mofas«.

Ich packte einen Regenschirm ein, schmiss das Buch auf den Beifahrersitz und startete den Motor. Es tat gut, das Dorf zu verlassen und dabei schneller voranzukommen als die pensionierten Spaziergänger. Ich fuhr durch den Tiefgraben, den halben Weg zurück, den ich mit dem Bus gekommen war. Die Straße war ideal, um die Grenzen des Autos auszureizen. Ich schnitt die Kurven und ließ den Motor aufheulen, ich trat das Gaspedal fest nach unten und holte alles raus, was die knapp siebzig Pferdestärken zu bieten hatten. »Luftkurort« stand sogar auf dem Ortsschild des Luftkurortes. Die Luft war dieselbe wie in Weng. Ich bog in die Straße ein, die zum Museum führte, musste aber umkehren, weil ein Pfosten die Weiterfahrt versperrte. Also probierte ich es von der anderen Seite. Die Lungenheilanstalt saß wie ein fetter Krake vor dem Wald und breitete ihre unzähligen Zubauten und Nebengebäude wie Fangarme über die Erhöhung aus, auf der sie thronte. Angewidert lenkte ich das Auto in einen Feldweg und näherte mich einem alten Bauernhaus, das heute als Museum dient. Ich parkte in der Wiese und genoss die Luft des Luftkurortes. Mit knirschendem Kies unter den Füßen stieg ich zur Eingangstür hinauf. Sie war verschlossen, also ging ich um das Haus herum und spähte durch die Fenster, ich sah alte Bauernmöbel, vereinzelte Vitrinen und Bilder an den Wänden, aber keine Besucher oder Wärter. Auf der Ostseite des Hauses wagte ich einen weiteren Blick und sah im Flur eine Frau am Boden liegen. Sie lag auf einem Teppich und trug einen langen Rock und Wanderstiefel, dazu einen Filzpullover, die typische

Kleidung einer Kulturbeauftragten. Ich wusste nicht, ob sie noch lebte – es konnte durchaus sein, dass sie bereits tagelang vor sich hin moderte und ich der erste Besucher war, der die Leiche entdeckte –, also klopfte ich gegen die Scheibe. Sie rührte sich nicht. Ich klopfte fester und rief »Hallo?«, da schreckte die Frau auf und war mit einem Ruck auf den Beinen. Sie verschwand im Inneren des Hauses, während ich erstaunt am Fenster stehen blieb. Nach einer Minute trat sie von hinten an mich heran.

»Grüßgott, der Herr. Ich hoffe, ich hab Sie nicht erschreckt.«

»Ich hoffe, ich hab *Sie* nicht erschreckt.«

»Ich hab nur eine kurze Pause gemacht, die Museumsarbeit ist manchmal sehr ermüdend.«

»Ist das Museum geöffnet?«

»Natürlich, folgen Sie mir!«

Ich bezahlte fünf Euro Eintritt, und die Frau führte mich in den ersten Raum. Als sie begann, über ländliches Brauchtum zu referieren, sagte ich ihr, ich würde mich mehr für die Werke des Malers interessieren denn für das Kunsthandwerk der Region. Sie verwies noch auf die langjährige Tradition der Herstellung von Perchtenmasken im Luftkurort, aber für solch folkloristischen Unsinn hatte ich wenig übrig. Also schob sie mich zwei Räume weiter.

»Der Maler lebte von 1890 bis 1981. Es war ein relativ typisches, brotloses Künstlerdasein, bis er dem Alkohol verfiel und die letzten dreißig Jahre seines Lebens im Armenhaus fristete.«

Sie zeigte auf die gerahmten Aquarelle an der Wand.

»Seine Aquarelle und Zeichnungen bilden vor allem ländliche Gegenden, Gebäude und Pflanzen ab. Auch Porträts befinden sich in seinem Œuvre, wie Sie hier, hier und dort drüben sehen können.«

Er war zweifellos talentiert gewesen, die Bilder waren aber von allenfalls mittelmäßiger Qualität.

»Es wird gemunkelt, in jedem Haus im Umkreis einiger Kilometer hänge eines seiner Bilder. Und dabei hätte er gar keine Berühmtheit erlangt, wäre ihm nicht ein literarisches Denkmal gesetzt worden.«

Hinter Glas lag eine Auswahl an Büchern des Autors, daneben vergilbte Fotos aus den Fünfziger- und Sechzigerjahren des vorigen Jahrhunderts. Der Autor mit einer älteren Dame, der Autor mit zwei älteren Damen, der Autor alleine.

»Er hat wahrlich kein gutes Haar an den Einheimischen gelassen.«

»Und jetzt sind seine Bücher und Fotos hier ausgestellt.«

»Wir verehren ihn als Künstler.«

Ich schaute mich im Raum um. An der Wand hing ein kurzer Text über den Autor, Name, Jahreszahlen, Krankheiten, Wohnorte, Veröffentlichungen, Zitate. Ein Leben auf einer A4-Seite. Darunter mehrere Handvoll Bücher, manche aufgeschlagen, manche im Sondereinband, manche in anderen Sprachen. Wie im Museum verfahren wird: Das Literarische wird heruntergebrochen auf zwei, drei Kalendersprüche und als Schauobjekt hineingepresst in eine schmutzige Vitrine, es wird vergewaltigt von der Einfalt sogenannter Geisteswissenschaftler oder Kuratoren, grob zerstückelt wie ein Stück Rinderhüfte und lieblos präsentiert wie ein alter Hut im Schaufenster eines bankrotten Herrenmodengeschäfts. Kleine Museen wirken immer so verschlafen, alles ist von einer dünnen Schicht Staub bedeckt, einem unleugbaren Film Rückschritt und Antiquiertheit, der den Objekten und Bediensteten anhaftet wie Schimmel. Der Bildungsauftrag wird so gut wie nie erfüllt, Kulturförderungen werden für wahnwitzige Projekte wie die Programmierung einer Website verschwendet, die irgendein Bekannter des Museumsdirektors für eine absurde Summe mehr schlecht als recht hinmurkst. Bei solchen Einrichtungen geht es ja genau genommen einzig und allein darum, dass der Steuerzahler die Inselinteressen einzelner Sammelwütiger begünstigt. Und in den staatlichen Museen und den großen Galerien findet die gleiche Chose auf einer anderen Ebene statt, es ist im Prinzip dasselbe, nur dass dort das Messietum institutionalisiert und professionalisiert herrscht und zusätzlich marktwirtschaftliche Parameter ins Gewicht fallen.

»Der Autor verbrachte lange Zeit in der Lungenheilanstalt und später jahrelang seinen Urlaub in einer Pension ganz in der Nähe. Währenddessen nahm er regelmäßig Gesangsstunden bei einer Sängerin, die im Armenhaus wohnte. Dort hat er den Maler getroffen und andere, sagen wir mal, besondere Gestalten, die er in seinen Geschichten verarbeitet hat. Als Maler haben diese armen Leute schließlich Eingang in die

Weltliteratur gefunden. Davon profitieren wir noch heute.«

»Hatte der Maler Kinder?«

»Über das Leben vor seiner Zeit im Armenhaus ist wenig bekannt. Nicht, dass ich wüsste. Aber ausschließen lässt es sich natürlich nicht.«

Der letzte Raum des Museums war mit Bauernmöbeln aus den vergangenen Jahrhunderten vollgestopft, außerdem waren alte Fotografien von Bauernhöfen und den Familien zu sehen, die sie bewirtschaftet hatten. Ich schickte mich an zu gehen.

»Darf ich fragen, aus welchem Grund Sie sich für den Maler interessieren?«

»Mein Interesse ist rein persönlicher Natur.«

»Haben Sie das Buch gelesen?«

»Ich lese es gerade zum wiederholten Mal.«

Bevor ich ging, drückte sie mir eine Broschüre in die Hand.

»Nächstes Wochenende findet unsere alljährliche Fachtagung im Mehrzweckraum des Museums statt. Da sprechen namhafte Experten, unter anderem von verschiedenen Universitäten, über das Werk des Autors und vielleicht auch über seine Beziehung zu Einheimischen wie dem Maler.«

»Ich dachte, die Tagung findet ab morgen in der Burg statt.«

»Nein nein, das hat nichts mit uns zu tun, wir machen das seit Jahren mit wissenschaftlichem Anspruch, laden renommierte Experten ein und keine Schauspieler, mit diesen reißerischen Events haben wir nichts am Hut.«

»Okay.«

»Wenn Sie sich wirklich für Literatur interessieren, dann kommen Sie zu uns. Wenn Sie sich mit der Schickeria pseudointellektuell geben wollen, sind Sie in der Burg besser aufgehoben. So ist das.«

»Nächste Woche. Ich werde da sein.«

Auf meinem Weg zum Auto sah ich ein Schild mit einem Pfeil zu einer Straße, die nach dem Autor benannt ist. Ich folgte der Richtung, die der Pfeil vorgab, und gelangte schließlich zu den Gebäuden, die seinen Namen trugen. Einfamilienhäuser, Vorgärten, Zäune, Sprinkleranlagen, Gartenzwerge, Doppelgaragen, Blumenkästen an Balkons, Trampoline, abgestellte Fahrräder, Sandkisten, Thujen. Die Gemeinde hatte sich einen großen Namen einverleibt und ihn wie ein Brandzeichen auf etwas gepresst, das seinem Wesen nicht fernerliegen könnte. Dieser Hort ländlicher Familienidylle war mit seinem kinderlosen Namen geschmückt. Am Ende der Straße steckte eine farbenprächtige Tafel in der mit Blumen bedeckten Erde. Hier befand sich die besonders bei den Bewohnern des nahegelegenen Altenheims sowie bei gebrechlichen Wochenendausflüglern beliebte, nach dem Autor benannte Ruheoase mit Kneipp-Becken, Trinkbrunnen und Barfußwohlfühlpfad. Wie in pseudointellektuellen, pseudoganzheitlichen Fremdenverkehrskonzepten verfahren wird: Das Literarische wird aus seinem ursprünglichen Kontext herausgerissen, verunstaltet und mit anderen Angeboten kombiniert, die monetären Erfolg versprechen, es bekommt den Charakter einer Ware oder einer Dienstleistung und dient einzig und allein der Vermarktung. So wird aus dem Literarischen ein Museum, eine Veranstaltung, ein Barfußwohlfühlpfad, und das alles nur, um altersschwache, finanzstarke, kulturinteressierte Wandertouristen mit scheinbaren Leckerbissen (Gammelfleisch) zu ködern. Toten Schriftstellern werden Denkmäler gebaut, Dorfstraßen werden nach ihnen benannt und Kongresse abgehalten, aber die lebenden werden belächelt, verschmäht, ignoriert, totgeschwiegen, oder besser gesagt sie werden nur halbtotgeschwiegen, denn wenn sie ganz tot wären, wären sie endlich verehrungswürdig, dann könnten sie sich nicht mehr gegen die Vereinnahmung wehren, könnten diejenigen, die von ihrer Begabung profitieren, die sich ein Stück vom Kuchen krallen wollen, nicht mehr ob ihrer schamlosen Heuchelei kritisieren. Die lebenden Literaten müssen, sofern sie nicht längst dem Establishment angehören, um Förderungen betteln, indem sie sich unwürdigen Wettbewerben unterwerfen, die toten hingegen brauchen keinen Finger rühren und werden mit Lorbeeren überschüttet. Und diejenigen, die Staatspreise abräumen und von Mäzenen gemästet werden, die ihre nichtssagende Prosa Jahr für Jahr in die Bestsellerlisten hieven, sind im Prinzip auch nichts anderes als tot. Wenn man feinfühlig ist, riecht man es sogar. Ich kehrte um. Als ich wieder beim Museum war, hörte ich über die Mauern des ehemaligen Tuberkulosesanatoriums eine raue, krächzende Stimme hallen, die Schubert-Arien sang.

Auf dem Rückweg nach Weng fuhr ich noch schneller als zuvor, da ich unbedingt vor meinem Großvater zu Hause sein wollte. Ich parkte das Auto in der Garage, hängte den Schlüssel zurück an seinen Platz und kochte für meinen Großvater und mich. Es war an der Zeit, dass ich mit ihm über den Autor sprach. Dazu musste ich ihn aber erst in eine gute Stimmung versetzen, und das machte ich am besten, indem ich ihn mit einem Abendessen überraschte. In Ermangelung anderer Lebensmittel bereitete ich Nudeln zu. Ich war gerade fertig, als ich den Schlüssel im Schloss klacken hörte. Mein Großvater sah erschöpft aus. Er hängte seine Schiebermütze an die Garderobe und ließ sich ächzend in seinen Ohrensessel fallen. Er rümpfte die Nase.

»Oho, was gibt es denn? Nudeln?«

»Pasta.«

Das klingt eleganter als Nudeln und schmeckt auch deutlich besser. Ich deckte den Tisch und servierte ihm einen dampfenden Teller parmesanbestreuter Linguini mit selbst gemachtem Pesto Rosso. Dazu reichte ich gekühltes Bier seiner Lieblingsmarke (eine Flasche aus seinem Kühlschrank). Er kostete die Nudeln und wirkte zufrieden.

»Hast du etwas angestellt?«

»Ich wollte mich nur noch einmal dafür bedanken, dass ich bei dir wohnen darf. Das ist das Mindeste, was ich tun kann.«

»Ich bin froh, dass du da bist. Sonst bin ich immer allein. Besonders, seit die Greti nicht mehr da ist. Normalerweise wartet keiner auf mich. Wenn ich heimkomm, leg ich mich auf meinen Sessel und schau mir die Nachrichten an, mehr nicht, nach den Nachrichten dreh ich immer ab, da kommt nur Schwachsinn, auch bei den Nachrichten kommt nur Schwachsinn, all die Kriege und Katastrophen, aber du wirst sehen, das ist erst der Anfang, das kommt noch viel schlimmer, das sag ich schon seit dreißig Jahren und jetzt kapieren es langsam auch die anderen. Manchmal lese ich dann ein Buch, aber meine Augen spielen nicht mehr so mit, wie ich es gerne hätte.«

Er hatte sein ganzes Leben lang ohne Lesebrille gelesen, und jetzt, da er eine brauchen würde, sah er nicht ein, dass es ohne nicht mehr ging.

»Ich hab gar keinen Fernseher«, sagte ich. »Da spar ich mir den ganzen Schwachsinn von vornherein.«

»Ich bin schon froh drum, ich hab ja sonst nichts. Überhaupt, seitdem das Lesen nicht mehr richtig funktioniert. Und da redet dann am Abend noch jemand mit einem, auch wenn es nur Schwachsinn ist.«

»Besser Schwachsinn als gar nichts.«

»Besser der Schwachsinn im Fernsehen als der Schwachsinn im eigenen Schädel.«

Wir stießen mit unseren Bieren an – auf den Schwachsinn und das tolle Essen.

»Und du liest ziemlich viel, hab ich bemerkt.«

»Eine logische Folge meines fernsehlosen Daseins.«

Ich legte das Buch auf den Tisch, er nahm es in die

Hand und untersuchte das Cover. Auf einmal blitzte etwas in ihm auf.

»Das ist ja … so ein Schund«, fluchte er. »Du liest so einen Schmarrn?«

Er schlug das Buch auf und strich mit den Fingern über das Papier. Es war die Erstausgabe, die früher meiner Großmutter gehört hatte. Die Schmutztitelseite, angeblich mit der Signatur des Autors, war herausgerissen.

»Das sind doch alles Lügengeschichten von einem psychisch Beeinträchtigten.«

Er stieß das Buch zornig von sich.

»Er war oft hier, oder?«

»Geh, hör mir doch auf mit diesem Spinner!«

»Ich würde es wirklich gerne wissen.«

»Das war ein falscher Hund, ein grausiger, sonst gar nichts! Er ist im Stüberl gesessen und wäre mir eigentlich gar nicht aufgefallen, wenn er nicht … dieses vernarbte Gesicht, und ständig geschaut hat er, immer überall geschaut.«

»Und dann?«

»Und dann sind auf einmal Leute gekommen, nicht zum Essen, sondern auch zum Schauen, sie hatten sein Buch dabei und haben mit den Fingern auf uns gezeigt und gedacht, sie würden das vorfinden, was sie im Buch gelesen hatten, aber das war ja nicht so. Er hat Dinge über Weng geschrieben, die kann und will ich gar nicht wiederholen, aber du wirst das eh schon gelesen haben. Diese Verachtung, dieser Hass. Aber er hat immer nur die besten Stücke Fleisch bekommen, so wie alle anderen Gäste auch. Er hat auch immer reichlich Trinkgeld gegeben … aber es war mir von Anfang an klar, dass er ein Schuft ist, ein miserabler.«

»Hat er im Gasthaus geschrieben?«

»Nein, nie. Nur geschaut hat er, immer geschaut. Mit mir hat er nie geredet. Mit der Greti schon. Da hat er versucht, ganz freundlich und höflich zu sein, obwohl man ihm ja angesehen hat, dass er nicht freundlich war und höflich auch nicht. Er hat Fragen gestellt, und er hat gelogen. Alles war gelogen. Auch in dem Buch ist ja alles gelogen.«

»Aber das ist ja ein Roman und kein Reisebericht, keine Tatsachenbeschreibung. Es steht ja auf dem Einband: Roman. Und nicht etwa: Autobiografie. Oder: Soziologische Studie über die Einwohner Wengs. In einem Roman muss nicht alles wahr sein.«

»Die Leute haben es aber für bare Münze genommen. Viel gefährlicher als die Lügner selbst sind ja die Leute, die ihnen glauben. Die Naivität der Leute bringt die Lügner ja gerade erst dazu, zu lügen. Und sie haben ihm alle geglaubt. Sie waren da und haben alles durcheinandergebracht. Sie haben herumgestöbert und schamlos gelacht, und alles nur wegen dem Deppen und seinem Buch.«

»Die haben halt auch nicht kapiert, dass das Buch Fiktion ist.«

»Aber wir haben darunter gelitten. Besonders die Greti. Sie hat sehr unter diesem Mann gelitten.«

»Hat er ihr was angetan?«

»Bei manchen Dingen ist es besser, wenn man sie nicht weiß.«

Er schüttelte den Kopf und trank den letzten Rest Bier aus seinem Glas. Meines war auch schon leer.

»Magst du noch eines?«

»Mindestens.«

Ich holte uns zwei weitere Flaschen aus dem Kühlschrank.

»Ich frag mich ernsthaft, warum du dich so für den interessierst.«

»Das Ganze hat euch schon sehr mitgenommen, und es hat auch meine Eltern geprägt und irgendwie auch mich, außerdem weiß ich fast nichts über diese Zeit in eurem Leben, da liegt es doch nahe, dass ich mich dafür interessiere.«

Ich sprach ihn manchmal in der Mehrzahl an, weil er für mich immer untrennbar mit meiner Großmutter verbunden war, auch über ihren Tod hinaus.

»Verschwende deine Zeit lieber mit anderen Büchern.«

»Andere Bücher haben aber nichts mit mir zu tun.«

»Dieses Buch auch nicht.«

Er nahm einen großen Schluck, das Gespräch schien ihm langsam aber sicher so richtig auf den Geist zu gehen.

»Also was war jetzt zwischen ihm und Großmutter?«

»Nichts war da.«

Er wollte wieder ausweichen, aber ich schaute ihm in die Augen.

»Nichts war da. Und genau das hat ihn so gestört. Ich war damals viel mit dem Bus unterwegs, ich hab die Gäste zum Stausee gefahren und in die Eishöhle und zum Bahnhof, also war ich nicht immer zu Hause. Wir hatten ja schon einige Angestellte damals, also musste ich nicht unbedingt da sein. Und genau dann, wenn ich nicht da war, ist es öfter vorgekommen, dass Gäste Ärger machten, miteinander rauften, beim Karten spielen betrogen, Bierflaschen durchs geschlossene Fenster schossen und so weiter. Oft musste die Gendarmerie kommen, weil ich nicht da war. Oder manchmal hätte es sich eben nicht ausgezahlt, die Gendarmerie zu rufen. Wie bei diesem Mann, von dem wir anfangs dachten, er wäre ein Vorarbeiter der Baufirma. Er war keiner, der mit Flaschen warf oder mit anderen raufte, ganz und gar nicht, er schaute nur und sagte Dinge. Er hat deiner Großmutter Komplimente gemacht. Zuerst nur für ihr Essen, später auch für ihre Kleidung oder ihre Haare. Aber das Schauen war das schlimmere Übel.«

Er habe sie auf eine Art angeschaut, wie nur ein Mann eine Frau anschauen kann. Ihr sei dabei ganz flau im Magen und auf eine beängstigende Art unwohl geworden, besonders, weil ihr Mann nicht zu Hause war. Mein Großvater musste länger weg gewesen sein, sagte er, vielleicht in Deutschland auf einer Messe oder unterwegs wegen der Musikautomaten, denn wäre er da gewesen, wäre alles anders gekommen. Meine Großmutter wäre nicht auf Dauer so angeschaut worden. Sie hätte die Avancen nicht zurückweisen müssen und hätte keine beleidigte Reaktion provoziert. Der Autor hätte nie schreiben können – wegen seiner gebrochenen Finger.

»Der Wirt kommt in dem Buch ja gar nicht vor, er war angeblich im Gefängnis, aber kein Wenger Wirt war je im Gefängnis, die Wirte im Tal, ja, die schon, die haben Meineide geleistet, verdorbenes Fleisch verkauft und ihre eigenen Kellnerinnen gewatscht, die haben den Gästen manchmal ohne den geringsten Anlass die Bierkrüge auf dem bloßen Kopf zerschlagen, aber in Weng gab es sowas nicht, die Gäste waren schlimm, ja, aber die Wirte haben Ordnung geschaffen, nicht mit der Faust, sondern mit der bloßen Autorität als Wirt. Jedenfalls war ich nie im Gefängnis, ich war unterwegs, um uns etwas dazuzuverdienen, aber das auch nur sporadisch. Wenn es Arbeit gab, hab ich sie angenommen, das war früher so, da war man nicht nur Wirt, da war man immer auch was anderes, ich hab zum Beispiel Schuhe gemacht für alle Familien im Dorf, ich hab Motorräder repariert, und nebenbei war ich eben auch Wirt, aber in dem Buch kommt der Wirt praktisch gar nicht vor – ich hab es ja auch gelesen damals, keine Spannung und Unterhaltung schon gar nicht –, er hat den Wirt einfach weggelassen, weil er ihn weghaben wollte, er wollte die Wirtin für sich allein haben, und weil sie ihn nicht wollte, hat er sie zum absoluten Gegenteil ihrer selbst gemacht, zur Hure. Und das alles nur aus Rache oder aus einem Minderwertigkeitskomplex heraus, den er mit Sicherheit hatte, er fühlte sich zurückgewiesen, seine ganzen Anbandelversuche waren umsonst, er hat nicht das bekommen, was er wollte, und das musste er ihr heimzahlen. So sehe ich das, und so haben es auch alle anderen gesehen, die davon gewusst haben.«

»Es hat ja schon Gerede gegeben, weil er so oft im Gasthaus war. So oft kann ja kein Mensch essen, haben die Leute gesagt. Und getrunken hat er nie viel, also kann man es auch nicht auf den Alkohol schieben. Er ist einer verheirateten Frau penetrant zuwigstiegen, und das war eine unerhörte Sache, damals wie heute, er ist auch nie in die Kirche gegangen.«

Ich ließ ihn reden, und es tat ihm sichtlich gut, diese Last von sich zu laden. Er rechtfertigte sich wiederholt, dass er damals nicht da war, es schien ihn sehr zu bedrücken, dass er nicht mehr Zeit bei seiner Frau verbracht hatte. Die späten Fünfziger und frühen Sechziger waren eine florierende Zeit, denn die nachweltkriegliche Aufbruchstimmung hatte endlich auch die Provinz erreicht, und mit ihr kamen nicht nur Touristen, sondern auch massenweise Gelegenheiten, schnelles Geld zu verdienen. Die einen nutzten die Gunst der Stunde, für ein paar Monate am Stück gut bezahlte Holzarbeiten im Ausland durchzuführen, die anderen eröffneten ein Wirtshaus oder gründeten ein Taxiunternehmen, wieder andere setzten sich an die Schreibmaschine, um die verstaubte Literaturszene mit einem Sturm aufzuwühlen.

Man sagt, eine Frau sei der beste Grund, einen Krieg zu beginnen. Dasselbe gilt für einen Roman. Mein Großvater wusste nicht, ob seine Gattin der Auslöser für einen der größten literarischen Erfolge der Nachkriegszeit war. Ob seine unerwiderte Liebe den Autor zum Schreiben motivieren vermochte, ob er an ihre Schenkel dachte, als er sich im Buch abfällig über Frauen äußerte, ob ihm die Zurückweisung seinen gesamten Aufenthalt im Innergebirg vermiest hatte oder nur ein weiterer Tropfen Aufregung war, der sein seelisches Fass zum Überlaufen brachte, ob ein Entgegenkommen ihrerseits ihn von seinem Frust geheilt hätte – das alles wusste er nicht. Selbst die Biografen des Autors können nur mutmaßen. Mit Sicherheit lässt sich gar nichts sagen. Wahrscheinlich ist jedoch, dass sich der Ursprung seines schwierigen Verhältnisses zum weiblichen Geschlecht nicht nur bis in die frühe Kindheit und Jugend zurückverfolgen lässt, sondern auch in Zusammenhang mit seinem kränklichen Wesen und seiner langen Krankheitsgeschichte, das heißt Atemnot, Husten, schlechter Haut etc., steht. Gehässigkeit als Mangel, als Folge einer Schwäche? Somit wäre sie heilbar gewesen. Später hätte er, wie allgemein bekannt sei, nur noch etwas für ältere Frauen übrig gehabt, sagte mein Großvater. Und für sein erstes Werk von Bedeutung habe er sich eben von seiner damaligen Umgebung inspirieren lassen, ganz klar. Die Wirtin, der Maler, die Gäste – das alles seien verkrüppelte Schöpfungen, die zum Teil echte Vorbilder hätten, überspitzt dargestellt, um die nötige Außergewöhnlichkeit zu erlangen, die der Verlag und das Publikum fordern. Die Wirtin im Buch sei verschlagen, ungepflegt, garstig, nymphoman, und damit ein Prototyp der Frau als solcher im Weltbild des Autors.

»Männernarrisch, so hätte er sie gern gehabt. Aber das war sie nicht, die Greti, sie war eine fromme Frau, und darum hat er ein Gegenteil von ihr erschaffen, einen Auswuchs seiner kranken Fantasie und seiner feuchten Träume.«

ACHTER TAG

Der Zeitraum meiner Reise war nicht zufällig gewählt. Am Wochenende fand in der Burg im Nachbarort ein Festival zu Ehren des Autors statt, eine Reihe von Veranstaltungen, die sich mit ausgewählten Werken auseinandersetzten, Lesungen, Aufführungen von Theaterstücken und Gesprächsrunden mit Schauspielern, Schriftstellern und selbst ernannten Experten. Kurzum: Die Schickeria des Ortes und selbstverliebte Möchtegernintellektuelle gaben sich ein feuchtfröhliches Stelldichein. Wie vor dem Krieg und während des Krieges geben hier auch heute noch die Wirte den Ton an. Diese Wirte sind geltungssüchtige, größenwahnsinnige Gastronomen, die überall dort hindrängen, wo sie ganz und gar nicht hingehören: in die Gemeindestube, die Zuhälterei, die Muschis Minderjähriger, den Landtag. Diese Liste ließe sich beliebig fortsetzen, denn die hiesigen Wirte sind umtriebige Gesellen mit einem nicht mehr gesunden Maß an Ehrgeiz. Natürlich mag es unter ihnen auch ehrliche Männer geben, die köstliche Wiener Schnitzel vom Biokalb servieren, tagein, tagaus jeden Gast mit einem Lächeln auf den Lippen begrüßen und sich nicht in fremde Angelegenheiten einmischen – aber es sind dies garantiert jene Unbekannten, die nicht pausenlos aus dem Fernseher grinsen oder von denen man nicht ständig in der Zeitung liest. Die machen sich wahrscheinlich auch nichts aus Politik, Kultur und Unzucht.

Ich parkte am Dorfrand und spazierte ins Zentrum, das heißt in Richtung Kirche, weil in Dörfern wie diesem die Kirche seit jeher und noch immer der alles beherrschende Mittelpunkt ist. Am Straßenrand, dort, wo normalerweise die gephotoshoppten Gesichter von Lokalpolitikern prangen, sprangen mir A-Ständer mit Hinweisen auf das Festival ins Auge. Vor einem Glaskasten mit weiteren Plakaten lagen Programmhefte zur freien Entnahme auf. Die ersten Veranstaltungen hatte ich bereits verpasst, aber die Highlights – ein Theaterstück mit landesweit bekannten Schauspielern und eine Podiumsdiskussion – standen noch bevor. Die Sonne entstieg einer mächtigen Kumuluswolke und tat endlich das, was von ihr erwartet wurde. Bis zur nächsten Lesung war noch etwas Zeit, also mischte ich mich unters Volk und schlenderte über dieses altbekannte Pflaster. Ich sah Gesichter, die mir aus meiner Kindheit und Jugend in Erinnerung waren, konnte sie aber keinen mir bekannten Personen zuordnen, faltige Greisinnen, die mit Flechtkörben in der Hand ins einzige Kaufhaus des Dorfes huschten, um Gemüse, Aufschnitt und die aktuelle Ausgabe einer Boulevardzeitung zu erstehen, Gesichter aus dem hinteren Drittel meines Gehirns, auch von Kindern, die ich gar nicht kennen konnte, wie Zerrbilder aus einer anderen Dimension. Das sogenannte Kaufhaus war natürlich kein Kaufhaus, sondern eine klassische Landgreißlerei, wie es sie heute nur noch in Ausnahmefällen gibt. Ihr Angebot umfasste nicht nur Lebensmittel, sondern auch andere Produkte des täglichen Bedarfs, darüber hinaus sogar Kleidung für Kitschfreunde aller Altersgruppen, Filzpatschen sowie diverse Geschenkartikel – und das alles auf engstem Raum. Ich schritt durch die Eingangstür, in der Absicht, eine Zeitung zu kaufen. In keiner anderen Greißlerei in ganz Österreich gab es eine so große Auswahl an Qualitätsmedien, wie sie sich ein Geistesmensch nur wünschen kann. Kein Grund, auf der Suche nach geistreichen Aufsätzen hunderte Kilometer in Festspielstädte oder Kurorte zu fahren: Das gesammelte deutschsprachige Wochenendwissen stapelte sich hier zwischen Käsekühltheke und Süßigkeitenregal. Der Ort war eine Insel der Intellektuellen inmitten der rauen alpinen See. Oder war es allein das Kaufhaus? Der Greißler grüßte mich mit dem Namen meines Vaters, hielt kurz inne, lachte dann und grüßte mich mit meinem Namen. Genauso tat er es jedes Mal, wenn ich in seinen Laden trat. Inmitten der Salatköpfe und Bierkisten, der Lakritzstangen, Schokoriegel und Zeitungen wurde ich mir meiner Heimat bewusst.

»Du warst schon lange nicht mehr da, Seltsamer!«

»Immer wenn ich hier bin, komm ich zu dir.«

»Das ist gut. Wenn es schon die Einheimischen nicht tun.«

»Ich nehm eine ›Neue Zürcher‹, die gibt es im Umkreis von 50 Kilometern sonst nirgends.«

»Ach so, darum bist du hier.«

»Und einmal die ›Zeit‹, bitte. Die Leute sollten dein Angebot viel mehr schätzen.«

»Ja mei, die fahren sogar lieber in die nächste Stadt, und derweil gibt's eh alles bei mir. Ich hab halt nur drei Sorten Chips und nicht siebenundzwanzig.«

»Solange du die richtigen Sorten Zeitungen hast, ist das völlig in Ordnung.«

Ich setzte mich auf ein Bankerl und las das Feuilleton. Auf der Bank nebenan saßen zwei Mädchen, eine Blonde mit rotem Mantel und Stiefeletten in derselben Farbe und eine Dunkelhaarige mit Hornbrille, die in Wiener Dialekt über die bevorstehende Lesung debattierten.

»Der Schauspieler P. ist ursüß für sein Alter.«

»Sein Intellekt ist so sexy.«

»Ich hoffe, er trägt bei der Lesung wieder diesen scharfen schwarzen Anzug.«

»Sein Dreitagebart ist die exzellente optische Entsprechung seines wilden, zügellosen Geistes.«

So sprechen Literaturinteressierte über Literaturveranstaltungen. Und in ihrer Schwärmerei vergessen sie, dass erstens Lesungen und andere Events nichts, rein gar nichts mit Literatur zu tun haben, zweitens, dass Schauspieler, diese Künstler zweiter Klasse, in der Regel nicht gerade mit einem großen Geist gesegnet sind, und drittens, dass der Schauspieler P. kein Genie, kein romantischer Freigeist, kein roher Diamant war, sondern ein versoffener Proll ohne jeden Anstand. Warum ich das wusste? Ich hatte ihn beim

Absinthtrinken gesehen, als er am Heuboden Zigarre rauchte und auf den Boden aschte und auf der Liegewiese obszön grinste und seinen Schwanz wieder in die Lederhose quetschte, nachdem er in den See gebrunzt hatte. Und die Gerüchte über ihn und die Frau des Hoteliers hatte ich natürlich auch gehört. Aber für die konnte ich nicht bürgen, denn ich war nicht dabei gewesen. Trotz alledem oder gerade deshalb bot er die ideale Projektionsfläche für die Träume junger Studentinnen.

»Vielleicht können wir ihm nach der Lesung noch ein paar persönliche Fragen stellen.«

»Wir stellen uns einfach am Abend mit einem Drink an die Bar und müssen nur warten, bis er *uns* persönliche Fragen stellt.«

Die beiden kicherten wie Schulmädchen. Auch mir entfuhr ein Lacher. Sie hätten nicht gedacht, dass ich sie von meinem Bankerl aus verstehen konnte. Sie begannen zu flüstern. Als sie an mir vorbeikamen, sagte die Blonde, dass ich mich beeilen müsse, wenn ich P. auch lesen hören wolle. Ich rollte meine Zeitungen zusammen und schloss mich ihnen an. Sie hießen Vanessa und Denise und studierten Germanistik in Wien. Ihr Interesse am Autor beziehungsweise das Thema einer gemeinsamen Seminararbeit hatte sie die lange Zugreise ins Innergebirg antreten lassen. Damit einher ging die Gelegenheit, der Langeweile der Hörsäle zu entfliehen, einen »Mädelsurlaub« auf dem Land zu machen und nebenbei »Socializing mit renommierten Kulturschaffenden« zu betreiben. Das Semester habe vielversprechend begonnen – ein Professor war in flagranti mit einer Erstsemestrigen erwischt worden –, aber nach zwei Wochen trockener Theorie kam dieser Ausflug gerade recht.

Warum ich hier und woher ich angereist sei?

»Ich recherchiere für ein Projekt, an dem ich gerade arbeite. Ich bin fünf Minuten mit dem Auto gefahren, dann war ich da.«

»Echt jetzt, du kommst aus diesem Kaff?«

Zu dritt marschierten wir zur Burg, zeigten unsere Festivalpässe vor und holten uns erstmal ein Bier von der Bar.

»Oh mein Gott, da ist der Schriftsteller J. Gegen den kackt sogar P. ab.«

»Und schau dort, die Schauspielerin V.«

Wenn es um die Namen von sogenannten Künstlern und deren Profession geht, steht es schlecht um mein Gedächtnis. Jedenfalls schienen sich allerhand Prominente im Saal zu befinden. Die Studentinnen waren total aus dem Häuschen. Ich kannte P., der bald lesen sollte und sich schnell noch ein Achterl Rotwein in den Hals schüttete, einige weitere Gesichter kamen mir bekannt vor, ich wusste allerdings nicht, ob aus meiner Jugend oder aus dem Fernsehen, und dann gab es noch den Bürgermeister und ein paar Lehrer aus meinem ehemaligen Gymnasium, deren Visagen ich wohl nie vergessen werde und die auch mich kannten. Das ist der Vorteil bei Prominenten: Sie kennen einen nicht und sprechen einen auch nicht an, weil sie wissen, wie nervtötend es ist, von jemandem angesprochen zu werden, mit dem man nicht sprechen will, weil man ihn nicht kennt und schon gar nicht kennenlernen möchte. Gewöhnlichen Menschen ist diese Contenance fremd. Wir holten uns ein zweites Bier und suchten uns Plätze am Rand, da verdunkelte sich auch schon der Raum und der Schauspieler P. betrat die Bühne. Er setzte sich an einen Tisch, der von einer Leselampe beleuchtet war, und begann zu rezitieren. Eine frühe Erzählung des Autors. Verschachtelt. Verkopft. Langatmig. Die sonore Stimme des Lesenden füllte den Text mit neuem Leben und holte die Handlung mit einem Schlag ins Hier und Jetzt, er machte seinen Job ausgezeichnet, eine tolle Leistung, besonders für einen notorischen Säufer. Wenn man genau hinhörte, konnte man bei bestimmten Lauten die beschwingende, pelzige Wirkung des Rotweins hören, bei anderen das metallische Klirren von Schnaps. Die Sprache gab preis, was er vor Kurzem getrunken hatte. Das Tempo der Erzählung steigerte sich, der Protagonist geriet hemmungslos in Rage über Nichtigkeiten, immer lauter wütete er, bis er schließlich verstummte und mit ihm der Schauspieler, der ihm die Stimme lieh. Der Applaus dauerte lange, und ehe die letzten Hände ausgeklatscht hatten, hatten wir schon unser nächstes Bier bestellt. Wir redeten über das Stilmittel der Übersteigerung im Werk des Autors und amüsierten uns prächtig – was wohl eher an unserem Alkoholspiegel lag als am Thema. Während Vanessa im literarischen Diskurs immer darum bemüht war, sich gewählt auszudrücken und mit gekünstelten Formulierungen zu beweisen, dass sie Germanistik studierte, erwies sich Denise zunehmend als Wiener Proletin mit Proletinnensoziolekt und Proletinnencharme. In ihrer unkomplizierten Art erinnerte sie mich an Julia, nur ihr stilsicheres Hipsteroutfit und ihr Wiener Dialekt hoben sie – die Kleidung positiv, der Dialekt weniger – sicht- und hörbar von ihrem provinziellen Gegenstück ab. Wir gingen in den Burghof, um zu rauchen, und Vanessa holte einen Joint aus ihrer Tasche. Wir stellten uns etwas abseits und nebelten uns in einen sanften Haschrausch. Als nächstes stand die Aufführung eines Theaterstücks auf dem Programm. Drei Schauspieler betraten die Bühne und suderten über ihr Leben, ihre Mitmenschen und das Land, in dem sie freiwillig wohnten. Wir kicherten über die Dialoge und brachen jedes Mal in Gelächter aus, wenn sie eine übertrieben dramatische, sinnlose Geste mit ihren Armen vollzogen. Die bösen Blicke der anderen Zuschauer und ihre zischenden »Psssts« störten uns nicht im Geringsten, denn unsere Sinne fokussierten gänzlich das Geschehen auf der Bühne. Nie mehr Theater ohne Hasch. Als sich Denise im Saal einen weiteren Joint anzündete, wurden wir gebeten zu gehen, und mit gebeten meine ich: von einem schmächtigen Securitytypen unbeholfen an unseren Kleidern hinausgezerrt. Diese Szene war dem Publikum sogar einen Zwischenapplaus wert. Draußen wehte ein drückender Wind. Wir machten uns auf zur Dorfmitte, um noch etwas zu trinken, und nahmen den Weg über den Friedhof. Es war bereits finster, und das rotlichtrote Licht der Grabkerzen verlieh der Nacht eine geheimnisvolle Färbung. Die gusseisernen Kreuze flimmerten im Glanz der Lichter. Gut zwei Meter unter uns lag irgendwo meine Großmutter, in ihrem schönsten Festtagsgewand, langsam verfaulend und nichts als ein gefundenes Fressen für Würmer und Dünger für die Friedhofsbäume. In einem Bereich ohne Grabsteine war die Erde frisch umgegraben worden. Kleine Knochen und Splitter lagen über die noch unbegrünte Fläche verstreut. Wir kickten ein paar mit unseren Schuhen gegen eine Mauer und ließen einen Joint herumgehen, ehe wir die Treppe ins Dorf hinunterstiegen und in ein Kaffeehaus einkehrten. Der Raucherbereich war eine mit einer Glaswand abgetrennte Ecke des Innenraums, wo es praktisch keinen Sauerstoff gab, sondern eine kaum noch gasförmige, eher feste Mischung aus Nikotin, Teer und Kohlenmonoxid, die wir mit unseren Körpern zerteilten wie eine Wand aus grauer Zuckerwatte, um die Eckbank zu erreichen, auf die wir uns genussvoll fläzten. Wir bestellten eine Flasche Rotwein und begnügten uns mit der einzigen Sorte, die sie hatten. Die meisten billigen Weine schmecken furchtbar, auch wenn man sie mit hübschen Mädchen teilt.

»Reden wir über Literatur!«, sagte Vanessa enthusiastisch.

»Hasch, Rotwein und Gespräche über Literatur, so muss ein Freitagabend sein.«

Ich hatte nichts dagegen.

»Als Germanistinnen sind wir quasi Expertinnen für Literatur. Aber wie sieht's mit dir aus? Was hast du eigentlich studiert?«

»Dies und das. Ein Jahr Germanistik war auch dabei.«

Sie freuten sich, denn vielleicht war ich einer von ihnen.

»Und warum hast du aufgehört?«

»Ich war mir damals noch nicht sicher, was ich mit meinem Leben anfangen sollte. Also nicht, dass ich das heute wüsste, aber damals stand mir alles offen und ich wollte keine Möglichkeit auslassen, verschiedene Jobs, Studienrichtungen und Lebensweisen auszuprobieren. Eigentlich wollte ich immer Romanistik studieren, bis ich kapiert hab, dass das nichts mit Romanen zu tun hat. Bald ist mir klargeworden, dass ein Germanistikstudium, wenn ich mein Leben wirklich mit Schreiben verbringen will, wohl der denkbar schlechteste Weg ist. Und wenn ich mein Leben schließlich doch nicht mit Schreiben verbringen will, wären mir als Germanist nur wenige Alternativen geblieben. Und da ich vom Taxifahren nicht viel halte, hab ich das Studium geschmissen.«

»Aber viele Schriftsteller sind doch Germanisten.«

»Germanisten beschäftigen sich mit Schriftstellern. Ob sie dadurch selbst zu welchen werden, ist fraglich. Warum studiert ihr denn Germanistik?«

Vanessa zog an ihrer Zigarette und lächelte ein wenig arrogant.

»Ich will keine Schriftstellerin werden, ich werde Professorin. Für Deutsch und Englisch. Ich schreibe auch Gedichte, das schon, aber das hab ich auch schon vor dem Studium gemacht.«

»Ich lese gern. Das muss doch reichen.« Denise nahm einen großen Schluck aus ihrem Glas.

»Du willst doch nur die Muse eines berühmten Schriftstellers werden und dann die erste sein, die seine Bücher liest«, stichelte Vanessa.

»Jeder hat ein Lebensziel.«

»Und welches Ziel hast du?«

Ich überlegte.

»Das Lebensziel ist der Tod, immer. Ich steck mir lieber kurzfristige Ziele. Etappen, die nicht allzu schwer zu erreichen sind. Ein Feierabendbier, eine passable Zeit beim Laufen, eine Seite pro Tag.«

»Und woher nimmst du das Wissen dafür, dass diese eine Seite etwas taugt?« Vanessa ließ nicht locker.

»Das weiß man nie!«

»Doch! Am besten aus Büchern. Von Literaten, von Literaturwissenschaftlern, von Kritikern. Was ist denn bitte eine bessere Vorbildung für einen Schriftsteller als Germanistik?«

»Postbote, Nachtportier, Seuchenarzt, Totengräber …«

Sie lachte mich aus.

»Die wissen doch gar nichts von der klassischen Dramentheorie oder von Freytags Pyramidenmodell. Wie sollen denn die eine Geschichte erzählen?«

»Mein Großvater hat auch keine Ahnung von idealtypischen Erzählformen. Trotzdem kennt er die besten Geschichten.«

»Aber könnte er sie auch schreiben?«

»Wenn er sie so aufschreiben würde, wie er sie erzählt, wären sie perfekt. Mindestens so gut wie die von Tschechow.«

»Ich bleibe dabei. Dein Großvater ist kein Schriftsteller, weil er nicht Germanistik studiert hat. Böll war Germanist, Grass, Walser, die Liste lässt sich ewig fortsetzen.«

»Böll, mag sein. Grass war Türsteher und SS-Mann, kein Germanist. Walser war Literaturwissenschaftler, das stimmt. Alle drei waren sie bei der Wehrmacht oder zumindest Flakhelfer. Das hat ihre literarische Karriere wahrscheinlich mehr beflügelt als ihre Bildung.«

Für mein gutes Gedächtnis war ich überaus dankbar. Ich hatte sämtliche überflüssigen Details aus meinem einjährigen Ausflug in die sonderbare Welt der Germanistik in meinem Hirn gespeichert und konnte sie jederzeit abrufen. Das machte mich zwar zu einem Besserwisser und Klugscheißer, aber damit konnte ich leben.

»Willst du damit sagen, dass Nazis die besseren Schriftsteller sind?«

»Die besseren als Germanisten? Nun ja …«

»He, he, he, nun mal langsam!« Denise mischte sich schlichtend ein. Aber wir waren nicht fertig.

»Nur eines noch: Handke hat Jus studiert, Musil Maschinenbau, und die besten haben natürlich gar nichts studiert. Ich hätte auch nichts studieren sollen, dann wäre ich schon längst berühmt.«

»Wenn du bei Germanistik geblieben wärst, hättest du es sicher schon weiter gebracht.«

Denise musste erneut eingreifen.

»Jetzt hört aber auf, ihr zwei! So wie ihr euch neckt, könnte man meinen, da bahnt sich ein Techtelmechtel an. Und jetzt wechseln wir das Thema und reden über billigen Wein.«

Vanessa schenkte nach.

»Ein billiger Wein, der gut schmeckt, ist fast so selten wie ein Germanist, der schreiben kann.«

»Selber Germanist!«

Wir zankten, was das Zeug hielt, und trafen uns an unseren wundesten Punkten: die verschwendeten Jahre unserer Studienzeit.

»Wartet mal.« Vanessa überlegte. »Wir haben wirklich gerade über Literatur gesprochen und die Auto*rinnen* völlig außer Acht gelassen.«

»Wenn ich Autoren sage, dann meine ich Männer und Frauen«, sagte Denise.

»Aber Grass, Walser, Handke – alles chauvinistische Machos, die ihren Schwanz vor sich her tragen wie einen Orden, der ihnen von höchster Stelle verliehen wurde. Was ist mit den Frauen? Mit der Bachmann, Christa Wolf, Jelinek?«

»Ich fand die Nöstlinger immer gut«, warf ich ein.

»Haushofer, Streeruwitz?«

»Ich glaub, die meisten Schriftstellerinnen haben tatsächlich Germanistik studiert. Das erklärt so einiges …«

»Jelinek hat nicht Germanistik studiert.«

»Hätte ihr wahrscheinlich nur geschadet.«

»Aber wie kann es sein, dass wir über Literatur reden und die Frauen dabei ganz vergessen?«

»Sie sagen immer, die Männer, sie hätten Eier, und sie meinen das als Synonym für ihre Stärke, aber tritt mal einem Typen in die Eier und du siehst, was für ein Schwächling er ist. Vagina, das ist ein Synonym für Stärke.«

»Ihr werdet sehen, irgendwann kommt die große Schriftstellerin und stellt alle Männer in den Schatten. Wahrscheinlich schreibt sie schon seit Jahren und kein Verlag will ihre Bücher veröffentlichen, weil sie um den Erhalt ihres patriarchalen Systems fürchten. Vielleicht ist diese Frau eine von euch beiden. Ich bin es jedenfalls nicht.«

»Es sei denn, du entscheidest dich dazu, deinen Schwanz nicht mehr vor dir her spazieren zu tragen, sondern ihn lieber in dich hinein stülpen zu lassen.«

»Da bleib ich lieber ein Denker und Genie.«

»Wenn du ein Schwächling bleiben willst, viel Glück dabei.«

Ich hielt mein Glas in die Luft und zuckte mit den Schultern.

»Chin-chin.«

Nach der keine-Ahnung-wievielten Flasche machten wir uns langsam auf den Heimweg. Zur Sicherheit bestellte ich noch eine für unterwegs. Die beiden wohnten in einer Pension in der Nähe meines Elternhauses, also beschloss ich, sie ein Stück zu begleiten und auf den Spuren meines ehemaligen Schulwegs zu torkeln. Denise musste noch wohin, Vanessa und ich warteten vor dem Café und rauchten, das heißt, sie rauchte und ich sah ihr dabei zu. Mit ihren Stiefeletten und dem roten Mantel sah sie bezaubernd aus, nobel und ganz und gar nicht nuttig. Ihre blonden Haare schimmerten unter dem Neonlicht eines Reklameschilds, und blauer Rauch kringelte sich zum Firmament. Das Rot ihrer Lippen war auf ihre Schuhe abgestimmt. Meine Hand näherte sich gerade zielsicher ihrer Hüfte, als Denise plötzlich zurück war und wir losmarschierten. Denise war am betrunkensten von uns, das erkannte man an ihrer starken Schlagseite, an den Schlangenlinien, die sie stur beschritt und die sie über die gesamte Breite der Straße führten, sowie an ihrem ständigen Gekicher. Die Nacht war klar, keine Menschenseele war zu sehen. Da entdeckte Denise den Sternenhimmel.

»Oh mein Gott! Schaut euch das an! Das ist ja urleiwand, die ganzen Sterne, so hell!«

In Wien sieht man, wenn man nachts den Kopf in den Nacken legt, nur eine trübe graue Plane, die sich über die Lichter der Stadt stülpt wie der Deckel einer Jausendose über labbriges Brot. Hier im Innergebirg erkennt man hunderte, tausende Gestirne in all ihrer funkelnden Schönheit, sämtliche Sternbilder fallen einem in aller Klarheit in die Augen, Sternschnuppen schneiden Risse ins schwarze Nichts, und der Mond baumelt zwischen den Lichterketten wie ein zerknitterter Lampion.

»Ist das leiwand oder ist das leiwand?!«

Während Denise auf der Straße auf und ab lief und den Kopf nicht mehr nach unten brachte, packte ich Vanessas Hand und ließ sie nicht mehr los. Sie reagierte nicht wirklich, aber allein, dass sie ihre zarten Finger meinem Griff nicht entzog, wertete ich als gutes Zeichen. Als Kind war ich diesen Weg jeden Tag gegangen, und jetzt kam ich leichten Fußes zurück mit ein paar Litern Wein im Schädel und einem Mädchen an der Hand. Ein zweites hüpfte berauscht vor uns her. Die glorreiche Heimkehr eines sieggekrönten Generals sieht anders aus, das war mir klar, aber das Wissen um die nahe Zukunft war mein Triumph.

Sie bestanden darauf, dass ich die Nacht bei ihnen verbrachte. Die Rezeption war nicht besetzt, trotzdem sollte ich zur Sicherheit auf der Hinterseite des Gebäudes durch das Badezimmerfenster einsteigen. Ich zwängte mich hindurch und landete kopfüber in der Badewanne. Um den pelzigen Geschmack in meinem Mund loszuwerden, putzte ich mir behelfsweise die Zähne, indem ich Zahnpasta auf meinen Zeigefinger drückte und diesen wie eine Bürste über meine Zähne führte. Ich spuckte aus und schaute in den Spiegel. Mein aufgeschwemmtes Gesicht hatte eine gesunde Farbe, die wahrscheinlich vom Wein herrührte. Ich machte das Licht aus. Vanessas Mantel lag am Boden, daneben schlampig abgestreifte Schuhe. Denise lag angezogen auf einer Hälfte des Doppelbettes und schnarchte. Ich sah mich in den Hängekästen der Küchenzeile um, entschraubte die letzte Flasche und goss zwei Gläser voll. Vanessa saß im Schneidersitz vor dem Bett. Auch ihr Höschen war rot. Ich gab ihr ein Glas und prostete ihr zu.

Draußen kam Wind auf. Der Mond mit seinem schiefen Grinsen zwinkerte mir durchs Fenster zu. Ich stellte mein Glas auf die Kommode. Die meisten billigen Weine schmecken furchtbar, aber sie erfüllen ihren Zweck.

NEUNTER TAG

Mein Kopf brummte. Ich schleifte meinen Körper den Gehsteig entlang in Richtung Ortszentrum, und obwohl es keine zwanzig Grad hatte, brach mir der Schweiß aus allen Poren. Anstatt mich aus dem Badezimmerfenster auf die Pflastersteine fallen zu lassen, nahm ich beim Verlassen der Pension die weitaus bequemere Terrassentür. Denise schnarchte noch in voller Montur und Vanessa breitete sich auf der anderen Betthälfte aus, sodass wenig Platz blieb für mich und meine Morgenlatte. Ich schrieb den beiden eine kurze Notiz und machte mich auf den Weg. Wäre ich nach Osten abgebogen, hätte ich in wenigen hundert Metern mein Elternhaus erreicht. Ich schaute kurz in die aufgehende Sonne, wandte mich geblendet ab und marschierte los. Als ich nach einer gefühlten Stunde beim Kaufhaus vorbeikam und die aktuellen Zeitungen sah, fielen mir meine am Vortag erstandenen Exemplare ein. Ich hatte erst einen Bruchteil gelesen und sie dann vermutlich irgendwo liegen lassen. Aber bei journalistischen Texten, die schon nach einem Tag oder einer Woche, spätestens jedenfalls bei Erscheinen der nächsten Ausgabe an Aktualität verlieren, gab es sowieso nichts zu verpassen. Ich kaufte mir nichts zu trinken, sondern hielt meinen Kopf stattdessen unter den Wasserstrahl des Brunnens am Marktplatz. Das eiskalte Nass kühlte mein dampfendes Hirn, ich schluckte mehrere Mundvoll, um meine ausgetrocknete Kehle zu erfrischen, und wusch mir die verklebten Hände. Einige nobel gekleidete Passanten beäugten mich misstrauisch und schüttelten die Köpfe in Anbetracht meiner öffentlichen Waschung. Als ich die Prozedur abgeschlossen hatte, setzte ich mich mit nassen Haaren in den Gastgarten des Kirchenwirts und wartete auf die Kellnerin. Ich war wahrscheinlich noch zu früh zum Mittagessen, aber mit etwas Glück bekam ich schon jetzt eine Suppe oder eine Kleinigkeit zu beißen, um meinen Magen zu beruhigen. Die Kellnerin trug ein rosarotes Dirndl mit giftgrüner Schürze und tiefem Ausschnitt. Ich bestellte ein Seidel Bier und ein großes Glas Leitungswasser.

»Wenger Bergwasser, Voss oder Tŷ Nant?«

»Äh, Leitungswasser, bitte.«

»Also Wenger Bergwasser?«

»Einfach den Wasserhahn aufdrehen und ein Glas druntерhalten.«

»Gut, einmal Wenger Bergwasser. Gerne, der Herr.«

»Wenger Bergwasser« klang so, als ob das Wasser in den luftigen Höhen der Wenger Gletscher, die es nie gegeben hatte, einer geheimen Quelle entsprang und direkt, unvergleichlich frisch und so klar wie Gottes Tränen in die Gläser des Kirchenwirts sprudelte. Das Wirtshaus war mir bodenständiger in Erinnerung gewesen, aber die Zeiten änderten sich – auch im Innergebirg. Die Kellnerin servierte die Getränke und drückte mir die Speisekarte in die Hand. Der Küchenchef empfahl Dry-Aged-Beef vom Jungbullen in Rosmarinsaft, Geschmorte Kalbsbacke an Orangenjus sowie Gebratene Furchensee-Reinanke auf Perlgraupen-Risotto und Limonen-Kokos-Curryschaum. Ich konnte mich kaum entscheiden, schließlich fiel meine Wahl auf ein zweites Bier. In meiner Jugend hatte es hier traditionelle Hausmannskost gegeben, jetzt kochte der Maître de Cuisine anscheinend nicht mehr für die Einheimischen, sondern für zahlungskräftige Snobs. Ich entschied mich für den Salat der Saison mit Burrata und Ochsenherztomaten. Während ich wartete, stellte ich mir blutrote Rinderherzen vor, die auf Salatblättern pulsierten, frisch aus den kastrierten Viehleibern herausgerissen und roh serviert, dazu Burrata, also speziell marinierte Eselsohren, und ein bittersüßes Dressing. Für jede Portion musste ein halbes Dutzend Ochsen geschlachtet werden, und ein *burro* verlor sein Gehör. Das hätte immerhin den Preis erklärt.

Natürlich war das Gericht vegetarisch. Nachdem ich gegessen und bezahlt hatte, überkam mich eine große Müdigkeit. Also ging ich mit Scheuklappen zum Auto, fuhr nach Weng und ließ mich angezogen aufs Bett fallen, wo ich auf der Stelle einschlief.

Das Geläut der Kirchenglocken riss mich jäh aus dem Schlaf, wie so oft in der letzten Woche. Die Glocken ertönten morgens, mittags und abends, dazwischen in unregelmäßigen Abständen, bald kurz, bald länger, bald für mehrere ohrenbetäubende Minuten – ich hatte noch keine Systematik hinter dem für mich sinnlosen Gebimmel erkannt. Ich rieb mir den Schlaf aus den verklebten Augen. Auf dem Nachtkästchen lag das aufgeschlagene Buch, ich würdigte es keines Blickes. Die Kirche war allgegenwärtig, nicht nur draußen, sie drang in jeden Winkel eines jeden Hauses, keiner konnte sich ihrer entziehen, wollte man nicht pausenlos mit Gehörschutz für Bauarbeiter durch die Gegend laufen. Die Kirche prägte das Dorf visuell und klanglich und brannte ihren Bewohnern ein glühendes Kreuz ins Herz. Mag sein, dass die Glocken früher hilfreich gewesen waren, als es neben der Kanzel noch keine anderen Medien gab, aber für ihren heutigen symbolischen Charakter waren sie eindeutig zu laut. Auch als Warnung vor Lawinen oder Überschwemmungen machte ihr Geläut durchaus Sinn, oder als noch Wolfsrudel durch die Wälder zogen und Schafe auf den Weiden rissen. Heute war ihr einziger Zweck, den ich vorbehaltlos einsah, jener, dass sie Faulenzer und Müßiggänger regelmäßig aus ihren Betten rissen. Hätte ihr Lärm mich nicht geweckt, hätte ich die abendliche Lesung verpasst. Ich bekreuzigte mich zum Dank und sprang unter die Dusche.

Gekämmt und geschnäuzt platzte ich in den vollen Saal, wo die letzte Lesung des Tages schon im Gange war. Da ich keinen Sitzplatz mehr fand, stellte ich mich an die Bar, von wo aus man eine erstklassige Sicht auf die angebotenen Spirituosen und auch die Bühne halbwegs im Blick hatte. Ich schaute mich um und entdeckte Vanessa und Denise auf Plätzen im vorderen Drittel, wahrscheinlich um dem Schriftsteller J., dem großgewachsenen Liebling der Feuilletons, möglichst nahe zu sein. Sein Text, den er viel zu schnell vortrug, schien ein bloßer Abklatsch vom Schreibstil des Autors zu sein, zu dessen Ehren die Lesung stattfand. Seinen Sätzen haftete eine allzu deutliche Bitterkeit an und manchmal blitzte ein Funken Gehässigkeit, fast Bosheit auf, die keine ehrliche, wahrhaftige war, sondern eine antrainierte, effekthascherische. Er zehrte von dieser – Schriftstellern grundsätzlich eigenen – Freude am Formulieren, einer fast schon erotischen Lust an möglichst niederträchtigen Beschimpfungen, die er jedem zuteilwerden ließ, der an seiner Allmacht zweifelte. Der Lesende strahlte eine Selbstsicherheit aus, um die ich ihn beneidete, allem Anschein nach dachte er tatsächlich, dass sein Geschreibsel etwas taugte. Das lag mit Sicherheit am dauernden Lob der Presse und an den schmachtenden Blicken der Studentinnen im Publikum. Zu viel Beifall verdirbt den Charakter. Und den Schreibstil sowieso.

Ich stand schon einige Zeit im Burghof, als Vanessa und Denise die Treppe herunterkamen. Die Spuren der letzten Nacht waren längst von Make-up überdeckt, auch die Bisse an Vanessas Hals waren gekonnt überschminkt. Heute machte sie einen schüchternen, fast beschämten Eindruck auf mich, während Denise höchst motiviert und in Trinklaune war.

»Hey! Wir haben dich beim Frühstück vermisst, du alter Spielverderber!«

Denise umarmte mich.

»Ich musste früh los. Warum denn Spielverderber?«

»Wenn man die ganze Nacht miteinander verbringt, muss man auch gemeinsam frühstücken! Ein Wunder, dass du überhaupt so früh aufstehen konntest. Vanessa hat den ganzen Tag gepennt.«

Vanessa rammte ihrer Freundin den Ellbogen in die Rippen.

»Hey!«, sagte ich und ging einen Schritt auf sie zu.

»Jetzt mach mal keine große Sache draus.«

»Jetzt mach *du* mal keine große Sache draus«, sagte ich und umarmte sie, wie Denise mich umarmt hatte. Zuerst zierte sie sich, dann kriegte sie sich wieder ein und wollte mich gar nicht mehr loslassen. Sie biss mir sogar ins Ohrläppchen. Die beiden waren anscheinend wieder bekifft. Denise nutzte die Gelegenheit und entriss Vanessa ihre Tasche, kurz darauf hatte sie einen Joint in der Hand, den sie prompt anfachte, um genüsslich daran zu ziehen. Vanessa löste ihren Griff um meinen Hals und holte sich zurück, was ihr gehörte. Gemächlich machten wir uns auf den Weg zur Podiumsdiskussion, die in einem Seminarhotel in der Nähe stattfinden sollte. Im Kaffeehaus legten wir einen kurzen Zwischenstopp ein, um uns eine Flasche Rotwein zu teilen. Als wir schließlich im Hotel eintrudelten, war die Veranstaltung schon fast zu Ende. In der Lobby begrüßte uns ein geschleckter Kellner mit Fliege und geleitete uns in die Lounge, wo er uns ein Sofa zuwies. Auf der gegenüberliegenden Seite des Raumes saßen – leicht erhöht – die sogenannten Experten, die Schauspieler und Schriftsteller, die weitschweifig, um nicht zu sagen geschwätzig, schleimig, schwammig, über den Autor sprachen. Die offizielle Debatte war bereits vorbei, es wurden Fragen aus dem Publikum beantwortet. Im Vergleich zur Lesung, die sehr gut besucht war, sah ich fast keine Einheimischen im Raum, sondern ausschließlich elitäres Publikum in Tweed-Jacketts und Abendrobe, höchstwahrscheinlich Universitätsprofessoren, Kultur-Journalistinnen, dazwischen der Bürgermeister mit seiner Gattin, ein paar Gymnasiallehrer und vereinzelt Studentinnen mit kurzen Röcken und Collegeblöcken auf dem Schoß. Ein Pudel mit Diamanthalsband streunte durch die Sitzreihen. Im noblen Ambiente der Lounge hätten die gewöhnlichen Bürger des Dorfes – und die Bauern sowieso – fehl am Platz gewirkt. Darum aßen sie auch nie im Restaurant des Hotels. Und aus demselben Grund fühlte auch ich mich deplatziert und irgendwie prekär. Nur die beiden Mädchen und der Rotwein machten die Situation erträglich.

Ein älterer Herr mit weißen Locken hob die Hand.

»Bezugnehmend auf Ihre Aussage, dass in der von Ihnen sogenannten guten alten Zeit Literatur noch ernst genommen wurde, da man als Autor, ja sogar als unbekannter Autor, durch einen Roman öffentliche Aufmerksamkeit erregen konnte, stellt sich mir unweigerlich die Frage, ob Literatur heute denn nicht mehr ernst genommen wird. Denn wir, die wir hier sitzen, nehmen sie doch ernst. Sonst wären wir ja nicht zusammengekommen, wenn wir Literatur nicht ernst nehmen würden.«

Ein Mann am Podium, offensichtlich der Moderator der Fragerunde, schickte sich an zu antworten.

»Äh, danke! Pardon, äh, was war Ihre Frage?«

Der ältere Herr räusperte sich.

»Wird Literatur heute noch ernst genommen? Von der Öffentlichkeit, von uns, überhaupt?«

Der Schriftsteller J. ergriff das Wort.

»Das kommt darauf an, was man unter Literatur versteht. Die hochwertige Literatur muss natürlich ernst genommen werden, das heißt die ernste, die schöne, die schöngeistige Literatur. Die Trivial- und Lebenshilfeliteratur hingegen ist den Speicherplatz nicht wert, den sie in Beschlag nimmt. Wenn man sich aber die Verkaufszahlen ansieht, so zeigt sich ein diametrales Bild: Krimis, Fantasyromane und Statusmeldungen führen die Bestsellerlisten an, die Leser wollen unterhalten werden, und das ist ihr gutes Recht. Die logische Folge ist der Niedergang der Kunst im Dienste der Verkäuflichkeit. Die erfolgreichen Verlage sind heute Großkonzerne, die ihren Fokus auf möglichst hohe Auflagen und Verkaufszahlen legen. Dem monetären Erfolg wird alles andere untergeordnet, Bücher müssen dem Massengeschmack entsprechen oder sie werden gar nicht erst verlegt. In diesem Sinne sind viele Schriftsteller nichts als Handlanger von Konzernen, sie bereiten vorgegebene Themen publikumsgerecht auf und bekommen dafür ein bescheidenes Honorar. Keine Spur mehr von freien Subjekten oder Dichtern, die sich als vom Schicksal auserwählte Propheten verstehen. Ein Roman ist ein Produkt, und das verkauft sich oder nicht. Was sich nicht verkauft, wird verramscht und verschwindet aus den Regalen. Was sich nicht verkauft, wird demnach auch nicht ernst genommen. Wenn irgendwo ein armer Poet in seiner Dachkammer verhungert, ist das dem Buchmarkt scheißegal. Entweder man betreibt das Schreiben wie das Briefmarkensammeln und Minigolfspielen zum Zweck persönlicher Erbauung oder man sieht sich gezwungen, bestimmte stilistische und inhaltliche Vorgaben einzuhalten, um etwas Massentaugliches herzustellen, so einfach ist das. Erst wenn man sich eine treue Anhängerschaft erarbeitet hat, kann man einen Teil der Zwänge ablegen. Manche Vorgaben hingegen sind eine heilige Kuh.«

»Aber finden Sie nicht, dass die Unterscheidung zwischen Hochliteratur und Unterhaltungsliteratur alles andere als zeitgemäß ist?«

»Am besten ist natürlich eine ausgewogene Mischung. Aus Fakt und Fiktion, relevanten Themen und anspruchsvollem Stil, Intertextualität, Mehrdeutigkeit, wir alle kennen diese Kriterien. Aber um zum Thema des heutigen Abends zurückzukehren: Wenn das Buch, über das wir vorhin gesprochen haben, heute erscheinen würde, gäbe es Reaktionen aus der Bevölkerung? Oder würde es in der Masse an Erscheinungen untergehen? Vermutlich würde es in kein Verlagsprogramm passen, da es keine klare Zielgruppe gibt, keine spannende Storyline, explizit frauenverachtende Passagen etc. Mit einem guten Stil ist heute noch nichts gewonnen. Das Buch bedient sich der Strukturen des klassischen Heimatromans, demontiert allerdings die Illusion eines ländlichen Idylls. Mit seiner gewöhnungsbedürftigen Sprache und der fehlenden Action wäre es für heutige Leser wahrscheinlich doppelt uninteressant. Damals war es natürlich revolutionär, aber irgendwann wird jeder Rebell zum Heimatdichter.«

»Was braucht es also, um heute im Literaturbetrieb erfolgreich zu sein?«

»Harte Arbeit macht sich irgendwann bezahlt. Ich denke nur an die unzähligen schlaflosen Nächte, das ewige Hämmern im Schein der Schreibtischlampe, den Muskelkater, die Krämpfe. Ein ansehnliches Genital ist natürlich auch von Vorteil, wenn man seine Agentin nachdrücklich motivieren möchte. Scherz beiseite, selbstverständlich ist Talent vonnöten, am besten nicht zu knapp, sonst nützt alle Arbeit nichts. Und ein Gespür für große Themen. Manche laufen Trends hinterher, andere setzen sie. Und wieder andere erkennen Talente und wissen sie zu fördern. In diesem Zusammenhang möchte ich an vorderster Stelle den Herrn des Hauses erwähnen, der sich immer als großzügiger Förderer meiner Kunst erwiesen hat. Danke, Alois, für dein Vertrauen!«

Das Publikum brach in frenetischen Jubel aus, und der Hotelier betrat die Bühne. Trotz seines Alters hatte er sich seine Haare am Oberkopf zu einem Dutt zusammengeknotet. Seine bunte Brille zeugte von Aufmerksamkeitsdrang und Geschmacklosigkeit. Der Moderator reichte ihm ein Mikrofon.

»Danke vielmals! Als ich dir, lieber J., vor einiger Zeit die Möglichkeit gegeben habe, in unserem schönen Ort zu residieren und zu schreiben, warst du schon ein etablierter Schriftsteller. Ich habe es mir zur Aufgabe gemacht, nicht nur junge, unbekannte Talente zu fördern, sondern auch große Persönlichkeiten durch das inspirierende Umfeld in unserem Haus zu neuen Werken anzuregen. Dass dies wunderbar funktioniert, haben wir ja alle heute bei der Lesung in der Burg erleben dürfen. Besonders ehrt mich natürlich, dass dein Buch eine Widmung für mich und meine Frau enthält. Darauf sind wir mehr als stolz. Selbstverständlich bist du auch in Zukunft jederzeit bei uns willkommen. Genieß die frische Landluft, stärk dich mit den Köstlichkeiten aus unserer Küche und lass dich zu neuen Meisterwerken …«

Lautes Gelächter unterbrach die Rede. Hinter der Bar, gleich neben dem Barkeeper, stützte sich der sichtlich betrunkene Schauspieler P. auf den Tresen und brüllte durch den Raum.

»Frische Landluft, dass ich nicht lache … Du meinst wohl den Gestank von Kuhscheiße, Lois?«

Alle Augen richteten sich auf den Störenfried, der es perfekt verstand, die Aufmerksamkeit auf sich zu ziehen, indem er dem Hotelier in die Parade fuhr. Doch niemand schien sich an dem Zwischenruf zu stören, er wurde belächelt, als spontaner Einwurf eines Kreativen abgetan. Auch die Podiumsteilnehmer lachten.

»Ich rieche sie bis hier … Der Gestank ist unerträglich …«

Der Schauspieler verfiel in ein unverständliches Lallen und zog dabei die furchtbarsten Grimassen. Schließlich führte ihn die Frau des Hoteliers weg, eng umschlungen stiegen sie eine Treppe hinauf. Das Publikum applaudierte.

»Die Lesung war ja schon hervorragend, aber erst in freier Rede zeigt er sein wahres Können.«

»Wenn man sieht, wie seine Augen funkeln, wenn er über geistige Themen spricht, wird ersichtlich, welch begnadeter Künstler er ist.«

»Aus der Nähe sieht er noch besser aus als auf YouTube.«

Ich spuckte fast meinen Pinot Noir hinter die Bar.

»Jetzt hör aber auf zu lachen. J. ist einer der profiliertesten österreichischen Schriftsteller der Gegenwart, er wurde mit unzähligen Preisen ausgezeichnet und seine Bücher sind in über zwanzig Sprachen übersetzt worden. Und sein Arsch ist knackiger als der eines jeden Literaturnobelpreisträgers.«

»Ich hab noch nie ein Buch, das ich angefangen hab, vor dem letzten Satz weggelegt. Aber bei dem von J. war nach einem guten Drittel die Luft raus. Es gab keine Handlung, keine interessanten Personen, keine Spannung. Nicht mal der Stil hat mich überzeugt. Und die Kritiker haben ihn gelobt. Warum, weiß ich nicht. Wahrscheinlich wegen seinem Arsch.«

»Du bist doch nur neidisch!«

Denise ließ sich ihren Lieblingsautor nicht madig machen. Als er sich auf einem Sofa ganz in der Nähe niederließ, sah sie ihre Chance gekommen, endlich mit ihm in Kontakt zu treten. Sie kramte einen kleinen Spiegel aus ihrer Tasche, fuhr sich ein paar Mal durch die Haare und schürzte ihre Lippen. Dann hoppelte sie zu ihm hinüber. Vanessa zwickte mich ins Knie, damit ich meinen Blick wichtigeren Dingen, also ihr, zuwandte.

»Er hat auch bessere Bücher geschrieben. Du solltest ihm eine zweite Chance geben.«

»Die hat er mit seiner heutigen Lesung vertan.«

»Die war doch ausgezeichnet, findest du nicht?«

»Er sitzt auf der Bühne und kommt sich vor wie der neue Bukowski. Mit dem Unterschied, dass er mehr kokst als säuft. Außerdem frag ich mich, ob sein Haarausfall altersbedingt ist oder ob er einfach nur ein Nazi ist.«

»Hast du seine Bücher überhaupt gelesen?«

»Eines bis zur Hälfte.«

»Das reicht doch nicht für eine Beurteilung.«

»Mag schon sein, dass er über die Jahre besser geworden ist. Da er nichts anderes macht als schreiben, hoffe ich das für ihn sogar. Aber er ist mir einfach unsympathisch. Und da es in seinen Büchern immer um ihn selbst geht, mag ich auch die Bücher nicht. Wenn man mit Anfang zwanzig schon Preise einheimst, bleibt einem ja fast nichts anderes übrig, als überheblich zu werden.«

»Sag bloß du bist eifersüchtig?«

»Auf seinen Erfolg oder seinen Arsch?«

Ihre Hand umfasste meinen Nacken und zog mich an sie ran. Sie roch nach Rosenblüten und Jasmin. Ich wollte gerade meine Augen schließen, als Denise uns abrupt unterbrach.

»Dieses präpotente Arschloch. Wer glaubt er eigentlich, dass er ist!?«

Sie kochte vor Wut.

»So ein Scheiß-Chauvinist. Sehe ich etwa aus, als wäre ich frigide?«

»Nun mal langsam. Was ist passiert?«

»Zuerst haben wir uns ganz normal unterhalten und sogar ein bisschen geflirtet, dann lag auf einmal seine Hand auf meinem Oberschenkel, ich hab sie sofort weggeschoben, und dann hat er mir ein Foto von seinem Penis gezeigt, als wäre ich irgendeine dahergelaufene Hure, die sofort mit ihm ins Bett steigen würde.«

Denise warf einen bitterbösen Blick über ihre Schulter.

»Ich habe ihm klargemacht, dass ich zuallererst an einem intellektuellen Gespräch interessiert bin. Dann hat er gemeint, er habe keine Zeit, sich seinen Feierabend von Groupiegelaber zumüllen zu lassen.«

Denise war kurz vorm Weinen.

»Frigides Groupiegelaber, hat er gesagt. Frigid, das Arschloch.«

Vanessa nahm sie in den Arm. Ich fühlte meine Vorurteile bestätigt, sagte aber nichts. Wer so schreibt, muss ein Arschloch sein. Da stand er plötzlich neben uns und sagte, er müsse ein Missverständnis aufklären. Er stellte eine Flasche Champagner vor uns auf den Tresen und nuschelte vage Rechtfertigungen von wegen bipolarer Störung, Sexsucht und Therapie. Er hatte die müden Augen eines Mannes, der schon viel erlebt, aber keinerlei Lehren daraus gezogen hatte. Aus der Nähe sah er aus, als leide er an Verstopfung. Verbissen presste er Wortbrocken aus seinem schmallippigen Mund. Bevor wir auch nur ein Wort entgegnen konnten, war er schon wieder am anderen Ende der Lounge und redete mit einer älteren Dame, der er liebevoll an die Schulter grapschte. Die Mädchen waren fassungslos. Der edle Schriftsteller ein Chauvinist? Mir war nicht klar, ob ihnen sein demütigendes Verhalten mehr missfiel oder die beschämte Entschuldigung danach. Ich ließ uns drei Gläser bringen und schenkte den Champagner ein.

»Dann stellt der uns auch noch diesen Nuttensprudel vor die Nase. Und dann ist wieder alles gut, oder wie?«

»Dieser Nuttensprudel«, sagte der Barkeeper, der unserem Gespräch gelauscht hatte, »kostet um die 250 Euro. Ich bitte Sie um Contenance.«

»Und den Herrn Schriftsteller bitten Sie nicht um Contenance?«

»Herr J. ist Gast des Hauses und – naja, wie soll ich sagen – etwas exzentrisch. Ein Künstler eben.«

»Und das gibt ihm das Recht, mich zu begrapschen?«

»Ich kenne die genauen Umstände Ihres Tête-à-Tête nicht, bin mir aber sicher, dass Herr J. keine bösen Absichten hegte.«

Plötzlich kurvte der Barkeeper hinter der Bar hervor und stürzte auf den Pudel zu, der sich anschickte, ein Sofa zu markieren.

»Heinrich«, brüllte er. »Heinrich, aus!«

Er zerrte den Pudel weg, das Tier strampelte wie wild, entwischte seinen Fängen und verschwand zwischen den trinkenden, diskutierenden Grüppchen.

»Wenn der Hund das nicht für mich erledigt hätte, hätte ich hier hingepisst!«

Denise lachte und gönnte sich einen großen Schluck Champagner.

»Das sind doch alles Heuchler. Der Kellner, die ganze Literatur- und Kulturbagage. Nichts als elitäres Pack.«

Vanessa und ich pflichteten ihr bei.

»Und J. ist nicht besser als der Rest, er ist kein Revolutionär, sondern Teil des Establishments und lässt sich hier hofieren, als wäre er ein Adeliger, nur weil die Gastgeber hoffen, dass etwas von seinem Ruhm auf sie abfärbt. Sie wollen in seinem Erfolg baden, und im Erfolg des großen Schauspielers P., und dann holen sie sich die schlimmsten Kerle ins Haus, weil sie von deren Aura der Verruchtheit so angetan sind, dass es ihr Hirn vernebelt.«

Während sich Denise mehr und mehr hineinsteigerte, spürte ich Vanessas Hand auf meinem Oberschenkel. Sie streichelte mich sanft und gab mir damit zu verstehen, dass sie wusste, dass ich anders war, kein arrogantes Arschloch oder geltungssüchtiger Narzisst, oder zeigte sie mir damit, dass sie auf *meine* Aura der Verruchtheit abfuhr? So genau konnte ich das nicht unterscheiden. Im Endeffekt lief es auf dasselbe hinaus. Mit der Zeit beruhigte sich auch Denise, bis sie sogar über den Vorfall lachen konnte und ihn herunterspielte.

»Immerhin haben wir dadurch Champagner bekommen. Hoch die Tassen!«

Ich konnte das Gesöff noch nie leiden. Der Champagner schmeckte exakt wie billiger Sekt aus dem Supermarkt. Ich stellte mir die Belegschaft des Hotels vor, wie sie die leeren Flaschen mit den Dom-Pérignon-

Etiketten immer wieder mit minderwertigem Brausewasser befüllte und die Korken in heißem Wasser einweichte, um sie wieder in die Flaschen zu bekommen. Wir prosteten uns zu und tranken auf den Erfindungsgeist der lokalen Gastronomen.

Mittlerweile hatte sich die Lounge geleert, zurück blieb eine kleine Runde, die sich um J. gruppierte und seinem Gelaber lauschte. Wir setzten uns auf ein Sofa in der Nähe, um uns dieses Schauspiel nicht entgehen zu lassen.

»Wann soll ich denn schreiben, wenn ständig jemand etwas von mir will? Mein Verleger ruft an und beharrt auf einer dummen Deadline, meine Leser fragen mich auf Facebook, wann ich endlich wieder in Oberpullendorf oder Hinterdupfing lese, meine Mutter gratuliert mir zum Geburtstag und so weiter. Wann – das frage ich euch – wann, verdammt, soll ein Schriftsteller in schnelllebigen Zeiten wie diesen Muße zum Schreiben finden? Kann mir das jemand sagen?«

Einige Zuhörer nickten verständnisvoll, andere grinsten verschämt in ihren Hemdkragen.

»Heutzutage wird ja geradezu von einem erwartet, dass man stündlich mit seinen Fans in Kontakt tritt und sie über aktuelle Wichtigkeiten des Privatlebens wie den Beziehungsstatus oder den Zustand des Verdauungstrakts informiert. Wer sich dieser Mitteilungshysterie entzieht, ist für die breite Masse unsichtbar. Also buhlt man auch als Schriftsteller um die Gunst des Pöbels. Das ureigene Befinden wird in Zweizeiler gestopft, in der Hoffnung auf ein Quäntchen Anerkennung. Zwischen Presseterminen, Lesungen und Kontaktpflege bleibt keine Zeit mehr für das Wesentliche. Und wenn man trotz aller Widrigkeiten dann endlich ein Werk veröffentlicht, wenn die ganze Schufterei überstanden ist, wenn man mit irgendeiner Errungenschaft an die Öffentlichkeit tritt, dann schlägt einem sofort diese schmutzige Welle entgegen, da spritzt dir der Dreck und Geifer ins Gesicht, weil die meisten da draußen es schlicht und einfach nicht ertragen können, wenn sich einer über sie stellt, indem er etwas erschafft, das es vorher nicht gegeben hat. Sie alle laufen brav und unterwürfig in ihren Hamsterrädern und warten nur darauf, ihre Krallen in den nächsten Narren reinzuschlagen, der es gewagt hat, für einen kurzen Moment aus dem Trott auszubrechen. Sie bestrafen diejenigen, die etwas schaffen, wofür sie selbst immer zu feige oder zu dumm waren, egal was, ein Buch schreiben, Musik machen, Politiker werden. Sie hassen uns dafür. Die einen vergöttern uns, die anderen verachten uns – alle sind sie Volltrottel.

Und die Kritiker sind die gleichen, nur dass sie für ihre Missgunst auch noch bezahlt werden. Sie kochen förmlich in ihrem Neid und ihrer feigen Bosheit und dann schreiben sie Dinge wie ›schwache Dramaturgie‹ oder ›missglückte Rollenprosa‹ oder ›inkonsequenter Erzählton‹, aber das ist alles nur Show, denn was sie wirklich wollen, ist, dass sie – wenigstens für kurze Zeit – ein klein bisschen am Ruhm des Kritisierten teilhaben und ihm vielleicht ein, zwei schlaflose Nächte bereiten, aber mittlerweile scheiß ich auf die

Kritiker, ich bin gegen diesen Abschaum gewappnet, umsonst geh ich nicht ins Fitnesscenter. Sie sollen nur kommen, die Wichser.«

Er litt mit Sicherheit an Verstopfung. Es fehlte nicht viel und die Kacke würde ihm aus den Nasenlöchern schießen.

»Wenn man auf dem Zenit seines Könnens ist und in einer Tour geilen Scheiß raushaut, dann kommt einer daher, ein armes Kritikerwürstchen oder – noch schlimmer – eine Frau, die sich auf irgendeine verklemmte Art in ihrer Weiblichkeit beleidigt fühlt, weil ich über Sex schreibe oder über den Körper der Frau, über das Alltäglichste der Welt, und die plustern sich dann auf und sagen, das ist doch alles Pseudogelaber, das war doch alles schon einmal da, die Storyline ist abgekupfert, der Stil ist imitiert, die Szenen sind spätpubertär und antifeministisch und überhaupt und sowieso. Und nur weil sie nichts als ihre eigene Beschränktheit vor Augen haben und die Vielseitigkeit nicht erkennen können, urteilen sie vorschnell über die großen Meisterwerke unserer Zeit. Sie sehen die verschränkten Ebenen nicht, die kunstvoll verbundenen Erzählstränge, was weiß denn ich, sie sehen nichts und kratzen nur an der Oberfläche, und weil sie durch die nicht hindurch kommen, bleibt ihnen nichts, als darauf zu spucken. Aber ich frage mich, was haben sie denn je geleistet? Welches Buch haben sie geschrieben? Welcher Verlag hat es veröffentlicht? Sie sind so auf die angeblichen Fehler der anderen fixiert, dass sie es selber zu nichts bringen!«

»Und dann gibt es noch eine Sorte: die Beleidigten. Das sind Leute, die nehmen sich selbst so wichtig, dass sie glauben, sie kommen in einem meiner Werke vor, weil eine Figur dieselbe Haarfarbe hat wie sie oder denselben Beruf oder denselben Namen. Sie stellen sich vor, dass ich irgendeinen geheimen Groll gegen sie hege und sie deshalb als Bösewicht oder Versager präsentiere, damit ich ihnen eins auswischen kann. Aber sie haben unrecht, immer. Nehmt euch nicht so ernst und bildet euch nichts ein. Nur weil ihr mich kennt, heißt das noch lange nicht, dass ich euch kenne. Das ist Literatur und kein persönlicher Rachefeldzug, kapiert das doch endlich. Und dasselbe gilt für die ewigen Fragen nach der autobiografischen Färbung. Wenn ich ›ich‹ schreibe, dann bin nicht ich gemeint, sondern ein anderer. *Je est un autre.* Der Erzähler darf mit dem Schriftsteller nicht verwechselt werden, auch wenn er diesem noch so ähnlich zu sein scheint. Ich schreibe ja kein Tagebuch. Und wenn sie wieder ihre lahmen Hände heben, behaupten, das sei doch ich, und nach meiner Gesinnung bohren, so muss ich antworten ›Heil Satan, Gretchen!‹, denn ich lass die Seiten sprechen und ich schweige.«

Eine Frau mit Bobfrisur und zu viel blauem Lidschatten erlaubte sich die Frechheit, den Monolog zu unterbrechen und eine Frage zu stellen.

»Welche jungen Autorinnen und Autoren schätzen Sie?«

J. blickte sie abfällig an und begann wieder zu schimpfen.

»Da kommt nichts Gutes nach, nur Gesocks und

geile Germanistinnen, die vom Schreiben keine Ahnung haben.«

Einige Zuhörer wandten sich ab und holten ihre Mäntel. Diejenigen, die blieben, taten es aus reiner Sensationsgier.

Vanessa flüsterte mir ins Ohr: »Wenn ein Schriftsteller über Kollegen schimpft, will er damit entweder seine eigenen Unzulänglichkeiten kaschieren oder von seinen Misserfolgen ablenken – egal, ob sie literarischer, privater oder existenzieller Natur sind.«

Ich entgegnete ihr, dass wir am besten so schnell wie möglich abhauen sollten. Mittlerweile langweilte mich das literarische Geplänkel mehr, als es mich inspirierte. Die Literaturszene kam mir auf einmal wie ein Affenzirkus vor – mit dem Unterschied, dass sich die Leute nicht entlausten, sondern gegenseitig mit ihrem Ungeziefer bewarfen. Ich wäre am liebsten mit Vanessa fortgegangen, aber sie wollte Denise nicht alleine zurücklassen. Die starrte nämlich immer noch auf den sich selbst beweihräuchernden J., dessen andauernder Rededrang auf Amphetaminkonsum schließen ließ. Ansonsten war nur noch eine Handvoll Zuschauer an seinem Monolog interessiert, ein paar ältere Herrschaften sowie eine junge Studentin mit übereinandergeschlagenen Beinen und mächtigem Vorbau, der Denise regelmäßig abschätzige Blicke zuwarf. Die beiden rangen mit klimpernden Wimpern und zur Schau gestellten Dekolletés um die Aufmerksamkeit des Schriftstellers, der aber nur an sich und seinen Worten Gefallen fand. Ein paar Drinks zuvor hatte Denise nichts als Verachtung für ihn übriggehabt, und jetzt buhlte sie erneut um seine Gunst, weil sie den Vorwurf, sie sei frigide, nicht auf sich sitzen lassen konnte.

Ich zog Vanessa in die Lobby. Die Rezeption war nicht besetzt, also konnten wir unbemerkt nach oben schleichen. Zwei Stockwerke hoch, einen Gang entlang, einmal um die Ecke, in ein unversperrtes Zimmer, auf das Bett. Wir hatten keine Zeit, mehr auszuziehen als unsere Schuhe, Hosen und Unterhosen. Mit ihrer zugeknöpften Bluse und der Perlenkette sah Vanessa oben aus wie eine Dame, die in ein leichtes Unwetter geraten war, darunter war sie bereits klatschnass bis an die Haut. Sie verbiss sich in meinen Nacken und wimmerte. Als ihr Becken rhythmisch zu kreisen begann, versuchte ich, an den verstopften Darm des Schriftstellers zu denken. Ich visualisierte J.s Darmverschluss und stellte naheliegende Verbindungen zu seinem Schreibstil her. Dann gaben wir uns einander vollends hin, bis wir erschöpft und zitternd ein kleines bisschen starben.

Vanessas Brustkorb pulsierte noch heftig, als mich quietschende Reifen und ein dumpfer Knall aus meiner Seligkeit schreckten. Erst jetzt bemerkte ich das Kreuz in der Ecke des Zimmers. Ich riss das Fenster auf und sah ein Häufchen Fell am Straßenrand liegen, vom Auto keine Spur. Da hörte ich schon die Schreie.

»Heinrich! Oh mein Gott, Heinrich!«

Ein paar Angestellte eilten nach draußen und beugten sich über den leblosen Hund.

»Der Pudel wurde überfahren. Fahrerflucht«, sagte ich zu Vanessa, die sich nun endlich auch die Bluse aufgeknöpft hatte.

»Ist er tot?«

»Sieht so aus.«

Nun kamen die Hausherrin und der Schauspieler P. auf die Straße. Sie weinte, und er nahm sie in den Arm. Dann verschwand er im Haus und kehrte kurz darauf mit einem Kanister zurück.

»Wir müssen ihn kremieren und die Asche über den See verstreuen. Heinrich hätte es so gewollt!«, verkündete er lautstark, und keine Sekunde später übergoss er den toten Pudel schon mit Benzin. Dann fing er an zu singen:

»Ich hatt' einen Kameraden,
einen bessern findst du nit.
Die Trommel schlug zum Streite,
er ging an meiner Seite
in gleichem Schritt und Tritt.«

Sein Gejohle weckte das halbe Dorf. Hinter ihm hatte sich ein Halbkreis gebildet, manche erhoben ehrfurchtsvoll ihr Glas. Mittlerweile stand auch Vanessa neben mir. P. zog eine Schachtel aus seiner Brusttasche, entzündete ein Streichholz und warf es auf den begossenen Pudel, der sofort in Flammen aufging. Während er die zweite Strophe brüllte, glaubte ich, ein Winseln zu hören.

»Eine Kugel kam geflogen,
gilt sie mir oder gilt sie dir?
Ihn hat sie weggerissen,
er liegt zu meinen Füßen,
als wär's ein Stück von mir.«

Eine Rauchschwade zog durchs Dorf und vernebelte die gesamte Straße. In einigen Häusern ging das Licht an, verschlafene Gesichter beugten sich aus ihren Schlafzimmern und schimpften unverständlich gegen den Wind. Der Schauspieler ließ sich nicht beirren und sang gellend weiter. Wahrscheinlich fühlte er sich dem Hund so verbunden, weil er selbst gerne an die Sofas gepinkelt hätte. Nun erwies er ihm, dem Mitstreiter, die letzte militärische Ehre. Ich spürte die Wärme der Flammen. Am schlimmsten war der Gestank nach verbranntem Fell und Fleisch. Ich schloss das Fenster. Vanessa schaute mich mit hochgezogenen Augenbrauen an, sie trug nur Socken und BH. Der Rauch brannte in meinen Augen, und ich fragte mich, was ich hier verdammt noch mal eigentlich machte. Weng war nirgends weiter weg als hier im Hotel. Der Autor war nirgends weiter weg. Wir plünderten die Minibar.

ZEHNTER TAG

Als ich mich hundemüde in die Kirchenbank quetschte, war ich nicht blau, sondern geradezu dunkelblau. Während »blau« fast im ganzen Land »betrunken« meint, beschreibt die Farbe im Innergebirg den Zustand am Tag nach dem Besäufnis, den morgendlichen Kater, das Hämmern im Schädel, den kalten Schweiß auf der Stirn, die zittrigen Hände, das Dilemma kotzen oder nicht kotzen, das schlechte Gewissen, die Dumpfheit. Mein Großvater warf mir einen zornigen Blick zu, nicht nur, weil ich zu spät zur Messe gekommen war, sondern wahrscheinlich auch, weil er meinen Zustand sofort erkannte. Er wusste allzu gut, wie es sich anfühlte, verkatert in der Kirche zu hocken – er selbst hatte dies jahrzehntelang praktiziert –, aber von seinem Enkel hätte er so ein schändliches Verhalten offenbar nicht erwartet. Ich faltete die Hände und senkte den Kopf. Mein Mund schmeckte nach Spiritus und Magensaft.

»Die Blaumeise ist ein genügsamer Vogel«, deklamierte der Schweindlpfarrer. Sein Bart stand ungestüm von seinem Kinn und seinen Wangen ab, im

Messgewand wirkte er profan wie ein hochalpiner Wanderer im übergroßen Nachthemd.

»Von der wilden Küste Portugals bis zu den Ausläufern des Ural, vom frostigen Skandinavien bis hinunter zur Kyrenaika – die Blaumeise findet sich in den verschiedensten klimatischen und botanischen Bedingungen zurecht.«

Schon wieder ein Vogel, dachte ich genervt. Der Schweindlpfarrer projizierte anscheinend seinen geistigen Zustand auf die Themen seiner Predigten.

»Sie wohnt in Lebensräumen, die unterschiedlicher nicht sein könnten. Während sie in unseren Breiten vorwiegend Laub- und Mischwälder im Tal besiedelt, kommt die Blaumeise anderswo auch in montanen Nadelwäldern vor oder sogar in den Palmenoasen der nördlichen Sahara. Ein Wunder der Natur. Halleluja!«

Er betonte jede einzelne Silbe und wirkte mit seinem erhobenen Zeigefinger wie ein Sachunterrichtslehrer. Ich musste ununterbrochen gähnen, mein Kopf tat weh und meine Kehle war ausgetrocknet. Aber im ehrenwerten Hause Gottes gab es nicht einmal einen Abort, in dem ich meinen Durst stillen oder meinen Mageninhalt hätte entleeren können. Zu allem Unglück hatte sich ein alter Landwirt, der noch später eingetrudelt war als ich, neben mich auf die Bank gesetzt, sodass der Weg zum Mittelgang versperrt und ich zwischen ihm und meinem Großvater eingezwängt war. Also hieß es durchhalten. Immerhin waren wir schon bei der Predigt angelangt, aber beim Schweindlpfarrer wusste man nie, ob er sein ornithologisches Referat nicht ewig in die Länge ziehen oder nach der

Kommunion erneut auf die Genügsamkeit der Blaumeise zu sprechen kommen würde. Für die restlichen Gottesdienstbesucher schien alles ganz normal zu sein, vermutlich waren die Einzelheiten über heimische Vogelarten immer noch interessanter als das, was andere Priester von sich gaben. Kurz musste ich an den Weihbischof denken, der mich gefirmt hatte, als ich vierzehn war – mein Mund füllte sich abrupt mit Magenschleim. Ich schluckte den sauren Auswurf wieder runter und versuchte, mich auf die Predigt zu konzentrieren.

»Die Blaumeise trägt viele Namen. Ihr wissenschaftlicher lautet Cyanistes caeruleus, in Italien heißt sie Cinciarella – welch wunderschöner Klang –, in Frankreich Mésange bleue, und im englischen Sprachraum wird sie als Eurasian blue tit bezeichnet.«

Blue tit. Blaue Titte. Mehr brauchte es nicht, um meine Gedanken abschweifen zu lassen. Verschwommene Bilder der letzten Nacht blitzten in mir auf. Ich sah nackte Brüste vor meinem Gesicht, harte kleine Nippel, von Piercings durchstochen, von meiner Zunge umspielt, dann ein zweites, ein drittes Paar und eine Männerbrust – behaart, also nicht meine –, die ebenso mitwirkte bei diesem Reigen. Wir waren wie in Trance, was wohl an der geleerten Minibar oder den Dämpfen des verkohlten Pudels lag, und ließen uns von unseren Instinkten leiten. Verstand und Moral waren ausgeknipst. Der Weihrauchduft und die brennenden Kerzen verliehen meinen schmutzigen Gedanken den Nimbus einer heiligen Vision. Vanessa spreizte ihre Beine auf dem Lederstuhl in der Ecke und keuchte verzweifelt unter dem Herrgottswinkel, während ich in das wahre Weihwasserbecken der Welt eintauchte. Später verlor ich den Überblick, unsere Gliedmaßen – Schritt an Schritt, Bein über Bein an Brüsten zwischen Schenkeln neben Wangen, Lippen, Haar und Zehen – verschmolzen zu einem unentwirrbaren Knäuel verschwitzter Leiber. Und J.C. schaute blass von seinem Kreuz und bedauerte, dass er keine Hand frei hatte.

Ich bekam einen Rempler in die Seite. So teilte mir mein Großvater mit, dass ich zum Glaubensbekenntnis aufstehen solle. Ich versteckte meine Erektion hinter meinen gefalteten Händen und bewegte meinen Mund.

»… und das ewige Leben. Amen.«

Ich musste hier raus. Und zwar nicht wegen der penetranten Stimme des Schweindlpfarrers, der andauernden Rückenschmerzen oder der pseudofrommen Atmosphäre – das alles nahm ich gerne in Kauf, für meinen Großvater und einen Platz im Himmelreich –, sondern ganz allein deswegen, weil ich der Dame vor mir sonst in die hochgesteckte Sonntagsfrisur gekotzt hätte. Als der Landwirt neben mir zur Kommunion aufstand, nutzte ich die Gelegenheit, drängte mich nach hinten durch die Meute und verließ die Kirche durch das quietschende Tor. Ich lief einmal um das Gebäude herum, bis ich ein passendes Gebüsch fand, in das ich mich sofort erbrach. Meine Speiseröhre brannte fürchterlich und mich überkam ein Gefühl der Scham, wie ich es lange nicht erlebt hatte. Ich spuckte ein paar Mal aus und lief nach Hause.

Als mein Großvater heimkam, hatte ich längst meine Zähne geputzt und mein Gesicht für ein paar Minuten unter kaltes Wasser gehalten, sodass ich mich wieder einigermaßen frisch fühlte. Ich saß in seinem Ohrensessel. Er legte seinen Mantel und seine Schiebermütze ab und würdigte mich keines Blickes. Ich war schon auf eine üble Strafpredigt eingestellt, weil ich es gewagt hatte, mit einer solchen Fahne vor den Herrgott zu treten, aber er nahm sich seine Zeitung und setzte sich an den Tisch. Ich beobachtete ihn, sagte aber nichts. Plötzlich bemerkte er, ohne von seiner Lektüre aufzuschauen: »Du hättest mich nur fragen müssen …«

Ich wusste nicht, wovon er sprach.

»Dass du mich so hintergehst, hätte ich nicht gedacht!«

Er schaute auf das Kästchen mit den Schlüsseln. Langsam dämmerte mir, warum er so verärgert war: nicht, weil ich getrunken hatte oder zu spät zur Messe gekommen war, sondern weil ich sein Auto genommen hatte, ohne ihn zu fragen.

»Ich wollte es mir nur kurz ausleihen und du warst nicht da.«

»Und dann bleibst du auch noch tagelang weg, ohne mir Bescheid zu geben.«

»Ich musste für mein Projekt recherchieren und wurde aufgehalten. Außerdem war ich gestern Nachmittag zu Hause.«

»Du hättest anrufen können, ich hab mir Sorgen gemacht. Es hätte ja wer weiß was passiert sein können!«

»Es tut mir leid!«

»Außerdem: Was soll das überhaupt für ein Projekt sein?«

»Ich hab Nachforschungen angestellt, mir Notizen gemacht.«

»Und gesoffen?«

»Naja.«

»Während der Arbeit?«

»Danach.«

»Und mit dem Herumspechteln und Kritzeln lässt sich Geld verdienen?«

»Naja, vielleicht. Hoffentlich.«

»Aber du musst doch irgendwie für deinen Lebensunterhalt aufkommen.«

»Ich hab eh gearbeitet in der Stadt, das weißt du ja.«

»Und jetzt?«

»Jetzt arbeite ich etwas anderes.«

»Ich begreife es nicht.«

»Jetzt gibt es auch noch nicht wirklich etwas zu begreifen.«

»Wann dann?«

»Wenn ich fertig herumgespechtelt und gekritzelt hab.«

»Weißt du, früher hat man Maurer gelernt und dann Häuser gebaut, nach der Elektrikerlehre hat man Leitungen verlegt, heute studiert man und verliert sich in Büchern und vor lauter Theorie vergisst man auf die Praxis.«

»Darum war ich ja weg in den letzten Tagen. Um die Theorie in die Praxis umzusetzen, um aus der Praxis eine Theorie abzuleiten.«

»Das Auto kannst du dir ab jetzt jedenfalls abschminken.«

»Du brauchst es ja auch nicht, und so steht es ungenutzt in der Garage.«

»Freilich brauch ich mein Auto, wie soll ich denn sonst meine Besorgungen machen? Geh lieber runter ins Café und beschäftige dich mit der Kellnerin. Das ist gesünder als die Literatur. Die Realität ist da draußen, nicht in deinen Büchern. Und warum du dich so für diesen Menschen interessierst, verstehe ich auch nicht. Buchstaben in die Waagschale legen ist doch kein Beruf.«

Es hatte keinen Sinn. Er war zu stur, um sich in meine Lebensweise einzufühlen, und ich zu bedeckt, zu beschämt, um ihm klar darzulegen, womit ich mich wirklich auseinandersetzte oder zumindest auseinandersetzen wollte. Vielleicht war mir auch selbst nicht klar, zu welchem Ziel meine sogenannten Projekte, mein scheinbar intellektuelles Leben und mein aktuelles Tief führen sollten. Ruhm, Ehre, Groupies? Ich nahm, was ich kriegen konnte, und war gewillt, mit wenig zufrieden zu sein: ein bisschen Selbstbefriedigung, das pure Unverständnis der Massen und etwas Missgunst von der Konkurrenz. Ich zog mich auf mein Zimmer zurück. Zuerst dachte ich daran, einen Brief an Professor Lavie zu schreiben, in dem ich ihm alles mitteilen wollte: meine Untätigkeit, die Eskapaden, meine Selbstzweifel. Nachdem ich vier, fünf Sätze geschrieben hatte, zerriss ich das Papier und warf die Fetzen in den Mistkübel. Ich las im Buch des Autors, und da ich die Lektüre in den letzten Tagen stark vernachlässigt hatte, begann ich das Kapitel, in dessen Mitte die Zugfahrkarte als Lesezeichen steckte, von Neuem. Am Seitenrand entdeckte ich Spuren eines Bleistifts, die jemand wieder ausradiert hatte, die aber auf ewig in das Papier eingeritzt waren. Linien, Pfeile, Rufzeichen, Abkürzungen. Ich fragte mich, wer das Buch vor mir gelesen hatte und wo wohl die erste Seite dieser signierten Erstausgabe hingekommen war. Ob meine Großmutter oder mein Großvater sie herausgerissen hatte, wusste ich nicht, vielleicht handelte es sich auch um dreisten Diebstahl durch einen Gast, der sich diese Devotionalie als Wichsvorlage mit nach Hause genommen hatte.

»Die Realität ist da draußen«, fiel mir ein, dieser banale Ausspruch, der in mir schon immer die furchtbarsten Zerrissenheiten hervorgerufen hat. Ich konnte mir nicht vorstellen, dass die Welt »da draußen« wirklicher war als die Welt in meinem Kopf. Die Realität als solche gab es ohnehin nicht. Im Rahmen eines Romans hingegen gibt es Tatsachen, unumstößliche Richtigkeiten, die von niemandem infrage gestellt werden können. Wenn es irgendwo Wahrheit gibt, dann in den Romanen, nicht in Schulbüchern oder wissenschaftlichen Abhandlungen oder in der Welt »da draußen«. Nur in der Welt drinnen gibt es verbindliche Grundsätze, Hilfsgrößen, an denen man sich festhalten kann. Oder ist diese Wahrheit im Endeffekt auch nichts anderes als eine Lüge, ein Schwindel, ein Blödsinn? Realität und Leben – wie weit liegen diese Wörter auseinander? Mir kam das Ganze so vor, als wäre ich gerade aus einem langen Traum erwacht und wüsste nicht, ob ich das Aufwachen nicht auch nur träumte. Alles war mit einem Mal unverständlich.

In diesen Gedanken war es mir unmöglich, mit dem Buch voranzukommen. Ich verließ das Zimmer und das Haus. Als ich auf die Straße trat und den Kirchturm erblickte, fühlte ich mich mit einem Schlag unwohl. Wenn die Kirche etwas kann, dann Schuldgefühle wecken. Diese sind – weit mächtiger als der ehrliche, fromme Glaube – für viele Grund genug, ein Leben lang einen Prozentsatz des Einkommens abzugeben und sich die Hosenbeine wöchentlich auf alten Holzbrettern aufzuwetzen. Ich bereute nicht, auf der Straße des Exzesses gewandert zu sein, obwohl sie mich in diesen zerbrechlichen Palast führte, weder die *petite mort* bereute ich noch die Begierde, den Hausfriedensbruch oder das Kreuzen der Schwerter. Das alles war mir herzlich egal – die Gesamtheit meiner bisherigen Existenz ließ mich zum Himmel schreien. Ich hatte kein Lebensziel, keine Lebensphilosophie, nicht einmal eine Lebensversicherung. Ich hatte keinen anständigen Job, besser gesagt hatte ich gar keinen Job, ich hatte keine Liebesbeziehung, kein Auto in Weng – somit war ich auf die öffentlichen Verkehrsmittel angewiesen, also komplett am Arsch –, ich hatte keinen Fleiß, keine Zuversicht, keinen Mut. Ich hatte keine Ahnung. Denn im Grunde fehlte mir nichts. Wenn ich endlich anfangen würde, mich so richtig ins

Zeug zu legen, ob für Professor Lavie, für mich oder die Sache selbst, hätte ich nicht einmal eine Sekunde Zeit geschweige denn den Nerv für diese kindische Zerknirschung. Bis jetzt hatte ich so gut wie nichts erreicht. Ich hatte zwar die Aussagen meines Großvaters, konnte diesen aber ohne Beweise nicht vorbehaltlos Glauben schenken, nicht, dass er nicht vertrauenswürdig gewesen wäre, aber die Angelegenheit war Jahrzehnte her und es gab genügend Gründe für ihn, zu übertreiben, unliebsame Themen zu verschweigen oder den Autor in ein schlechtes Licht zu rücken. Ich musste es irgendwie schaffen, tiefer in die Vergangenheit einzudringen, allen Schutt wegzuschaufeln, mich durchzugraben bis zum großen Knall oder wenigstens so weit, dass ich anhand des Gewesenen, Verwesten die Bedingungen des Jetzt verstand. Ohne weiter nachzudenken, rannte ich los.

Es wehte ein leichter Herbstwind, aber mir war nicht sonderlich kalt. Ich lief zum Wald, vorbei am Sportplatz und orange glühenden Bäumen, vorbei an Einfamilienhäusern typisch ländlicher Bauart, und dann war's auch schon vorbei mit meinem Atem. Ich reduzierte das Tempo. So hatte ich den Herbst am liebsten, blauer Himmel, klare Luft und in allem glänzen die Anzeichen des drohenden Verfalls. Zwei Spaziergänger musterten mich argwöhnisch, wie ich in Jeans und ausgelatschten Sneakern am Straßenrand trottete und dabei lautstark keuchte. Meine Atemwege brannten bereits, als ich in den Hohlweg einbog. Links und rechts von der Vertiefung wuchsen Lärchen in herrlich sattem Orange, kalter Schweiß sammelte sich an meinem unteren Rücken. Dann raus aus dem Wald, am Hang des Berges entlang, mein Kopf war auf einmal angenehm leer, dann auf die Straße – viel zu breit für das geringe Verkehrsaufkommen – und weiter durch die Furche. Als das Seitenstechen unerträglich wurde, wechselte ich vom Stolpern ins Gehen und gönnte meinem Körper eine Verschnaufpause. Neben einem gigantischen Misthaufen erhob sich jener Bauernhof, wo vor Jahrzehnten ein Vater das Bein seines Sohnes opfern wollte, um den Rest von ihm zu retten. Da seine Heidenangst seine Gottesfurcht übertraf, wurde das halbherzige Opfer nicht belohnt – so würde es der Schweindlpfarrer begründen. Wer das scharfkantige Scheit lieber gegen sein eigenes Fleisch und Blut erhebt als gegen jene, die es bedrohen, ist selbst als Täter nur ein Opfer seiner blinden Panik.

Der Wind blies den Geruch von Mist in meine Richtung. Ich lief weiter. Am Ende der Furche weitet sich das Tal, von der Kuppe aus öffnet sich der Blick auf den Furchensee. Die letzten Meter rannte ich, so schnell ich konnte. Beim Denkmal angekommen, fiel ich auf die Knie und war kurz davor, mich an diesem Tag ein zweites Mal zu übergeben. Meine Zunge baumelte über den Grasbüscheln wie die eines Hundes, ich starrte auf die Burschen, deren graue Fotografien auf dem Stein verblassten, sie waren jünger als ich, als sie erschossen wurden, genau hier lagen ihre Leiber, geschlagen, gefoltert, noch warm und dampfend wie der See, meuchlings ermordet, und in diesem Moment empfand ich Ekel, unendlichen Ekel vor der allumfassenden Sinnlosigkeit. Eine Mutter trauerte um ihre Söhne, und meine Mutter trauerte um die ihren. Ich hob einen Stein an und fand zwei verschlammte Würmer, sie sahen aus, als wären sie ineinander verknotet. Ich wusste, graben hatte keinen Sinn. Hier, in der Kurve, hatte Weng Schuld auf sich geladen. Und hier, zwischen Gehölz und Schneeverwehungen, war der Autor durch die Nacht gestreift. Am selben Ort nahm ich Abschied von der Lethargie. Ich zwängte mich aus meinem Kapuzenpulli und meinem T-Shirt, die an meiner nassen Haut klebten, und nahm den hölzernen Steg ins Visier. Dort angekommen, streifte ich auch meine Hose und die Sneaker ab und ließ mich in das eisige Wasser fallen. Das Eintauchen war ein Schock, mein Atem stockte, meine Haut spannte und brannte, ich wollte schreien, aber meine Kehle war wie zugefroren. Ich schwamm ein paar Züge und mein Körper wurde taub. In meiner Kindheit hatte es hier von Saiblingen nur so gewimmelt, wahrscheinlich hatten die sich längst auf den Grund zurückgezogen oder waren einer nach dem anderen an Haken aus dem Wasser gerissen worden. Ich war allein. Von mir ausgehend rollten kleine Wellen nach allen Seiten und wurden immer kleiner, bis sie irgendwo abebbten und sich auf der spiegelglatten Wasseroberfläche verloren. Nach und nach wich die Taubheit einem Gefühl, das man durchaus als angenehm beschreiben könnte. Ich zog einen Halbkreis parallel zum Ufer, näherte mich der Mitte und tauchte kurz ab, bevor ich in gerader Linie zum Steg zurückkraulte. Ein Schaudern überfiel mich, als ich aus dem Wasser stieg. Ich trocknete mich mit meinem T-Shirt ab, so gut es ging, und schlüpfte zitternd in die restliche Kleidung. Ich fühlte mich gereinigt, in Anbetracht der körperlichen Ausnahmesituation war jeder Jammer vergessen.

Der Busfahrer wirkte verwundert – ob wegen meiner nassen Haare oder der Tatsache, dass er einen Fahrgast hatte, war mir egal. Ich setzte mich ganz nach hinten und zog die Kapuze tief ins Gesicht.

ELFTER TAG

Der Maler war ein Künstler, der auf die Kunst verzichtet hat, er hat sich von ihr abgewandt und in Weng auf seinen Tod gewartet. Der Autor hingegen war ein Künstler, der auf das Leben verzichtet hat, und in Weng lag der Ursprung seiner Unsterblichkeit. Ich bekritzelte unzählige Post-its und klebte sie zwischen die Seiten, mit dem Bleistift markierte ich Passagen am Rand, außerdem übertrug ich Seitenzahlen und Zitate in mein Notizbuch. Wenn der Stil eine Weltanschauung ist, ergibt sich der Inhalt von selbst. Der Autor zeichnete ein dunkles Bild von diesem Ort in den Bergen, und er tat es in einem Rhythmus, zu dem kein Volk tanzen könnte. Er fand eine dumpfe Intonation und sein Gesang war ein ewig sich wiederholendes Geheul, passte sich seinem stockenden Atem an, brach ab und erhob sich von Neuem mit dem gleichen, immergleichen Thema: das *dies irae* der Nachkriegszeit, vorgetragen von einem gescheiterten Sänger, der seine schwachen Lungen schindete, um uns mit seiner Galle zu bespritzen. Es bleibt ein Rätsel, wie es ihm gelang, aus mittelmäßigen Bruchstücken in nur wenigen Wochen etwas zu zimmern, das alles literarische Gesäusel hinwegfegte und einen Umsturz bedeutete – nicht nur für Weng, sondern für Österreich und die Welt. Der Text zeugt von einem Sprung gewaltigen Ausmaßes. Als sich seine Erregung, dieser gelblich-grüne Schleim, aufs Papier entleerte, muss das wie ein Befreiungsschlag für ihn gewesen sein, ein Hinfortschleudern belastender Gedanken, ein Bruch mit allem Bisherigen. Ich verglich Auszüge aus Vorarbeiten und Versuchen mit dem fertigen Werk und notierte die Differenzen. Als mir Begriffe wie »Erzählperspektive«, »intentio auctoris« und »hermeneutischer Zirkel« durch den Kopf schwirrten, hielt ich erschrocken inne. Bevor ich vollends im ausweglosen Sumpf der Germanistik verschlammte, legte ich das Buch zur Seite, sicher ist sicher. Nach einem Kopfstand war mein Hirn wieder frei.

Auf dem Nachtkästchen lagen die Briefe von Professor Lavie. Ich nahm den obersten und zog eine doppelt gefaltete Seite aus dem Kuvert. Seine Handschrift war geschwungen und schwer lesbar, rechtslastig und mit großen Schnörkeln durchsetzt. Ich hatte die Nachricht schon vor Tagen erhalten, aber nur kurz überflogen. Eloquent bezog er sich auf mein Schreiben, das ich ihm als Antwort auf seinen ersten Brief geschickt hatte. Ich müsse an meine Vorsätze denken, an den Zweck dieses Unternehmens, ich müsse nur wollen, dann ginge alles von alleine. Wie beim Häuten einer Zwiebel müsse ich vorgehen, Schicht für Schicht abtragen und zum Kern der Sache vordringen, die Tränen in den Augen wären eine ganz normale Begleiterscheinung, die mich nicht beunruhigen dürfe. Er nahm Bezug auf Schopenhauer und Nietzsche und sprach vom Triumph des Willens, Professor Lavie, der immer bekräftigte, dass jeder alles sein könne, was er sein wolle. Er selbst war Dachdecker im tiefsten Mühlviertel gewesen, ehe er seinen Beruf hinschmiss und zum Geistesmenschen wurde. Er studierte, machte sein Doktorat, wurde Forschender, Lehrender, Durch-und-durch-Denkender. Trotzdem blieb er ein Mann der Tat. Unsere Korrespondenz war eine zwischen Lehrer und Schüler, zwischen väterlichem Freund und Jüngling. War er ein Jedi-Ritter des Intellekts, so war ich sein Padawan, neugierig und aufsässig, mit einem Faible für die dunkle Seite. Er erwähnte das Konzept der professionellen Distanz, das ich als ungeeignet für mein Vorhaben disqualifizierte. Ich war kein Dokumentarfilmer, der nicht in das Geschehen eingreift, ich sah mich vielmehr als Antiheld, der das Zeug zum Star hatte. Ich arbeitete nicht mit feinen Pinseln und Stuckateureisen, ich wollte mit dem Bagger vorfahren. Allein durch meine Anwesenheit veränderte ich das Geschehen, also war Distanz von Anfang an eine Illusion.

Der nächste Brief war noch ungeöffnet. Ich riss das Kuvert auf und versuchte erneut, die Zeilen zu entziffern. Er habe sich womöglich missverständlich ausgedrückt, schrieb er. Erstens sei Distanz als Ausgangspunkt ideal, weil man sich nur aus der Entfernung, wenn sich alles vor einem ausbreite, einen Überblick über das Forschungsfeld verschaffen könne. Denn derjenige erfahre am meisten, der nicht in die

Ereignisse verstrickt sei. Habe man das gesamte Bild einmal erfasst, könne, ja müsse man sich langsam annähern, aber dürfe dabei auf keinen Fall überstürzt agieren. Zweitens sei es auch dann noch von enormer Bedeutung, eine professionelle Haltung zu wahren. Ich dürfe – das betonte er zum wiederholten Mal – das Ziel nicht aus den Augen verlieren und mich nicht ablenken lassen, denn wenn man erst einmal im Treibsand feststecke, könne man sich selber nicht mehr herausziehen. Ich fand, dass er maßlos übertrieb. Zugegeben, ich hielt mich nicht an unseren Plan und war etwas vom Weg abgekommen, aber ich musste mich erst an meine neue Umgebung gewöhnen. Außerdem hatte ich schon erste Ergebnisse vorzuweisen, immerhin hatte ich eingehend mit meinem Großvater gesprochen, war im Museum gewesen, hatte Lesungen besucht und hatte vor, an der Tagung im Luftkurort teilzunehmen. Geschrieben hatte ich auch schon das eine oder andere. War das etwa nichts? Ich stopfte den Brief zurück ins Kuvert und legte mich aufs Bett. Das Buch würde ich später weiter durcharbeiten. Schlaf war das einzige Maß an Distanz, das ich im Moment aufbringen konnte.

Als ich aufwachte, stieg ich in den Keller hinunter. Ich legte eine wahllos aus dem Schrank gezogene Single auf den Plattenteller und kramte in den Kisten mit den restlichen Platten. Als die Nadel das Vinyl berührte, knisterte und rauschte es. »Straße der Sehnsucht« ertönte aus den Boxen, eine B-Seite von Peter Kraus. Dreivierteltakt, Trompeten und Chor.

Wenn dieser Song damals aus der Jukebox eierte, dachte ich, schlurften die Pärchen eng umschlungen über den Tanzboden.

In meiner Vorstellung war die Welt damals in Sepia getaucht. Das ganze Dorf traf sich im Wirtshaus, um die neuesten Schlager zu hören.

Mein Großvater zapfte Bier mit Schaumkrone, so wie es sich gehört.

Meine Großmutter servierte eine Grießnockerlsuppe.

Die Bauern spielten Karten um Geld. Wenn das Geld verspielt war, setzten sie Kühe und Almen und hofften auf ihr Glück.

Zwei Männer aus dem Armenhaus gerieten in Streit.

Der Autor saß im Stüberl und hörte zu.

Die Arbeiter, schmutzig und erschöpft, versoffen ihren Lohn. Sie waren zu müde, um sich den Schaum aus den Mundwinkeln zu wischen.

Jemand biss ein Stück von einem Glas ab und schnitt sich die Zunge auf.

Peter Kraus sang noch immer und die Pärchen tanzten.

Jetzt tanzte niemand mehr in Weng. Ich hob einen schwarzen Koffer aus dem Schrank und öffnete den Verschluss: die Schreibmaschine meines Bruders, eine Silver Reed mit Stromanschluss. Ich blies den Staub von den Tasten und ließ meine Finger über die Buchstaben gleiten.

ZWÖLFTER TAG

Meine Antworten sind nichts als Fragen.
Meine Blasphemie ist nichts als Masturbation.
Frost ist nichts als der Tau von morgen.

DREIZEHNTER TAG

Ein unerwarteter Windstoß aus dem Osten erinnerte mich an das Elend meiner Jugend. Ich war ein Same, der auf dem kargen Gebirgsboden nicht zur Blüte kam.

Von meinen breonischen und genaunischen Vorfahren habe ich die Rastlosigkeit und Streitlust, den sturen Schädel und die blau-grauen Augen. Meine Angewohnheiten sind barbarisch wie ihre. Nur mein Essen jage ich nicht selbst. Im Morgengrauen verließen sie ihre Festungen in schwindelerregenden Alpenhöhen, um den Eroberern zu unterliegen und in Vergessenheit zu geraten. Auch die Pferdebohnenbauern im Achendelta haben kein ruhmreiches Erbe hinterlassen, lediglich verscharrte Knochen, zu Staub zerfallene Grabbeigaben und eine Anfälligkeit für Favismus.

Die Völker der Alpentäler waren die misstrauischsten, introvertiertesten Tierschinder ihrer Zeit. Trotzdem wird man nirgends einen besseren Menschenschlag finden. Von ihnen habe ich: das Eigenbrötlerische, die Neigung zum Aberglauben, meine Kurzsichtigkeit, die Lust an der Gotteslästerung und ganz besonders die

Abneigung gegen Tyrannen, Blender und Schwätzer. In den Geschichtsbüchern dieses Landes steht mein Name nicht, auch die Äcker nehmen ihn nicht an. Da es keine Vergangenheit für mich gibt, erschaffe ich heute für die Zukunft meine eigene. In meinen Adern pulsiert blaues Heidenblut. Generationenlang war es unter der sonnengegerbten Haut meiner Ahnen verborgen, jetzt schimmert es durch die blasse Oberfläche wie ein verloren geglaubter Schatz. Aber Adel und Freiheit waren mir nie beschieden, Menschen meines Schlags stiegen immer schon mit einem Lächeln im Gesicht aufs Schafott, um zu schreien und zu singen. Rimbaud hat sein nobles Blut verschüttet, als er vor seinem Schicksal floh und seinen Körper von fremden Wettern beizen ließ. So stieg auch ich nach oben, um dem totenstarren Nebel Wengs zu entkommen.

Ich ging auf gut Glück los und wanderte zum Wasserfall. Simultan mit meinen Beinen kam auch mein Geist in Bewegung. Mein Gehen war kein Müßiggehen, kein Promenieren, es war kein Flanieren und kein Lustwandeln, ich folgte den Spuren eines Gespensts, das ich vor mir irren sah, in einem Wetterfleck, mit einem Jägerhut auf dem Kopf und einem Packen Notizen in der Hand. Der Wasserfall ist seit Menschengedenken derselbe, trotzdem ist er jede Sekunde ein anderer. Als der Autor vor Jahrzehnten durch diesen Wald spaziert war, blickte er auf die gleichen Felsen und die gleichen Bäume. Schrittweise eröffneten sich neue Denkwelten und Denkabgründe. Jede falsch eingeschlagene Richtung konnte der Weg in eine Katastrophe sein. Ich stieg weiter hinauf, über den Wasserfall hinweg und schlug, hölzernen Pfeilen folgend, einen schmalen Pfad zum Kogel ein. Da es nichts zu entdecken, keine antiken Ruinen auszugraben gab, schaufelte ich mich geistig in einen gefrorenen Schädel. Ich stapfte wadentief durch Laub, die obere Schicht war trocken, der Boden feucht und matschig. Mir kam es so vor, als folgte ich meinen eigenen, vor einem halben Jahrhundert eingetretenen Spuren. Jetzt befand ich mich in dichtem Nebel, der Himmel über mir war eine trübe, auf dem Kopf stehende Pfütze.

Diesen Ort über dem Wasserfall hatte ich erst einmal, und da aus großem Abstand, gesehen. Ich war noch in der Volksschule und bei meinen Großeltern auf Besuch, als im Dorf von einem Augenblick auf den anderen Unruhe ausbrach. Die Nachbarn hatten einen Brief von ihrer Tochter gefunden, ein Landwirt sah es aus der Ferne: Ein blau-blonder Fleck bewegte sich zögernd über unwegsame Felsen auf den Abgrund zu. »Meine Leiche liegt im Wasserfall« hatte sie geschrieben, nur diese fünf Wörter, die mir jetzt blitzartig durch den Kopf spukten. Einige Männer liefen los, um das Schlimmste, das Allerschlimmste und Allerpeinlichste zu verhindern. Irgendjemand ließ mich durch ein Fernrohr blicken, ich sah ein winziges Sommerkleid und wehende Haare, Felsen und Wasser. Die Tochter des Nachbarn, traurig sah sie nicht aus, aber ganz scharf konnte ich das Fernglas nicht stellen, weil neben mir schon der Nächste voller Neugierde und Ungeduld wartete. In der Gegend kam es geradezu regelmäßig vor, dass jemand in die Klamm sprang, sich einen Bolzenschussapparat in den Mund steckte oder »in den See ging«, wie man sagt. Beinahe wöchentlich mussten Leichen vom Strick geschnitten und aus Heuböden gezerrt werden. Die Suizidrate lag seit den Aufzeichnungen deutlich, ja unerklärlicherweise drastisch über dem landesweiten Durchschnitt. Ob die schattige Lage der Grund dafür war oder andere rätselhafte Umwelteinflüsse, konnte niemand erklären. Auf einigen abgelegenen Höfen hatte der Selbstmordbrauch ganze Familien hinweggerafft, nicht durch erweiterten Suizid, einen Amoklauf oder dergleichen, sondern indem jedes Familienmitglied für sich, unabhängig von den anderen, auf seine eigene Weise aus dem Leben schied. Je mehr Menschen von hier wegzogen, desto weniger brachten sich um, desto weniger brachten sich *hier* um.

Der Pfad wurde steiler. Im Gehen kann man nicht zur Ruhe kommen, zu beschäftigt sind die Gedanken. Schwankend überquerte ich einen morschen Steg, ich hielt mich am Felsen fest, um nicht das Gleichgewicht zu verlieren. Mein Blick fiel auf die Klamm, und ich dachte an das Buch, das ebenso schroff und unergründlich war. Erst jetzt, im Freien, drang ich Schritt für Schritt in die Gedankenwelt des Autors vor. Gehend erforschte ich seine, meine Umwelt und sinnierte über Weng. Endlich stieg ich aus der Nebelsuppe, es wurde flacher und ich erreichte den Wald. In den letzten anderthalb Stunden war ich keinem Menschen begegnet, hatte nur ein paar Raben auf den Feldern am Dorfrand gesehen und Hunde bellen gehört. Die Kinder waren mit dem Bus davongefahren, um sich von Lehrern, diesen ehemaligen schlechten bis mittelmäßigen Schülern, den letzten Rest Hausverstand aus der jungen Seele hämmern zu lassen, die Eltern tauschten indes irgendwo Zeit gegen Geld, und da es im Wald kein solches gab, hatte ich alle Zeit der Welt für mich allein. Im Schatten der Bäume lag Reif. Als ich die Kristalle von einem Blatt kratzte, schmolzen sie in meiner Hand. Da war sie also, die Realität, von der mein Großvater gesprochen hatte. Ich war froh, dass er nicht senil war wie die meisten alten Leute. Auch meine Großmutter hatte sich bis kurz vor ihrem Ableben einen bemerkenswert klaren Kopf erhalten. Das einzige Missgeschick, das ihr unterlief, war, dass sie mich manchmal mit dem Namen meines Bruders ansprach, danach traurig innehielt und zum richtigen wechselte. Dass auch sie einen toten Bruder hatte, fiel mir erst jetzt wieder ein. Weiter oben auf dem Kogel und dahinter auf den Almen hatten sich die Deserteure versteckt, wo genau, wusste keiner mehr. Dort hätte sich auch der Albert verstecken können, stattdessen hatte ihn eine Bombe in der Ukraine zerfetzt.

Mein Großvater wurde zum Kriegsdienst eingezogen, als er sechzehn war. Er stieg in einen Zug und wurde mit tausenden anderen Minderjährigen über Umwege nach Jugoslawien transportiert, um dort gegen die erstarkenden Partisanen zu kämpfen. Viel erzählte er nicht von dieser Zeit. Nur, dass seine Kompanie nach einem harten, schneereichen Winter in Gefangenschaft geraten war, dass er wochenlang marschieren musste, mit ungewissem Ziel, dass seine Kameraden verhungerten oder willkürlich erschossen wurden, dass er die Uhr seines Vaters irgendwo vergrub, dass er einen Freund stützte, der das Marschtempo nicht halten konnte und dass ihm dessen Gehirn kurz darauf ins Gesicht spritze, dass er seine eigene Pisse trank, um nicht zu verdursten. Erst seit ein paar Jahren tauchten die Massengräber entlang der Routen auf, tausende Gräber waren es mit zehn-, hunderttausenden Toten, und nirgends stand ein Kreuz. Irgendwie hatte er es geschafft, die »Sühnemärsche« zu überleben und halbwegs heil – krank, verstört, aber lebendig – nach Hause zu kommen. Ein Nazi war er nie, aber Tito hasste er sein Leben lang. Hier in diesem Wald hegte ich keinen Groll gegen Tito und die Partisanen oder gegen die Wehrmacht, gegen boshafte alte Männer oder Schreibtischschlächter, denn sie alle waren nichts als kristalline Tropfen am Waldboden, glänzend und fragil.

Dieser Zustand erinnerte mich an ein Erlebnis, als ich ungefähr dreizehn Jahre alt war. Ich saß im Bus auf dem Weg in die Schule und als ich aus dem verschneiten Fenster blickte, wurde mir mit einem Mal klar, dass alles gut war, ich sah Gott in jedem Gegenstand, der in der morgendlichen Dunkelheit vorüberzog, in jeder Schneeflocke, in jedem Neonschild und jedem Mercedes-Stern, ich sah ihn in den warm angezogenen Kindern auf den anderen Sitzplätzen und in mir selbst. In dieser pantheistischen Vision wurde mir für einen kurzen Moment bewusst, dass alles eins ist. Dann schnellte die Rückenlehne vor mir auf mein

Gesicht und zertrümmerte mein Nasenbein. Das Licht fiel aus und überall schrien und weinten Kinder. Ich griff instinktiv in das Zentrum des Schmerzes und hatte roten Matsch in meiner Hand. Später Sirenen, Sanitäter, ein Leichenwagen. Eine junge Frau war frontal in den Schülerbus gefahren. Sie hatte sich für einen Verkehrsunfall entschieden, denn der See war schon zugefroren. Ob Gott überall ist oder nirgends, macht keinen Unterschied.

Im Wald kürzte ich die Kehren des Pfades ab und stieg über den Hang nach oben. An einer besonders abschüssigen Stelle sah ich kindskopfgroße Löcher in der Erde, ein paar Meter weiter entdeckte ich eine wurstförmige Losung mit Knochenstückchen und Federresten, unter einem Baumstumpf weitere Eingänge: ein Fuchsbau. Ich hielt für mehrere Minuten inne, hörte aber nichts. Auch frische Trittsiegel waren keine zu entdecken. Als ich meinen Marsch fortsetzte, spürte ich, dass ich nicht alleine war.

Seitdem er seine Ehefrau verloren hatte, war mein Großvater der einsamste Mann von Weng, der einsamste Mann des Universums. Er hörte nicht auf zu arbeiten, um diese Tatsache Tag für Tag vor sich herzuschieben. Er war sein ganzes Leben ein Rackerer gewesen, wie er es ausdrückte, und da er nie bei einer Firma angestellt und immer sein eigener Herr gewesen war, musste er mit einer bescheidenen Pension zurande kommen. Weil er sich nie wirklich zur Ruhe setzte – Ruhe war für ihn ein Synonym für Untätigkeit, also Zeitverschwendung –, erhielt er auch keine staatliche Ausgleichszulage. Trotzdem war mein Großvater als großzügiger Spender bekannt, vor allem die Kirche profitierte regelmäßig von seiner Freigiebigkeit. Wenn sie in der Sonntagsmesse mit dem Klingelbeutel durch die Reihen stocherten, gab er, wie ich in den letzten Wochen beobachtet hatte, immer etwas, das nicht klingelte. Ob dies ein versteckter Geldschein in seiner Faust war oder vielmehr nichts, würde wohl ewig sein Geheimnis bleiben. Vom Glauben konnte man ihn nicht mehr abbringen, aber sonst war er in Ordnung.

Auf der ersten Kuppe erwarteten mich Sonnenschein und kalter Wind. Der Nebel hatte sich gelichtet und gab den Blick auf das gesamte Tal frei, die Sicht reichte nun sogar bis zu fernen Gipfeln, deren Namen ich nicht kannte. Von hier oben kam mir das Dorf wie eine riesige Grube vor, die Hügel und Berge rundherum wirkten nicht massiv, sondern wie aufgeschüttete Erde. Es sah aus, als hätte jemand ein Massengrab ausgehoben und vergessen, es wieder zuzuschütten. Die Häuser waren winzig klein, wie von Kinderhand auf einer bemalten Sperrholzplatte platziert, eine eigene kleine Welt, im Fieberwahn erdacht. Und inmitten des Dorfes die Kirche, ein Spielzeugturm ohne Fundament. Am Fuße des Berges befanden sich künstliche Wälle, die das Dorf vor Schnee- und Geröllawinen schützen sollten. Nur von oben sah man die Schwachstellen und Lücken dieses offenbar schlecht durchdachten Systems, zum Glück hatte es in den letzten Jahrzehnten keine einzige ernstzunehmende Lawine gegeben. Und sonst: Mulden. Nur mit Unmengen von

Schutt und Felsbrocken wäre es möglich, sie zu planieren. Die Leichen wären endlich anständig begraben und das Gras des Neuanfangs könnte über die alten Geschichten, über die Unzucht und die Morde wachsen. Morde hatte es hier viele gegeben. Der letzte, an den ich mich erinnern konnte, war vor ein paar Jahren auf einem Hof weit über dem Wasserfall passiert. Der Bauer wurde mit mehreren Messerstichen im Rücken aufgefunden, in Ermangelung an Zeugen, Beweisen und polizeilichem Ehrgeiz wurde die Tat als Selbstmord abgetan.

Eine Sturmböe brachte mich ins Schwanken. Ich beschloss umzukehren. Auf dem Rückweg schlug ich einen anderen Pfad zum Dorf ein, vor allem, um der Kälte des Wasserfalls zu entgehen, aber auch, um ein Familienheiligtum zu besuchen. Bergab wanderte ich im Laufschritt. Als ich ein Kind gewesen war, baumelten aus den Heustadeln noch die Beine müder Vagabunden, die sich weich gebettet eine Flasche Schnaps gönnten, eh sie weiter durch die Wälder zogen. Heute war dieser edle Menschenschlag ausgestorben. Einen von ihnen hatte ich persönlich gekannt, sie nannten ihn den Marder, weil er ein nachtaktiver Einzelgänger war, leise um die Häuser schlich, Bremsleitungen von geparkten Autos durchbiss und sein Revier mit dem Sekret seiner Analdrüsen markierte. Mit Ende sechzig bekam er eine Wohnung von der Gemeinde. Sodann zeigte eine Zugezogene, eine sonderbare, asoziale Kettenraucherin, an ihm, dem Sesshaften, dem Wohnungsbesitzer, Interesse und zog bei ihm ein. Wenn man sie von hinten autostoppen sah, hielt man sie für eine Zwanzigjährige, ein flüchtiger Blick ins Gesicht verriet jedoch, dass sie ein halbes Jahrhundert mehr auf ihrem Buckel trug. Eines Tages war der Marder verschwunden, und wieder sprachen die Behörden, ohne groß nachgeforscht zu haben, von einem Selbstmord. Er sei bestimmt mit einem Rucksack voller Steine in den See gegangen, so lautete ihre unbegründete Annahme. Aber allen, die ihn kannten, war klar, dass er kein Selbstmörder war, niemals einer hätte sein können. Trotzdem machte sich niemand auf die Suche. In den See traute sich auch keiner, aus Angst vor den Moorleichen am Grund. Das Verschwinden des Marders wurde nicht weiter hinterfragt. Seine Zähne schwammen noch im Wasserglas am Nachttisch.

Ein Feldweg führte mich schließlich zur Marienkapelle, die mein Großvater kurz nach dem Krieg erbaut hatte. Die Kapelle stand unter einer mächtigen Eiche, deren Äste im Wind hin und her schaukelten. »Rosenkranzkönigin, bitte für uns«, stand in roten Lettern über der Statue der Mutter Jesu, daneben lehnte ein gerahmter Partezettel meiner Großmutter an der Wand. Als mein Großvater Titos Kriegsgefangenenlager überstanden hatte, erkrankte er an Tuberkulose. Die Ärzte gaben ihm noch ein paar Wochen. In seiner dunkelsten Stunde betete er zur Jungfrau Maria und versprach ihr, eine Kapelle zu ihren Ehren zu errichten, wenn er die Krankheit überstehen sollte. Dieser Deal war der Ursprung seines starken Glaubens.

Ein paar Monate später stand er – genesen und voller Energie – auf einer Wenger Wiese und betonierte eigenhändig das Fundament eines kleinen Gotteshauses. Es sollte der geistigen Einkehr all jener dienen, die auf diesem Weg wanderten, und allen offenstehen, die Buße tun wollten oder das Wohlwollen Marias erbaten. Im Innergebirg sieht man an vielen Weggabelungen den ans Kreuz geschlagenen, gedemütigten Christus – mein Großvater erkor die friedvolle Jungfrau zu seiner Verbündeten, denn massakrierte Leichen hatte er genug gesehen.

Der Autor hatte auf seinen Spaziergängen immer einen großen Bogen um die Kapelle gemacht, er bevorzugte den Hohlweg und den finsteren Lärchenwald. Im Unterholz fühlte er sich geborgen. Ich spürte, dass alles, was in diesem Menschen vorging, ohne Ausnahme etwas Freudloses war. Und ich konnte mir gut vorstellen, wie er immer tiefer in sein Unglück und seine Niedergeschlagenheit hineingezogen wurde, so wie ein Ziehschlitten, der beladen mit einem ohnmächtigen Holzknecht in ungeheuerlicher Geschwindigkeit auf einen Abgrund zurast. In dem Buch konnte man ja sein ganzes Unglück sehen, jeder, der bei halbwegs klarem Verstand war, sah das Unglück in und zwischen den Zeilen. Das Originalmanuskript musste von Tränen und Blut getränkt gewesen sein. Er wusste bestimmt, wie die Einheimischen über ihn sprachen; dass er niemals einer von ihnen sein würde, wusste er mit absoluter Sicherheit. Also wanderte er in endlosen Kreisen, bald weiter, bald enger, um die Objekte seiner

Sehnsucht: die einfachen, geselligen Leute, das Gasthaus, die Wirtin, Geborgenheit.

Als ich ins Dorf kam, brannten bereits die Straßenlaternen. Ich blieb vor dem Café stehen, diesem hell erleuchteten Troadkasten in der Dunkelheit, und blickte durch die Fenster. Ich hatte einen Brief für Professor Lavie dabei, hier gab es Briefmarken und einen Postkasten. Das Geschäft war schon geschlossen, aber das Café hatte noch geöffnet. Julia war gerade dabei, Gläser mit ihrem Geschirrtuch abzutrocknen. Gäste waren keine da. Sie hielt ein Weinglas gegen das Licht und prüfte, ob noch Flecken zu sehen waren. Dann schmiss sie es quer durch den Raum. Das Klirren des Glases drang bis auf die Straße. Sie stemmte die Arme in die Seite, ihre Wangen glühten. Dann nahm sie eine kleine Schaufel und einen Bartwisch und bückte sich, um die Scherben einzusammeln. Ihre Bluse rutschte nach oben. Sie ließ sich rückwärts auf den Boden fallen, als ich durch die Tür trat.

VIERZEHNTER TAG

Der Tisch war schon gedeckt, als ich in die Küche kam. Der Kaffee brodelte und aus dem Toaster sprangen zwei braungebrannte Scheiben. Julia stand am Herd und briet Eier in einer Pfanne. Sie trug mein T-Shirt, ihre nackten Beine waren schlank und kräftig. Als sie sich auf die Zehenspitzen stellte und nach oben streckte, um den Salzstreuer aus dem Regal zu nehmen, gab das Shirt den Blick auf ihren Hintern frei. Es roch nach frisch gemahlenem Kaffee – ein abscheulicher Gestank, den ich nur ertrug, indem ich durch den Mund atmete. Ich tätschelte ihren Rücken.

Sie war schon – oder noch immer – geschminkt und hatte sich die Haare hochgesteckt. Ihre Brustwarzen zeichneten sich durch den dünnen Baumwollstoff ab.

»Ich wusste nicht, was du gerne frühstückst, also hab ich ein bisschen was von allem hergerichtet.«

»Ich hab noch keinen Hunger.«

»Ach was, du musst dich ja für den Tag stärken.«

»Ein Glas Wasser wär für den Anfang nicht schlecht.«

»Steht schon auf dem Tisch.«

Ich setzte mich auf einen dieser Sessel, die nur vorne Beine haben und auf denen man so seltsam in der Luft schwebt. Während Julia sich um die Eier kümmerte, nahm ich die Karaffe vom Tisch und füllte ein Glas mit Wasser. Dabei wippte ich mit dem Sessel. Die Küche war mit allen Annehmlichkeiten ausgestattet: einem riesigen Kühlschrank, Glaskeramik-Kochfeldern, einem Backofen in Brusthöhe, genügend Stauraum für Töpfe, Pfannen und Co., einem Messerset aus dem Teleshopping-Kanal, sogar mit alphabetisch geordneten Gewürzgefäßen, farblich passend zu den Vorhängen. Als erstes servierte sie ein Spiegelei und eine Scheibe Toastbrot. Eine Salz- und Pfeffermühle stellte sie mir ebenfalls vor die Nase.

»Ich setz mich gleich zu dir«, sagte sie und berührte meine Schulter. »Ich hol nur noch schnell den Orangensaft aus dem Keller.«

»Ist schon okay, ich bin mit dem Wasser voll und ganz zufrieden.«

»Überhaupt kein Problem, ist ja schnell gemacht.«

Auf der Anrichte stand ein Korb mit Brot und anderem Gebäck bereit, und ich wollte gar nicht wissen, wofür die verschiedenen Gabeln auf dem Tisch gedacht waren. Normalerweise benötigte mein Magen nach dem Aufstehen mehrere Stunden, um aufnahmefähig zu sein. Der gedeckte Tisch, der Kaffeedampf, die ganze Zeremonie des Frühstückens bedrohten mich. Jetzt brachte Julia den Orangensaft und den Brotkorb, danach die Butterdose und eine kleine Platte mit Käsescheiben und verschiedenen Wurstsorten.

»Du hast ja noch gar nichts angerührt.«

»Ich warte noch auf dich.«

»Der Kaffee ist auch schon fertig.«

»Für mich nicht, danke!«

»Ach was, der ist superlecker.«

Auf meine Antwort, dass ich lieber gleich die Tränen der ausgebeuteten Kaffeebauern Kolumbiens schlürfen würde, reagierte sie nicht. Sie goss eine Tasse ein und reichte sie mir über den Tisch.

»Vorsicht, heiß.«

Ich konnte nicht anders, als sie entgegenzunehmen. Die Tasse war grün und trug die Aufschrift »Waidmannsheil«. Ich stellte mir vor, wie ihr Mann gerade irgendwo im Wald hockte, das Gewehr an einen Baum gelehnt, und auf das betaute Moos kackte, während ich seinen Platz einnahm und von seinem Aufschnitt naschte. Ob er auf seinen Jagdausflügen Böcken oder Schürzen nachjagte, war mir nicht ganz klar, ich fragte aber nicht genauer nach. Hauptsache, er war nicht zu Hause. Julia goss Milch in ihren Kaffee. Sie nahm einen Löffel, versenkte ihn in der Zuckerdose und schaufelte zwei Stückchen in ihre Tasse, dann rührte sie um und nahm den Löffel in den Mund. Ihre Fingernägel waren nicht lackiert, ihre Lippen glänzten rosa. Mein Kaffee stand nach wie vor unberührt vor mir.

»Magst du Milch und Zucker?«

»Nicht in Kombination mit Kaffee.«

»Früher hab ich ihn auch immer schwarz getrunken.«

Ich konnte das Gesöff weder schwarz noch verdünnt trinken. Um ehrlich zu sein, hatte ich noch nie einen einzigen Schluck probiert, der Geruch schreckte mich ab, seitdem ich denken konnte, darum verschmähte ich zum Beispiel auch Tiramisu und andere mit Kaffee verschandelte Desserts.

»Ist er noch zu heiß?«

So nervtötend hatte ich sie nicht in Erinnerung gehabt, aber wir hatten auch noch nie viel miteinander geredet. Wahrscheinlich war sie einfach nervös und wollte mit allen Mitteln verhindern, dass wir uns peinlich anschwiegen.

»Mir war Kaffee immer schon zu bitter«, sagte ich schließlich.

»Bitter? Also meiner schmeckt perfekt. Hier, nimm ein Stück Zucker.«

Sie hielt mir die Zuckerdose vors Gesicht und ich empfand die schiere Geste als Anschlag gegen mich. Der Orangensaft. Die Butterdose. Eine Katastrophe. Manchmal ist die Schönheit der Nacht so fragil, dass nicht einmal die Erinnerung an sie den Sonnenaufgang überlebt. Beim Abschied küsste ich sie auf die Wange.

»Wenn man alt ist, fühlt sich alles an wie ein Muskelkater.«

Mein Großvater war daheim. Er hatte sich nach Hause bringen lassen, weil seine Gliederschmerzen es ihm unmöglich machten, auf den Beinen zu bleiben.

»Vom Kopf bis zu den Füßen. An den Armen ist es am schlimmsten. Wenn ich nicht einmal eine Bierkiste heben kann, wozu gehe ich dann außer Haus?«

»Soll ich dich zum Doktor fahren?«

»Wegen dieser Lappalie?«

»Wenn du deswegen nicht arbeiten kannst, ist es keine Lappalie.«

»Ein Muskelkater, nichts weiter.«

Er stützte seine Stirn in seine Hände und ächzte. Ich setzte Teewasser auf und redete ihm gut zu.

»Ich bin froh, dass du da bist«, sagte er.

»Es tut mir leid, dass du dir Sorgen um mich machen musstest!«

»Am Ende bereitet einem jeder Mensch Kummer. Das wirst du auch noch lernen.«

»Da bin ich gerade dabei.«

»Wie meinst du das?«

»Ich hab mir die Realität da draußen angeschaut und weiß nicht recht, ob sie mir lieber ist als die Realität in meinen Büchern.«

»Im Endeffekt ist es sowieso egal. Dann sitzt du einsam da und dein Körper fällt dir in den Rücken, während dein Geist sich wie gefangen fühlt.«

»Du wirst doch wegen dieser Lappalie nicht aufgeben?«

»Altern ist keine Lappalie.«

»Sollen wir also doch zum Doktor fahren?«

»Der Doktor kann mir nicht helfen, und für den Totengräber rede ich noch zu viel.«

»Ruh dich erst mal aus, und morgen sehen wir weiter.«

Er hob die Hand und zeigte auf den Schrank.

»Den obersten Schuber, links, sei so gut und mach ihn für mich auf.«

Ich zog die Lade heraus und sah lauter Alte-Leute-

Kram, ein Durcheinander aus Tabletten, Dokumenten, Uhrwerken, Schrauben und kleinen Behältern.

»Bring mir die Schachtel, die ganz vorne. Du hast so viele Fragen gestellt, die ich nicht beantworten kann, und ich weiß nicht, was du eigentlich vorhast, aber ich hab ein paar Fotos aus dieser Zeit zusammengesucht. Vielleicht bringen sie dich irgendwie weiter.«

Er öffnete die Schachtel und reichte mir eine Handvoll alter Fotografien. Sie waren schwarz-weiß mit einem gelben Schimmer, leicht ausgebleicht und an den gezackten Rändern abgegriffen. Die ersten Bilder zeigten meine Großeltern stolz vor ihrem Gasthaus, neben der Eingangstür war eine Coca-Cola-Plakette an die Wand montiert, denn die amerikanische Kracherlfirma hatte schon damals längst alle Winkel der Erde erschlossen, Zentralafrika, Papua-Neuguinea, Weng. Darauf folgten Fotos von Gästen, bärtige Männer in feschen Jankern, die Bierkrüge in die Höhe reckten, vereinzelt Frauen, die auf Schößen saßen und mit ihren Zöpfen spielten. Dann ein Foto vom Autor mit seinem Jägerhut, er sah jung aus und wie ein netter Bauernbursche, dennoch blitzte ein Funken Spott in seinem trüben Auge auf. Dann ein Foto von der Stube, in der man den Autor und den Maler in einer Ecke sitzen sah. Dann ein Foto von der Kapelle, von meiner Großmutter am Herd, den Kindern in kurzen Lederhosen und Sommerkleidern. Mein Großvater vor seinem VW-Bus. Mein Großvater neben seiner Beiwagenmaschine. Der Garten im Winter. Auf den letzten drei Aufnahmen war wieder der Autor zu sehen, einmal an einem Tisch im Stüberl mit mehreren Männern, einmal mit einem Mann vor dem Wandteppich und einmal mit demselben Mann auf dem Dorfplatz.

»Der Onkel Ferdi hat sich damals einen guten Apparat gekauft und viele Fotos gemacht.«

»Weißt du, wer diese Männer sind?«

»Das sind Bauern aus Weng und vom Furchensee, der alte Wastlbauer, der da war ein Holzknecht, die anderen waren auch Bauern aus der Gegend, Stammgäste.«

»Und der da?«

Ich zeigte auf den Mann auf den letzten beiden Fotos.

»Das war ein Arbeiter, glaube ich.«

Er überlegte.

»Die Gesichter kenne ich alle, aber manchmal weiß ich nicht, wo ich sie hintun soll. Der da wohnte im Armenhaus.«

Er zeigte auf den Maler.

»War er oft bei euch im Gasthaus?«

»Selten, er hatte ja kein Geld. Manchmal hat ihn jemand mitgebracht und dann seine Rechnung übernommen.«

»Der Autor?«

»Ich habe nie verstanden, was er von dem armen Schlucker wollte. Er hat auch die Rechnung von anderen beglichen, mit denen er redete. Ob er je eine Gegenleistung für seine Großzügigkeit bekommen hat, weiß ich nicht.«

»Kann ich die Fotos haben?«

»Lass dir Abzüge machen und bring sie mir wieder zurück.«

»Danke!«

Er griff sich wieder an den Kopf.

»Weißt du schon, was du machst, wenn du mit dieser Sache fertig bist?«

»Ich werd wieder nach Hause fahren, in die Stadt.«

»Nach Hause?« Er lachte. »Die Stadt wäre nichts für mich. Irgendwo ein kleines Dorf, da hat man seine Ruhe, aber die Stadt, nein.«

»In der Stadt gibt es alles, was man zum Leben braucht.«

»Alles außer Ruhe.«

»Da hast du recht.«

»Und deine Familie ist auch nicht in der Stadt. Wenn man keine Familie hat, hat man gar nichts.«

»Du bist meine Familie.«

»Ich bin hier, und du gehörst auch hierher. Heute wollen die jungen Leute die Welt sehen, und vor lauter Städten und Stränden übersehen sie ihre Heimat. Sie sind unterwegs und laufen vor sich selbst davon. Ich hab die Welt gesehen und war froh, als ich wieder zu Hause war. Nirgendwo anders ist es schöner. Nirgendwo anders als daheim.«

Ich lag bis spät in die Nacht wach, vertieft in die Bilder.

FÜNFZEHNTER TAG

Ich saß mit fünfzehn bis zwanzig anderen Literaturinteressierten in einem feuchten Keller im Luftkurort. Mein Großvater hatte sich meiner erbarmt und mir sein Auto doch zur Verfügung gestellt. Im sogenannten Mehrzweckraum des Museums kamen an diesem Wochenende Germanisten und Verehrer des Autors zusammen, um sich über ihn und sein Werk auszutauschen. Die Tagung mit dem vielversprechenden Titel »Orte, Räume, Werke« wurde vom lokalen Kulturverein in Zusammenarbeit mit der Universität organisiert. Die Museumswärterin verkaufte mir ein Zweitagesticket. Für denselben Betrag bekam man in der Burg gerade einmal eineinhalb Veranstaltungen zu sehen. Der Boden war beige gefliest, die Wände trugen Holzvertäfelungen aus den Fünfzigerjahren. Stühle verschiedenster Bauart waren in Reihen aufgestellt, in der Mitte war ein schmaler Fluchtweg freigelassen, auf der Bühne stand ein Rednerpult. An einer Kaffeemaschine konnte man sich für eine Bagatelle eine Tasse Kaffee herunterlassen. Überall die üblichen Tweed-Jacketts, Cordhosen und Toupets. Daneben Lehrerinnen mit Museumsjahreskarte, Angestellte im

Bucheinzelhandel und andere peripher Betroffene. Ich war der mit Abstand Jüngste. Ich suchte mir einen Platz weiter hinten, die Stuhlreihen waren spärlich besetzt, also sah ich ohne Probleme bis ganz nach vorne. Eine Frau im Businesskostüm hielt die Eröffnungsrede.

»Herzlich willkommen! Liebe Damen und Herren, die diesjährige Fachtagung widmet sich der Frage, welche Rolle Orte und Räume bei der Entstehung literarischer Werke spielen und inwiefern diese Orte und Räume in den Werken repräsentiert werden. Mit dieser Schwerpunktsetzung lässt sich eine Verbindungslinie ziehen von den Orten der Kindheit, der Jugend und der schriftstellerischen Tätigkeit hin zu den Schauplätzen von Gedichten, Geschichten, Romanen. Es freut uns als Kulturverein außerordentlich, dass wir auch in diesem Jahr profilierte Wissenschaftler und Wissenschaftlerinnen gewinnen konnten, auf unserer Tagung Vorträge zu halten und anschließend mit uns über das Gesagte zu diskutieren. Als Ersten begrüße ich Herrn Magister Hintersonnleitner.«

Ein Mann betrat die Bühne, er war jung, aber seine Geheimratsecken und Ansätze einer Tonsur verliehen ihm zumindest optisch fachliche Kompetenz. Sein Vortrag »Raumbildung, Raumzeichnung, Raumbewältigung«, sagte er, setze an der »Schnittstelle von Literaturwissenschaft und Neuer Kulturgeografie« an und unternehme den »längst überfälligen Versuch, poststrukturalistische Ansätze grundlegend und ein für alle Mal in die zeitgenössische Germanistik zu integrieren«. Obwohl am Rand der Bühne ein Overheadprojektor stand, kam der Vortragende ganz ohne Hilfsmittel aus.

»Jeder kulturelle Akt des Menschen ist in einen Raum eingebettet. Dieser wiederum wird erst durch die kulturelle Praxis erschlossen. In meiner Dissertation, an der ich seit nunmehr zwei Jahren arbeite, setze ich diese performative Wechselwirkung zur Literatur als elaborierter Ausprägung kultureller Raumbewältigung in Bezug.«

Eine Frau weiter vorne hüstelte nervös.

»Nach Heidegger muss jeder Raum als ein sich verräumlichender Raum gedacht werden. Literatur erschafft Raum, und der Raum wirkt durch sein Räumen und Roden als räumende Kraft, indem er Freies freigibt und damit erst die Möglichkeit von Orten und Landschaften, von Figuren und Handlungen gewährt.«

Allein die Erwähnung des Namens Heidegger ließ meine Nackenhaare zu Berge stehen.

»Durch das Sich-ins-Werk-Setzen der Wahrheit wird eine neue Welt errichtet, und auf einmal sind wir jäh anderswo, als wir gewöhnlich zu sein pflegen. Ich operiere bewusst mit Versatzstücken aus dem gewaltigen Werk des – wie Foucault sagt: maßgeblichen – deutschen Philosophen, dessen Bedeutung für die Kultur- und Geisteswissenschaften auch und vor allem in Hinblick auf die kürzlich vermehrt aufkeimenden Anschuldigungen mit Nachdruck betont werden muss. Wo war ich stehengeblieben? Das Seiende setzt sich ins Werk. Die Literatur ergreift allerdings nicht Besitz von

Räumen, nein, sie macht diese durch das Entbergen von Verborgenem, durch das Stiften von Orten überhaupt erst zugänglich. Dieses Einräumen des Raumes ist der künstlerische Akt der Raumerschließung.«

Ich machte mir ein paar Notizen und blickte, als ich ein Knarren in der Wandtäfelung hörte, auf das dunkle Holz, dessen Maserung mich in ihren Bann zog. Hinter der Fassade, zwischen dem feuchten Putz, den Spinnweben und den morschen Brettern lauerten Gewürm und Schimmel, die Eineizwillinge der Verwesung, ich konnte es während der Sprechpausen des Herrn Magister wahrlich wuseln und wuchern hören, ich roch die Ausscheidungen der Holzwürmer und den penetranten Mief der Fäulnis, je genauer ich schaute, desto übler wurde mir. Erst als die Dame, dieses Mal lauter, erneut hüstelte, zwang ich mich wieder zur Konzentration.

»Der fiktionale Raum ist kein öffentlicher, kein allgemein zugänglicher Raum, weder hell erleuchtet noch beschildert, er ist ein opaker und somit unheimlicher, dunkler, ja fremder Ort, der das Subjekt verführt, vereinnahmt und zu verschlingen droht.«

Am Ende verlor sich der Herr Magister Hintersonnleitner in theoretischen Gefilden, zitierte Heidegger und Derrida, sprach von der »Dämonie des Raumes« und kam über Umwege zur Semiotik und zur Lacan'schen Psychoanalyse wieder zurück in den Keller des Museums. Den Autor erwähnte er mit keinem Wort. Die Leute klatschten, einige standen auf, um dem Vortragenden ihre Anerkennung zu bezeugen, andere, um sich einen weiteren wässrigen Kaffee aus der Maschine zu lassen.

Nach drei Minuten Pause ging es weiter. Den zweiten Beitrag lieferte eine Dame um die vierzig mit grellroter Kurzhaarfrisur. Sie habe über ihre Lehrtätigkeit an der Hauptschule und ihr Engagement in der Kulturarbeit zur Literatur gefunden, gelesen habe sie immer schon viel, aber erst der Autor habe ihr die Augen geöffnet und ihr gezeigt, zu welchen Höchstleistungen die Literatur fähig sei. Sie schrieb den Titel ihres Vortrags auf ein Flipchart: »VerORTungen – Biografie, Bibliografie, Topografie«. Der Dreischritt in der Namensgebung schien bei dieser Tagung obligatorisch zu sein.

»Jeder Roman ist in einer bestimmten Landschaft angesiedelt – seien es die grünen Hügel des Auenlandes, die Pariser Arrondissements mit ihren Plätzen und Cafés oder das schroffe Innergebirg. Bereits die Begriffe und mehr noch die Zuschreibungen lassen Bilder in den Köpfen der Leserinnen und Leser entstehen. Literarische Landschaften müssen keine realen Landschaften sein – mein Vorredner würde sagen, sie sind es nie –, sie können auch Gegenentwürfe und Gegenwelten darstellen, etwa eine bedrohliche ländliche Winterkulisse als Gegenbild zur Idylle in Heimatromanen und Werbesujets. Wie fiktionale Landschaften konstruiert werden und in welchem Zusammenhang zur Biografie und zum Œuvre der jeweiligen Autorinnen und Autoren sie stehen, möchte ich nun an einigen Beispielen darlegen.«

Ich musste gähnen. Außerdem freute ich mich auf ein Mittagessen. Die Füße der Vortragenden, die einen wenig einprägsamen Doppelnamen trug, steckten in sonderbaren Filzschuhen, die wie Hauspatschen aussahen, aber eine feste Sohle zu haben schienen. Ihre grünen Ethno-Ohrringe passten farblich zum Seidenschal, der wie das Handtuch eines Saunabesuchers über ihren Schultern lag. Mittlerweile machte ich mir mehr Notizen über den Kleidungsstil der anwesenden Personen als über den Inhalt der Referate. Erst als sie den Autor zitierte, schrieb ich wieder mit:

»Hier sind die Menschen Krüppel, geistig und körperlich minderbemittelt und zu keinem klaren Gedanken fähig, sie sind hässlich wie die Landschaft, durch die sie bucklig kriechen wie angeschlagene, von der Herde verstoßene Tiere, deren baldiger Tod besiegelt ist, dem sie aber stur und sinnlos trotzen.«

Als Reaktion folgten einige verkrüppelte Lacher, und als sie eine Stelle über die vertrottelten, o-beinigen Mädchen des Innergebirgs vorlas, antworteten diese mit Gelächter. Noch vor dreißig, vierzig Jahren hatten diese Verunglimpfungen, wenn auch im Rahmen eines Romans geäußert, Gefühle verletzt, das Ehrgefühl der hier lebenden Menschen beleidigt und schlimme Reaktionen provoziert, mittlerweile wurden sie als Übertreibung oder Satire, als literarische Stilmittel abgetan. Über die Toten nur Gutes. Wenn der Autor noch gelebt hätte, wäre das Ausmaß der Entrüstung natürlich ungeheuerlich gewesen.

Endlich kam die erste Zwischenfrage eines Tagungsteilnehmers: »Sie haben von der Topografie des Spannungsfeldes von Welt und erzählter Welt gesprochen.

Meinem Verständnis als Professor für Neuere deutsche Literatur nach kann man neben den landschaftlichen Erhebungen und – wohlgemerkt – Senkungen vor allem die handlungsbestimmenden Figuren, die in ihrer metaphysisch-realistischen Konstruktion zum Teil auf tatsächlichen Bekannten des Autors beruhen, als Landmarken in der ansonsten – zumindest für Leser ohne ausreichend Vorwissen oder, ja, Bildung – schwer zugänglichen fiktionalen Ebene verorten. Stimmen Sie mir in dieser Annahme zu?«

Die Vortragende überlegte angestrengt, setzte zu einer Antwort an, stockte kurz und sagte dann im Brustton der Überzeugung:

»Durchaus, Herr Kollege.«

Auch die anschließende Diskussion brachte keine nennenswerten Erkenntnisse, sondern diente als Forum der Selbstdarstellung sowie als Fleischwolf für auswendig gelernte Fakten und akademische Taschenspielertricks, für verhaltenes Lob und unterschwelligen Tadel. Bei all dem zermatschten Brei wäre mir beinahe sogar der Hunger vergangen.

In der Mittagspause spazierte ich zum Marktplatz und kaufte zwei Käsesemmeln mit Gurkerln in der Metzgerei. Ich aß sie in einem Aufenthaltsraum des Museums und bröselte auf das Wachspapier, als mich die Vortragende mit den roten Haaren ansprach.

»Es ist immer wieder schön zu sehen, dass auch junge Menschen an Literatur interessiert sind.«

Ich lächelte und nickte, während ich einen Bissen hinunterschluckte.

»Wie kommen Sie dazu?«

»Germanistik«, log ich.

»Das ist schön. Ich würde auch Germanistik studieren, wenn ich jung wäre. Am ersten Tag meiner Pensionierung werde ich mich als Studentin inskribieren. Man lernt ja, wie Sie wissen, nie aus.«

»Das stimmt.«

»Wollen Sie Lehrer werden?«

Ich schüttelte den Kopf.

»Also nicht Lehramt, das erfordert Mut. Aber es gibt auch außerhalb der Lehre genügend Berufsmöglichkeiten für Germanisten.«

Jetzt hob ich meine Schultern und Augenbrauen.

»Machen Sie sich keine Sorgen. Schreiben kann man auch für Zeitungen. Die Kronen Zeitung zum Beispiel hat eine Reichweite von über zwei Millionen Lesern, das müssen Sie sich einmal vorstellen. Dort kann man laufend ein Praktikum absolvieren und dann als Redakteur durchstarten.«

Sie freute sich aufrichtig, mir dies mitzuteilen. Ich steckte die Käsesemmel in den Mund, hielt sie mit den Zähnen fest und riss kräftig mit den Händen an.

»Als ehemalige Hobbywissenschaftlerin bin ich ja der beste Beweis dafür, dass auch Quereinsteiger Karriere machen können. Und viele Schriftsteller haben auch keine adäquate Ausbildung, entweder man kann es oder nicht, sage ich immer.«

Sie lachte und ihre Ohrringe machten wahre Freudensprünge.

»Was hat Sie an meinem Vortrag besonders interessiert? Vielleicht kann ich Ihnen im persönlichen Gespräch noch vertiefende Auskünfte geben.«

In meinem Mund befand sich ein feuchter Klumpen Semmel, den ich in einer Backe verstaute, bevor ich antwortete.

»Die biografischen Aspekte interessieren mich am meisten. Und ihr Verhältnis zum Werk.«

Endlich konnte ich die zerkauten Brocken meine Speiseröhre hinunterwürgen.

»Ich besuche nämlich in diesem Semester ein Seminar über den Autor und bin noch auf der Suche nach einem Thema für die Abschlussarbeit.«

»Ich kann Ihnen im Geheimen etwas anvertrauen, über das ich heute nicht referiert habe, aber wovon ich zu hundert Prozent überzeugt bin. Ich berufe mich auf Koryphäen der Forschung und natürlich auf den Autor selbst, der es nicht verschwiegen hat. Also: Er war – wie soll ich es ausdrücken – nicht fähig zu, ähm, er war schlicht und einfach impotent. Als jahrelanger Bettnässer hatte er von Anfang an ein vorbelastetes Verhältnis zu seinem Genital, was zu einer Ablehnung des Sexuellen führte, aber gleichzeitig ein tiefes Verlangen auslöste, das für ihn Unmögliche auszuleben. Diesem Aspekt seiner Biografie ist noch viel zu wenig Beachtung geschenkt worden. Ich habe mich dieses Themas angenommen und hoffe, dass ich bereits nächstes Jahr erste Ergebnisse präsentieren kann.«

»Das klingt höchst spannend!«

»Das ist es auch. Wo wohnen Sie, wenn ich fragen darf?«

Der plötzliche Themenwechsel irritierte mich.

»Sie fahren nicht zufällig über den Kühberg nach Hause? Ich brauche eine Mitfahrgelegenheit.«

»Das könnte ich einrichten.«

»Sie nehmen mich also mit? Nach dem letzten Vortrag?«

»Okay.«

Sie verschwand durch die Tür. Wenn schon die Vorträge wenig Verwertbares abwarfen, machte sich der Besuch der Tagung vielleicht doch bezahlt. Die Fahrt über den Kühberg war ein lästiger Umweg, den ich in der Hoffnung auf weitere Thesen gerne in Kauf nahm. Die Vorträge am Nachmittag waren mittelmäßig bis unbefriedigend. Es musste ein ungeschriebenes Gesetz geben, das für geisteswissenschaftliche Tagungen die Korrelation von reizlosen Themen und einsetzender Nachmittagsmüdigkeit vorschrieb. Ich versuchte, die Lückenfüller so gut es ging zu überstehen, indem ich mir Gedanken über den Penis eines toten Schriftstellers machte. Die abschließende Diskussion wurde in Übereinstimmung aller Anwesenden vertagt beziehungsweise verworfen. Abendveranstaltung war, soweit ich erkennen konnte, keine vorgesehen.

Die Frau mit den roten Haaren nahm am Beifahrersitz Platz. Sie roch nach süßlichem Schweiß und Teenagerparfüm. Nun war sie weniger gesprächig als zu Mittag. Ich machte einen Vorstoß.

»Um auf unser Gespräch von vorhin zurückzukommen: Glauben Sie, dass sich seine Impotenz auch auf sein Schreiben ausgewirkt hat?«

»Impotenz wirkt sich auf alle Lebensbereiche aus.«

»Inwiefern hat es ihn geprägt?«

»Er hatte keine Liebesbeziehung, nie. Die alten Witwen waren wie Mütter für ihn, Köchinnen, Wäschewaschfrauen, Geldgeberinnen, Intimitäten gab es keine, hätte es auch gar keine geben können, wissen Sie. Darum hatte er genügend Zeit zum Schreiben. Wer in einer Liebesbeziehung steckt, kann gar nicht die nötige Energie für einen Roman aufbringen, wie denn auch?«

»Und Sie glauben, er hat es nie mit einer Frau versucht?«

»Sicherlich hat er das. Als er jünger war vor allem. Aber es ist misslungen, es ist immer wieder misslungen. Später hat er sich wohl damit abgefunden, dass es keinen Sinn hatte, nach Liebe zu suchen.«

»Schließen Sie aus, dass seine Wut von einer zurückgewiesenen Zuneigung herrührt?«

»Ich habe eine ganz andere Theorie: Da ihm das Erhabene verwehrt blieb, musste er sich mit dem Niederen begnügen.«

»Welchem Niederen?«

»Ganz klar: dem Urinieren. Und glauben Sie mir, er hat in seinem Leben so ziemlich alle angepisst.«

Ihre Ohrringe schlenkerten und klapperten, als sie ihren Kopf bewegte.

»Er hat also seine sexuelle Frustration auf seine Arbeit projiziert und sich dort Befriedigung verschafft?«

»Durchaus. Aber Sie verstehen, dass ich Ihnen dazu zum jetzigen Zeitpunkt noch nichts Genaues sagen kann. Da vorne bitte nach rechts.«

Ich bog in eine Reihenhaussiedlung und ließ sie aussteigen. Sie winkte mir von draußen zu.

Da ich schon mal in der Gegend war, nutzte ich die Gelegenheit, ein paar Dinge zu besorgen. Ich parkte vor dem Kaufhaus, und als ich die Parkscheibe aus dem Handschuhfach fummelte, sah ich den Hotelier die Straße überqueren. Sein Dutt stand senkrecht nach oben. Er knöpfte sein Sakko zu, strich sich mit den Fingern durch die Haare und drückte einen Knopf auf seinem Autoschlüssel. Dabei schaute er in meine Richtung, mit einem Blick, als würde das Dorf ihm gehören. Er hatte viel erreicht, war durch Baugrundgeschacher zu einem beachtlichen Vermögen gekommen. Wie er seinen protzigen Mercedes und seinen Maßanzug vorführte, genauso stellte er seine angebliche Belesenheit zur Schau. Er wusste, dass ein überzeugtes Als-Ob reichte, um als Für-Wahr durchzugehen. Genauso hatte er sich in die Beiräte wichtiger Kultureinrichtungen hineingeschwindelt. Als Veranstalter von Poetry-Slams kassierte er unverschämte Eintrittspreise von den Zuschauern und verlieh dem jeweiligen Gewinner eine Socke, die zuvor einmal die Runde machte und in die das Publikum Wertsachen wie Hustenbonbons, Kondome und benutzte Taschentücher stopfte. Im Rahmen von fingierten Schreibwettbewerben vergab er Aufenthaltsstipendien mit Vorliebe an junge, anorektische Dichterinnen, die sich dank der Low-Carb-Verköstigung und geheucheltem Interesse auch über Widmungen hinaus tatkräftig erkenntlich zeigten. Als gelernter Metzger wusste der Hotelier, wie man mit Frischfleisch umzugehen hat. Er startete den Wagen und raste übertrieben laut davon.

Ich füllte den Korb mit Lebensmitteln, legte die aktuelle Ausgabe der »Zeit« obendrauf und stellte mich zur Kassa. Der Greißler war nicht da, stattdessen kümmerte sich ein alter Mann im Rollstuhl um die Kunden. So wurde ich wenigstens nicht mit dem Namen meines Vaters begrüßt. Ich hätte geschworen, dass der alte Greißler schon seit Jahren tot war. Er bewegte sich, betätigte einen Hebel und gab Wechselgeld heraus, es roch auch nicht nach verwestem Fleisch, eher nach Zigarettenrauch und Leberkäse. Seine Haut war zwar grau, aber seine Adern führten Blut. War er von den Toten auferstanden oder sah sein Sohn mittlerweile genauso aus wie er? Oder hatte der Greißler einen Mitarbeiter eingestellt, der ihn an seinen verstorbenen Vater erinnerte? Um seine Hand hatte er notdürftig einen Verband gewickelt, der sich kontinuierlich mit dem Blut einer Schnittwunde tränkte. Da er mehrfach versuchte, ihn mit dem Mund festzuzurren, weichte er immer mehr auf. Für die Wursttheke war der Mann zu alt, an der Kassa musste er nicht zittrig mit Messern hantieren oder ein Stück Schinken in die Schneidemaschine einspannen und konnte sich somit auch keine weiteren Verletzungen zufügen. Das Kleingeld kam der Wunde gefährlich nahe, aber wenn man es erst einmal geschafft hatte, so alt zu werden, war man wahrscheinlich längst gegen jegliche Bakterien immun. Endlich war die Frau vor mir an der Reihe. Ein buntes Tuch bedeckte ihren Kopf. Sie wollte mit Kleingeld bezahlen und zählte die Münzen in den Händen, da grunzte der Alte dermaßen laut, dass mir für eine Sekunde das Herz stehen blieb. In seinen

Mundwinkeln bildeten sich kleine Speichelbläschen. Die Frau wusste nicht, was los war und legte den passenden Betrag unsicher auf den Zahlteller. Der Greißler grunzte erneut und nahm das Geld an sich. Das Plastiksackerl der Kundin, in das sie ihr Toastbrot, eine Packung Milch und ein paar Zwiebeln gesteckt hatte, zog er ebenfalls nach hinten. Dann kurvte er mit seinem Rollstuhl um den Tresen herum und blieb vor der Frau stehen. Er trug eine fleckige Schürze, die nur bis zu den Knien reichte. Seine Unterschenkel sahen aus wie geschmolzenes Plastik, die geschwollenen Füße steckten in kurzen braunen Strümpfen und Sandalen. Plötzlich zog er seinen Arm zurück und ließ ihn wieder nach vorne schnellen, dabei öffnete er seine Faust und schleuderte die Münzen auf die Frau. Sie hielt die Hände schützend vor das Gesicht, bekam aber trotzdem einige Geldstücke in die Augen und den Mund geschossen. Sie war total verängstigt. Der Alte schimpfte wirr auf sie ein und deutete mit dem Finger zur Tür. Sein Verband hatte sich gelöst und hing nun über die Lehne des Rollstuhls, rote Tropfen zierten das Linoleum und wurden von den Reifen verschmiert. Der Boden war voller Münzen. Nach mehreren Sekunden, in denen unklar war, was nun passieren würde, rannte die Frau aus dem Geschäft, ohne einen Ton zu sagen. Was hatte das zu bedeuten?

Ein Kind schob den Alten auf seinen Platz zurück. Es hatte dieselben Gesichtszüge wie er, verschlagen flackerten sie im Licht der Neonröhre. Es sprach wie ein Erwachsener: »Es ist immer das Gleiche mit den Flüchtlingen. Sie sagen nicht ›Grüß Gott‹ und strecken uns ihr dreckiges Kupfer vor die Nase. Die sollen mit Scheinen bezahlen, wie jeder andere auch.«

»Ihr könnt doch nicht die wenigen Kunden, die ihr habt, auch noch vergraulen!«

Der Alte grunzte.

»Terroristenpack, elendiges«, sagte das Kind.

Es drückte Tasten auf der Kassa, während ein anderes Kind die Münzen vom Boden einsammelte.

»Das macht siebzehn Euro und achtzig Cent.«

Ich schüttelte den Kopf und wandte mich ab. Das zweite Kind rutschte auf Knien am Boden herum und steckte die Münzen in seine Hosentaschen.

»Siebzehn Euro und achtzig Cent!«

Ich stieg mühsam über blutige Reifenspuren. Das zweite Kind raffte Münzen, Fussel und Steinchen zusammen. Es würde sicher einmal einen guten Greißler abgeben. Der Alte grunzte in seinem Rollstuhl, als ich mit leeren Händen auf die Straße trat.

Die Oase der Intellektualität war verwüstet. Ödes Land, wohin das Auge blickte.

SECHZEHNTER TAG

»Das ist eine sehr gute Frage, die ich nicht durch eine aus Zeitgründen zu kurz greifende Antwort beeinträchtigen möchte. Diese Angelegenheit erfordert zweifelsohne weitere Zuwendung.«

Der Vortragende zog die letzte Folie von der Arbeitsfläche des Overheadprojektors. Die verzerrten Buchstaben verschwanden von der Wand und man erkannte deutlich die Flecken und Wollfusseln auf der Glasscheibe, vom schwachen Licht an die Wand geworfen wie ein Schatten auf die Existenz. Da es keine weiteren Antworten gab, verließ ich den Keller. Am Abend war noch ein gemeinsamer Ausflug in das nahe gelegene Bergbaumuseum geplant, im Schaustollen sollte das musikalische Highlight der Tagung stattfinden: ein Klangschalenkonzert mit dem klingenden Titel »anklingen. nachklingen. abklingen«. Spätestens hier kippte der wissenschaftliche Anspruch und überließ das Feld den Sphärenklängen der meditativen Tiefenentspannung.

Ich verzichtete und machte mich auf den Weg zur Pension, die dem Autor bei vielen seiner Aufenthalte als Unterkunft gedient hatte. Das Haus war nur über einen Schotterweg erreichbar, ich fuhr nahe an der Felswand, um nicht aufzusitzen. Ich war mit dem Inhaber verabredet, der den Familienbetrieb von seinen Eltern übernommen hatte und mittlerweile in vierter Generation führte. Tiefe Furchen durchzogen sein Gesicht, aus seinen Ohren wucherten Büschel grauer Haare, sodass man meinen konnte, er sei aus verstaubten Buchdeckeln emporgekrochen. Er hatte den Autor gut gekannt, kleine Gefälligkeiten für ihn und andere Gäste erledigt, Kaffee gekocht und Schuhe geputzt, er hatte bei der Morgentoilette assistiert und den Nachttopf gesäubert, um sein Taschengeld aufzubessern. Als er älter war, chauffierte er den Autor mit seinem Citroën durch die Gegend. Das alles hatte er mir bereits am Telefon erzählt, hüstelnd, weil es ihn – ganz plötzlich – erwischt habe. Er sei ohne Anorak bei den Kühen gewesen, da sei es über ihn gekommen, zuerst nur als Kratzen im Rachen, dann als heiße Stirn, Rotz und tränende Augen. Aber es gehe schon. Wir setzten uns in die Stube. Ich legte ihm wie vereinbart die Scheine auf den Tisch, bevor er anfing zu erzählen.

Der Autor sei immer mit einer Dame aus Wien hier gewesen, seiner um viele Jahre älteren Lebensfreundin, die wie eine Ziehmutter für ihn gewesen sei. Man kenne sie aus Büchern und einschlägigen Artikeln. Sie sei das Disziplinierende in seinem Leben gewesen, das Fördernde, Entscheidende. Ohne ihren Beistand hätte er womöglich nicht überlebt. Sie hätten sich in der Lungenheilanstalt kennengelernt, als sie bereits Witwe war. Das sei der Beginn einer lebenslangen Partnerschaft gewesen, einer jener seltenen Verbindungen zwischen Mann und Frau, die die Grenzen des Alters, des Aussehens, ja jene von Leben und Tod missachten, überschreiten. Er sei zur Erholung in den Luftkurort gekommen, aber das Prozedere in der Lungenheilanstalt sei für ihn ein quälender Strafvollzug gewesen, er habe sich nicht als Patient empfunden, der geheilt werden sollte, sondern als zu einer lebenslänglichen Freiheitsstrafe verurteilter Verbrecher, der nur ein Verbrechen begangen hatte: zu existieren. Die Anstalt sei ein Schreckensort für ihn gewesen.

»Unsere Bergluft ist die beste Luft, die man sich als Lungenkranker wünschen kann. Aus der ganzen Welt kommen sie zu uns, und wenn sie wieder gehen, sind sie geheilt. Ausnahmslos alle, die wieder gehen, sind geheilt. Die hoffnungslosen Fälle kann unsere Luft natürlich auch nicht retten, aber Linderung verschaffen kann sie allemal. Allein der Blick auf das Heukareck verschafft Linderung, aber wo eine Rettung zu spät ist, können keine Luft der Welt und keine noch so schöne Aussicht mehr helfen.«

Der Friedhof sei voll mit ehemaligen Patienten der Lungenheilanstalt. Diejenigen, die nicht mehr gehen können, die nicht abgeholt oder zurückbeordert werden, kämen in einen Sack, in eine Kiste und dann unter die Erde. Das sei auch eine Art Heilung.

Aufseher in einer Strafkolonie: der Primarius und der Oberarzt und die Assistenten des Primarius und die Assistenten des Oberarztes. Die Pflegerinnen boshaft, der Krankenseelsorger in Wahrheit ein Seelenentsorger. In diesen Gefühlszustand sei sein Lebensmensch aus dem Nichts hineingetreten. Das habe er, der Pensionsinhaber, nachgelesen, weil es ihn interessiert habe. In der Pension hätten sie immer als Paar geurlaubt, als könnte keiner der beiden ohne den anderen. Sie hätten getrennte Zimmer gehabt, und die Tuchent sei in jedem der Zimmer zerknüllt gewesen, Haare hätten auf den Kopfpolstern gelegen, kurze schuppige auf dem einen, lange graue auf dem anderen, und es habe keine offensichtlichen Spuren gegeben, das habe er genauestens kontrolliert. Als Jugendlicher schaue man auf so etwas.

»Viele behaupten ja, sie hätten eine Affäre gehabt«, sagte er. »Die Leute sagen, er habe es ihr, entschuldigen Sie den Ausdruck, besorgt, er habe die Stelle ihres verstorbenen Gatten eingenommen und an seiner statt die ehelichen Pflichten erledigt. Dass die Überanstrengung und die schlechte Luft unter den Röcken seine Lungenprobleme verschlimmert hätten. Symbolischer Inzest sei es gewesen. Aber Frauen haben ihn nicht interessiert, nicht auf diese Weise. Die Leute haben eine lebhafte Fantasie, wenn es um einen alleinstehenden Mann im besten Alter geht, der mit einer Dame auf Reisen ist. Alle möglichen Behauptungen haben sie aufgestellt. Dabei war er ja schwer krank.«

Seine Krankheit sei vor allem eine Seelenkrankheit gewesen, sie habe zuallererst seine Lunge und seinen Körper befallen, aber auch vor seiner Seele nicht Halt gemacht. Am Ende sei jede Krankheit eine Seelenkrankheit, eine Krankheit, an der man selbst schuld sei.

»Seine Krankheit war die selbstverschuldete Distanz. Er kannte keine Nähe, außer zu seiner Ziehmutter und dem Todesvogerl, das auf seiner Schulter saß.«

Alles andere sei ihm fremd gewesen und immer fremd geblieben. Man solle sich bloß nicht von seinem rosigen Gesicht täuschen lassen, sein Leben sei von Anfang an ruiniert gewesen. Und aus diesem Leid habe er seine brüchigen Gebilde gezimmert, diese eineiigen Hütten aus Worten, verwachsen und bedrohlich wie ein Labyrinth aus Hass.

»Wenn man ein Buch von ihm gelesen hat, dann hat man alle Bücher von ihm gelesen. Das kann ich bedenkenlos sagen, denn ich habe alle gelesen. Weng? Nach Weng habe ich ihn nie gefahren, wahrscheinlich haben sie das Postauto genommen, das kann schon sein, aber sein Buch war damals ja längst veröffentlicht, was hätte er denn mehr über diesen Ort schreiben sollen, es war ja alles gesagt. Bei uns hat er sich wohlgefühlt, warum hätte er durch den finsteren Tiefgraben fahren sollen?«

Er sei stets freundlich gewesen, gut gelaunt und zu Späßen aufgelegt, ganz anders als die Figuren in seinen Büchern. Das gängige Klischee des melancholischen Misanthropen gehe an der Realität vorbei, überhaupt so vieles, was in den Zeitungen geschrieben stehe, entspreche in keiner Weise dem, was er, der Pensionsinhaber, damals als Kind und später als Jugendlicher, als junger Mann hautnah erlebt habe. Und das sei überhaupt kein Widerspruch, die Krankheit und der Lebenswille, eher führe das Erste zum Zweiten, er habe die Krankheit nie umarmt und sich in den

Tod ziehen lassen, er habe sich aufgelehnt gegen den Tod, und seine Form der Auflehnung war das Schreiben.

»Er hat gewonnen, wie wir wissen. Er hat dem Tod keine Chance gelassen.«

In der Stube stand ein alter Ofen, in den der Pensionsinhaber weitere Holzscheite nachlegte. Dabei nieste er fürchterlich in seine Armbeuge. Dann hievte er einen Keil Schwarzbrot auf sein Jausenbrett und schnitt dicke Scheiben von einem Stück Schopfspeck. Seine Frage, ob ich auch probieren wolle, verneinte ich.

»Er hat das Essen meiner Mutter geliebt. Überhaupt hat er sich bei uns wohlgefühlt. Wenn er sich mit seiner Ziehmutter gestritten hatte – es kam vor, dass sie sich gegenseitig anbrüllten –, dann hockte er sich zu uns in die Stube. Vielleicht war ich so etwas wie ein kleiner Bruder für ihn, Freunde hatte er, soweit ich weiß, keine. Auch keine engeren Beziehungen zu Einheimischen, nicht dass ich wüsste. Worauf wollen Sie eigentlich hinaus?«

Dass ich Informationen aus erster Hand benötigte, schien ihm einzuleuchten. Was ich jedoch mit diesen Informationen anzufangen gedachte, ließ ihm keine Ruhe. Germanistik, Seminararbeit, die üblichen Ausreden. Hätte man erwähnt, dass man ein Buch schreibt, oder gar die persönliche Verstrickung dargelegt, wäre die Sache von vornherein zum Scheitern verurteilt gewesen. Bücher schreiben sei Angelegenheit der Toten, und wenn jemand persönlich verstrickt sei, dann wohl er.

»In ihn hineinschauen konnte ich nicht. Er war ein Einzelgänger, das wissen Sie so gut wie ich. Und er war ein Fremder, auf seine Art ist er immer allen fremd gewesen, genau wie ihm alles fremd gewesen ist. Verstehen Sie?«

Er schüttelte den Kopf. Worüber sich die Leute immer Gedanken machten heutzutage, impotent, das gehe doch niemanden etwas an, ob ich denn keinen Respekt vor den Toten hätte, vor einem berühmten noch dazu. Er spülte den Speck mit einem Stamperl Schnaps hinunter. Ob denn die Sprachgewalt nicht Manneskraft genug sei. Impotent, so nah am Geschehen sei er dann auch nicht gewesen. Sein Leben lang? Vorher vielleicht. Später vielleicht. Und nur weil gewisse Menschen dies behaupteten, musste es nicht alle seine Beziehungen betroffen haben.

»Was wollen Sie damit sagen?«

Da ich keine weiteren Scheine hinblättern konnte, verließ ich die Pension.

Zurück im Auto sah ich, dass Julia versucht hatte, mich anzurufen. Ich steckte mein Mobiltelefon in die Jackentasche und legte den Rückwärtsgang ein. Es war schon dunkel und ich konnte schwer abschätzen, wie weit ich in die Wiese neben dem Schotterweg hineinfahren konnte, ohne stecken zu bleiben oder aufzusitzen. Also wendete ich auf dem engen Hof. Das Licht der Scheinwerfer fiel auf die offene Stalltür, die den Dampf warmer Körper in den Sternenhimmel blies. Die Kühe waren unruhig und zerrten an ihren eisernen Ketten. Vermutlich waren sie hungrig oder warteten darauf, endlich gemolken zu werden, damit sich ihre prall gefüllten Euter nicht entzündeten. Ein Darm entleerte sich auf den Boden. Urlaub am Bauernhof als Möglichkeit, in einen Haufen Kacke zu treten und sich dann ausführlich darüber zu beschweren.

In der ersten Kehre blieb ich stehen und schaute ins Tal hinunter. Von hier oben sah man das monströse Krankenhaus, die Haushaltungsschule, die Bahnstation, die große Hässlichkeit. Die Zinshäuser waren hell erleuchtet, ebenso das Hoteldorf am gegenüberliegenden Berghang. Hier wuchs seit Jahrzehnten ein Moloch heran, der Jahr für Jahr an Größe gewann, gigantische Gebäudekomplexe wie überdimensionierte Bauernhöfe, die sich ungeniert der Landschaft bemächtigten, aufeinandergetürmte Chalets und Talstationen, von denen Stahlseile bis zu den Bergspitzen gespannt wurden, um Skifahrer über grüne Wiesen zu den Kunstschneeparadiesen des Innergebirgs zu befördern. Im Winter überschwemmten holländische Skilehrer das Tal mit billigem Rauschgift, Sportwagen mit offenem Verdeck und Sommerreifen durchbrachen Leitplanken und russische Amateurwintersportler schlürften Champagner aus den Nabeln schöner Bauerntöchter, die dem Alltag zwischen Schulbesuch und Stallausmisten für ein paar selige Stunden entflohen. Aber noch war nicht Saison, also war es einigermaßen ruhig.

Da die Geschäfte schon geschlossen hatten, fuhr ich zur Tankstelle ins Tal. Es war Samstagabend, und der Parkplatz war voll, einige Autos blockierten die Zapfsäulen, vor dem Eingang parkte ein riesiger BMW mit verdunkelten Scheiben. Komischerweise gab es Leute, die nicht etwa in eine Bar gingen, um gemeinsam ein Bier zu trinken, nicht in ein Restaurant und sich auch nicht bei jemandem zu Hause an den Küchentisch hockten, sie trafen sich im Bistro einer Tankstelle, um sich dem Alkohol und der benzingeschwängerten Luft hinzugeben. Es war mir im höchsten Maße unheimlich. Als ich eintrat, hörte ich Lärm und Gelächter wie in einem Wirtshaus. Ich bog nach rechts in den Shop und holte mir alles, was ich brauchte. Der Kassabereich war zugleich eine Ausschank, auf der der Tankstellenbedienstete gezapfte Biere abstellte. Ich blickte nach hinten und sah eine Gruppe Männer, die lautstark ihren Stammtisch abhielt.

In ihrem Zentrum saß ein Mann aus dem Nachbarort, ein Ungustl mit einem Gesicht wie ein aufgedunsener Schäferhund, der es seltsamerweise bis in den Landtag gebracht hatte. Als Viehhändler verdiente er ein Vermögen, indem er nach den Stier- und Milchkuhauktionen rumänische Mädchen stundenweise an die zahlungskräftigen Landwirte vermittelte. Hinter der Viehauktionshalle hatte er ein paar Garagen gemietet, wo sich Stallgeruch und billige Parfüms auf feuchten Matratzen paarten. Dadurch hatte er beste Kontakte zu sämtlichen Bauern im Bundesland und bei Bedarf auch noch gegen jeden von ihnen etwas in der Hand. Die Mädchen hatte er gemeinsam mit einer Ladung Zuchtstiere importiert, um sich ein zweites Standbein zu schaffen und sich für die kommenden Jahre abzusichern. Sie waren zwar weder geweidet noch gealpt, dafür aber führig und mit prächtigen Eutern ausgestattet. Für Klienten mit besonderen Interessen bot er auch großrahmige Mädchen an oder welche mit hohen Lebensleistungen, die schon mehrmals gekalbt hatten. Das waren Begriffe, die auch die Bauern verstanden, weshalb sie die Dienste des Viehhändlers lieber in Anspruch nahmen als jene ähnlicher Etablissements, wo man sich Fachausdrücke wie »BBW« und »Milf« erst einmal erklären lassen musste.

Neben dem Viehhändler saßen bekannte Großbauern im Trachtenanzug sowie junge Burschen in Holzfällerhemden. Sie sprachen über Lokalpolitik und die anstehende Fleckviehschau. Ganz hinten im Tankstellenbeisl entdeckte ich den Hotelier. Er hatte seinen Dutt unter einer Kappe versteckt und unterzeichnete ein Dokument. Als sie mich sahen, senkte sich der Lautstärkepegel.

Hier hielten sie also ihre Reden und trafen geheime Abmachungen der Bezirksbauernkammer oder des Tourismusverbandes. Da es im Innergebirg keine Bürgerbräukeller und Hofbräuhäuser gab, mussten sie mit Tankstellen und Hinterzimmern vorlieb nehmen. Ich bezahlte meinen Einkauf, und wer trat in dem Moment aus der Toilettentür? Der Pisser vom Margaretenfest. Sein Hosenstall stand schon wieder offen, aus seinen Augen leuchtete der pure Stumpfsinn. Er nahm sich zwei Biere vom Tresen und watschelte nach hinten zum Stammtisch. Ein Bier reichte er dem Viehhändler, der ihm dankend den Bauch tätschelte. Dann lud er Munition nach, indem er mit einem Zug das halbe Glas leerte. Seine untere Gesichtshälfte war mit

Schaum bedeckt. Er machte keine Anstalten, ihn wegzuwischen. Er rülpste, und die anderen lachten.

Aus diesem Milieu rekrutieren die Parteien ihr Fußvolk. Die traditionellen Stammwähler leben nicht mehr oder sind dement, also müssen neue Abhängigkeiten geschaffen werden. Mit Alkohol, Männerbündelei und illegalen Deals. Ich gab kein Trinkgeld. Die Männer flüsterten und quiekten. Je weiter ich mich von ihnen entfernte, desto lauter wurden sie.

SIEBZEHNTER TAG

»Er lehrte sie und sagte: Nehmt euch in Acht vor den Schriftgelehrten!«

Der Schweindlpfarrer erhob seinen Zeigefinger und starrte drohend von der Kanzel.

»Sie gehen gern in langen Gewändern umher, lieben es, wenn man sie auf den Straßen und Plätzen grüßt, und sie wollen in der Synagoge die vordersten Sitze und bei jedem Festmahl die Ehrenplätze haben. Sie bringen die Witwen um ihre Häuser und verrichten in ihrer Scheinheiligkeit lange Gebete. Aber umso härter wird das Urteil sein, das sie erwartet.«

Er stand in einem langen Gewand auf seinem Ehrenplatz und las aus der Heiligen Schrift. War ich der einzige, der diese Ironie erkannte?

Auf die Warnung vor den Schriftgelehrten folgte die Erzählung vom Scherflein der Witwe:

»Als Jesus einmal dem Opferkasten gegenübersaß, sah er zu, wie die Leute Geld in den Kasten warfen. Viele Reiche kamen und gaben viel. Da kam auch eine arme Witwe und warf zwei kleine Münzen hinein. Er rief seine Jünger zu sich und sagte: Amen, ich sage euch: Diese arme Witwe hat mehr in den Opferkasten hineingeworfen als alle andern. Denn sie alle haben nur etwas von ihrem Überfluss hergegeben; diese Frau aber, die kaum das Nötigste zum Leben hat, sie hat alles gegeben, was sie besaß, ihren ganzen Lebensunterhalt. Evangelium unseres Herrn Jesus Christus.«

»Lob sei dir, Christus.«

»Jesus warnt uns vor den Schriftgelehrten, vor den Heuchlern und Scheinheiligen. Er selbst hat seine Jünger nicht belehrt, er war das Wort Gottes unter den Menschen. Die anderen Geschöpfe dieser Erde, das Berghuhn, die Steinziege, die Amsel, sie streben nicht nach Ruhm und tragen nur das Gewand, das der Herrgott ihnen gegeben hat. Lasst uns also mehr sein wie unsere tierischen Kameraden, wie das Pinzgauer Hausrind und wie die Bienen: echt und demütig, nicht scheinheilig, sondern heilig, so wie der Herr es uns gelehrt hat.«

Nüchtern in der Kirche zu sitzen war ein Vorzug, den ich sehr zu schätzen wusste. Doch auch ohne Restalkohol in meinem Blut drängten sich Gedanken auf, derer sich ein gläubiger Katholik schämen müsste und die Anlass zu einer Beichte oder Selbstkasteiung wären. Mittlerweile konnte ich keiner Predigt mehr lauschen, ohne mir nackte Körper in den absonderlichsten Verrenkungen vorzustellen. Die Witwe sei eine Wohltäterin, sagte der Schweindlpfarrer, weil sie alles gibt, was sie hat. Sie stellt ihr Weniges in den Dienst einer höheren Sache und gibt somit mehr als die Reichen. Vor meinem inneren Auge war die Witwe nackt. Ich wehrte mich gegen diese Vorstellung, konnte sie aber nicht verdrängen. Sie war nackt und ihre Brüste waren groß und sie gab alles, was sie hatte. Die Stimme des Schweindlpfarrers klang gedämpft und wie aus weiter Ferne. Ich fokussierte den Hochaltar, den Marmor und die goldenen Verzierungen. Jesus und die Witwe. Sie war arm und gab sich ihrem Herrn hin. Ich begann, Dinge zu zählen, um mich abzulenken. Zweiundsiebzig bemalte Flachglasstücke in einem der Fenster. Vierzehn Stufen hinauf zum Eingang in den Kirchturm. Vier Piercings in einem Frauenohr. Zwei Engel neben dem Auge der Vorsehung, unbekleidet bis auf das goldene Tuch, das ihr unreifes Geschlecht notdürftig bedeckte. Sechs glänzende Kreuze, deren senkrechte Linien Phalli glichen, gekreuzte Glieder im Weihrauchdunst, und ein großes Kreuz aus Holz mit einem Nackten an der Wand, Dornen, Blut und Schweiß, Dreck unter den Zehennägeln. Mit Löchern in den Händen und Löchern in den Füßen. Löcher, die keiner stopfen konnte.

Alle Gedanken führten zum selben Ziel. Mein letztes Mal war vor dem letzten Morgenmahl. Witwe war sie keine, trotzdem gab sie alles, was sie hatte. Auf der Suche nach jemandem, der ihre Tränen trocknete und andere Gefilde benässte, hatte sie mehr in den Opferkasten hineingeworfen als alle anderen. War sie deshalb eine Hure oder eine Heilige? Die Leute standen auf und ich stand mit ihnen auf, sie setzten sich wieder hin und ich setzte mich mit ihnen, sie knieten sich auf die Bretter, auf denen sie vorher mit ihren Halbschuhen und Stiefeln gestanden hatten, und ich beugte mich nach vorne und deutete einen ebensolchen Kniefall an. Ob sie auch alle an das Unaussprechliche dachten? An Trivialitäten wie das anstehende Mittagessen, Landesliga-Fußballspiele und Fernsehsendungen, den Hintern des Vordermannes, den letzten Geschlechtsverkehr. Ich roch es und schmeckte es auf meiner Zunge. Das Geschlechtliche bahnte sich seinen Weg durch die Sonntagsanzüge und beinlangen Röcke, es dampfte aus den Achseln der Fürbittenleserinnen und regte sich in den Ministrantenköpfen. Auch in den Augen des Schweindlpfarrers blitzte das Geschlechtliche auf, wenn er zur Pfarrersköchin schaute oder wenn er von seinen Schweinen sprach. Er war ein fähiger Priester, denn er geizte nicht mit seiner Liebe. Mein Mund sprach das Vaterunser, während der Rest von mir Lobeshymnen auf das Geschlechtliche sang. In Gedanken waren wir ein Chor von hundert Sängern und Sängerinnen, von mächtigen Bässen und engelsgleichen Sopranen, Harfen, Posaunen und Trompeten. Ein Außenstehender bekam davon nur Gemurmel mit. Ich frohlockte ob der Harmonien und Kontrapunkte und hielt Einkehr, dachte an Julia, die mich mit ihren Beinen umklammerte wie eine Schere, an ihre Finger in meinem Haar und die weinenden Kinder vor der Tür. Das Saxofon röhrte wie ein brunftiger Elch und ich schnappte nach einer Mundvoll Luft, um nicht im verzweifelt engen Würgegriff zu ersticken. Dann ein Kuss, donnerwarm und wie ein Blitz so hell. Im selben Moment prasselten Regentropfen auf das Kirchendach und gegen die Fenster. Der Wind pfiff durch die Spalten zwischen dem schweren Eisentor, dem Gemäuer und dem Boden. Der Pfarrer blickte besorgt nach draußen, dann fuhr er mit erhöhtem Tempo fort. Ein Wolkenbruch ergoss sich über Weng. Als Julia kam, flüsterte sie meinen Namen. Es strömte, wie wenn man alle Schleusen eines Staudamms auf einmal geöffnet hätte. Die Spannung war gelöst, endlich bekam ich wieder Luft. Ein Blitz durchzuckte den Himmel und ließ den Heiligen Sebastian, der auf dem Fenster neben dem Altar sterbend abgebildet war, hell erbeben. Ich erschauerte. Meine Hände lagen gefaltet in meinem Schoß.

ACHTZEHNTER TAG

Der Wetterumschwung im Innergebirg ist ein grausames Naturschauspiel. Von einem Augenblick auf den nächsten ziehen Wolken auf und verdunkeln die Sonne, kurz darauf kracht der erste Donnerschlag und ein Regenschauer geht hernieder, dass man ohne Schutz innerhalb weniger Sekunden nass ist, als wäre man in einen See gefallen. Der Wetterumschwung geht mit einem ungeheuren Temperatursturz einher. War es eben noch mild und lauwarm, so friert man unversehens und wird vom Wind umhergeworfen wie ein welkes Blatt. Befindet man sich auf einem Berg, so bleibt einem nichts zu tun, als irgendwo in Bodennähe Unterschlupf zu suchen, will man nicht vom Blitz getroffen werden.

Vor Kurzem hatte die Sonne noch am heiter blauen Herbsthimmel gebrannt, seit der Messe am Sonntag nieselte es pausenlos. Ich ging aus Neugier auf die Straße, eingepackt in einen Regenmantel meines Großvaters, und stand bis zu den Knöcheln im Wasser. Der Regen hatte die Abwasserkanäle gefüllt und drückte nun alles an die Oberfläche. Im ganzen Dorf stank es nach Fäkalien. Die Feuerwehr rückte bereits mit Schläuchen an und versuchte, die übel riechende Suppe mit Pumpen auf den Sportplatz zu leiten. Kondome und Tampons trieben im Rinnstein, das Wasser hatte eine besorgniserregende Farbe. Eine Frau in Reitstiefeln, die auf dem Weg ins Café war, teilte mir mit, dass sich dieses Schauspiel alle paar Jahre ereigne, da müsse man sich keine großen Sorgen machen. Ich wollte mich gerade unter ihrem Regenschirm vorbeiducken, da fragte sie mich, wie es meiner Mutter gehe. In diesem heillosen Unwetter, mitten im apokalyptischen Weng erkundigte sie sich dann auch noch nach meinem Vater. Sie trug eine Schürze und ein Kopftuch. Ich tat so, als hätte ich sie nicht gehört, und lief zur nächsten Hausmauer, um mich an ein Dachrinnenfallrohr zu klammern.

Vom Fenster aus beobachtete ich das Treiben am Dorfplatz. Männer in Gummistiefeln stapelten Sandsäcke, um ihre Häuser vor den Wassermassen zu schützen, zwei Burschen stapften johlend über den Platz und bewarfen sich mit triefenden Fundstücken. Ich hielt mich am Fensterrahmen fest und beugte mich vor, um einen besseren Überblick zu bekommen. Das Haus war eine Insel inmitten einer riesigen Senkgrube. Der beißende Gestank der gesammelten Dorfscheiße veranlasste mich schließlich dazu, das Fenster zu schließen und mich wichtigeren Dingen zuzuwenden. Während draußen die Körperflüssigkeiten der Bewohner in deren Häuser zurückflossen, saß ich auf dem Bettrand und blätterte in meinem Notizbuch. Dann nahm ich das Buch zur Hand und las etwas, das ich Sekunden darauf wieder völlig vergessen hatte. Ich dachte an zähe Spermafäden, die über Türschwellen flossen, und an Hunde, die das Blut ihres Frauchens vom Gehsteig leckten. Ich schrieb ein paar Zeilen. Nun wusste ich, warum sich alle wunderten, dass ich gerade in dieser Jahreszeit in Weng war.

Später saß ich mit meinem Großvater beim Abendessen. Er erwähnte wieder seine Kopfschmerzen. Erst ein-, nein, zweimal in seinem Leben habe er so furchtbare Kopfschmerzen gehabt, die unter der Schädeldecke pochten, als würden sie diese mit aller Kraft sprengen wollen. Im Krieg habe er nach einem Granateneinschlag stundenlang nichts gehört und »ein ungeheurer Druck hat sich in meinem Kopf aufgestaut, der nirgends entweichen konnte. Ich hab gespürt, wie sich mein Schädel ausdehnt, um dem Schmerz irgendwie Platz zu schaffen, aber der Schmerz hat ja nie genug Platz, darum breitet er sich mit der Zeit auf alle Bereiche aus, die er erwischen kann. So kann sich eine kleine Wunde zu einem lebensbedrohenden Desaster ausweiten, im Lauf von ein paar Tagen oder, wenn man Pech hat, innerhalb kürzester Zeit«, sagte er. »Wenn der Schmerz überhandnimmt, bleibt nichts, wie es war.« Und: »Noch schlimmer war es, als ich durch die Windschutzscheibe flog und kopfvoran in ein Bachbett stürzte. Zuerst hat das kalte Wasser den Schmerz noch im Zaum gehalten, im Krankenbett brach er dann über mich, wie ein Wahnsinniger hab ich geschrien. Noch dazu hab ich mir eine Rissquetschwunde zugezogen, aber die Schmerzen im Kopf waren das Schlimmste. Ich hab geschrien und geweint und die Schwester hat die Gendarmen nicht ins Zimmer gelassen, bis ich am nächsten Tag wieder klar genug war für den Bluttest.« Ertragen müsse man den Schmerz, »weil etwas anderes bleibt einem nicht übrig. Und jetzt bin ich wieder von einer Granate niedergeschleudert worden, liege wieder in einem Bachbett, nur dass mich kein Wasser kühlt, so drückend heiß ist meine Stirn.«

Ich fühlte mit der Hand und konnte keine besondere Wärme feststellen. Vielmehr war er eher unterkühlt. Ich machte mir Sorgen. Als er kurz im Badezimmer war, wählte ich die Nummer seines Hausarztes. Dr. Oberreiter sagte, er sei noch eine Stunde in der Ordination, wir könnten jederzeit vorbeikommen.

»Mit wem hast du telefoniert?«

»Dr. Oberreiter hat angerufen. Er möchte dich dringend sehen.«

»Wieso denn das?«

»Er hat gesagt, wir sollen sofort losfahren.«

Widerwillig ließ er sich auf dem Beifahrersitz nieder. Er hasste es, chauffiert zu werden, egal, ob in die Arbeit oder sonstwohin. Während der Fahrt sprachen wir nicht miteinander. Wir quälten uns durch den peitschenden Regen, umkurvten Schlaglöcher und Pfützen und waren froh, als wir die Ordination endlich erreicht hatten. Ich ließ meinen Großvater vor der Tür aussteigen und stellte das Auto ein paar Meter weiter ab. Im Wartezimmer saßen zwei Kerle in Gummistiefeln, die uns mit einem verhaltenen »Grüß Gott« willkommen hießen. Es roch nach Desinfektionsmitteln und Erbrochenem. Da die Sprechstundenhilfe nicht da war und auch nach zehn Minuten nicht erschien, klopfte ich an die Tür des Arztes.

Ein »Ja, bitte« drang aus dem Zimmer, also trat ich ein. Dr. Oberreiter war gerade dabei, sich selbst eine Spritze zu verabreichen. Er hatte sich eine Aderpresse um den Oberarm gebunden und suchte nach einer passenden Vene.

»Oh, ich wollte Sie nicht stören.«

»Kein Problem, ich muss nur meine Medizin zu mir nehmen, dann kümmere ich mich um die Patienten. Ich bin ja auch mein eigener Patient, müssen Sie wissen, und sozusagen mein eigener Arzt. Ist es ein Notfall oder kann es warten?«

»Mein Großvater, wir haben telefoniert.«

»Es dauert nicht lange.«

Also warteten wir. Die Kerle in den Gummistiefeln machten einen müden Eindruck. Einer hatte tränende Augen und schaute starr ins Leere, dem zweiten hingen fettige Haare unter der Baseball-Kappe hervor, er lag mehr auf dem Sessel, als dass er darauf saß, und pfiff unentwegt eine Melodie in Moll, während er Hautfetzen von seinen Fingernägeln zog. Da sie nebeneinander hockten und ähnliches Schuhwerk trugen, gehörten sie offensichtlich zusammen, vielleicht waren sie sogar Brüder. Der Regen prasselte unaufhörlich gegen die Fenster, in stumpfem Winkel und mit der Wucht von Hagelkörnern.

»Meine Herren«, brüllte Dr. Oberreiter hinter seiner Tür. Die beiden Kerle standen hastig auf und drängten sich gemeinsam durch den Gang und ins Büro des Arztes. Nach einiger Zeit vernahmen wir ein Rumpeln und laute Stimmen, irgendetwas fiel auf den Boden, danach Zischgeräusche von energischem Flüstern und einen dumpfen Schlag. Damit beruhigte sich die Situation wieder. Ein paar Minuten später platschten die Gummistiefel wieder über das Linoleum. Beim Verlassen der Praxis nuschelte der Typ mit den fettigen Haaren ein leises »Wiederschau'n« in seinen Kragen. Das Wort tropfte wie Sirup auf den Boden und hinterließ eine zähe Spur. Der Zweite folgte ihm wie in Zeitlupe und vergaß, die Tür hinter sich zu schließen. Sie verschwanden im Regen.

Endlich war mein Großvater an der Reihe. Ich nahm mir eine Zeitschrift vom Stapel und las in der Zwischenzeit Klatschgeschichten aus der Welt der Reichen und Botoxopfer. Neben silikonverschandelten C-Promis grinste auch der Schauspieler P. aus der »Kultur«-Rubrik. »Der Bad Boy des modernen Theaters in Feierlaune« lautete die Bildunterschrift. In solchen Magazinen verkommt alles Geistige zu bunten Bildern begattungsreifer Körper. Hier dient eine Institution wie das Theater nicht mehr der Reinigung der Seele oder der Veränderung gesellschaftlicher Missstände, sondern allein als Lieferant von Frischfleisch für die Begaffungsindustrie. Eine ganze Doppelseite war dem Thema »Schlagerstars und ihre Haustiere« gewidmet, und die Artikel über den deutschen Hochadel legten dar, dass mit steigendem Vermögen Oberweite und Lippenvolumen proportional anschwollen.

Dr. Oberreiter hatte meinem Großvater Blut abgenommen und Tabletten verschrieben, dann begleitete er ihn zum Ausgang.

»Ruhe ist jetzt am wichtigsten. Überanstrengen Sie sich nicht und ruhen Sie sich aus. Hier haben Sie noch Tropfen gegen die Nervosität.«

Er zog ein Fläschchen aus der Tasche seines Mantels.

»Nehmen Sie dreimal am Tag zehn Tropfen, Sie werden sehen, wie gut die Ihnen tun. Die habe ich selbst in meinem Labor hergestellt, ich bin ja sozusagen ein autarker Arzt, ich mache alles selbst, die Tropfen, Cremes, Injektionslösungen, alles, was Sie sich vorstellen können.«

Sein Mitteilungsdrang war enorm.

»Auch die meisten Tests kann ich in meinem Labor in kürzester Zeit durchführen. Egal, ob Bluttests, Harn, Hautpartikel, Stuhl – die Möglichkeiten sind schier unbegrenzt. Modernste Technik, müssen Sie wissen.«

Wir bedankten uns, und er schloss hinter uns ab. Es regnete noch immer.

In der Nacht stand ich immer wieder auf, weil meine Gedanken nicht zur Ruhe kamen. Ich ging zum Fenster und schob den Vorhang zur Seite, um hinauszuschauen. Dicke Tropfen prasselten auf das Pflaster und bahnten sich als Rinnsal ihren Weg zur Landstraße. Viel mehr war im schwachen Licht der Laternen nicht zu erkennen. Plötzlich bemerkte ich aus dem Augenwinkel einen Schatten, der über den Dorfplatz huschte und in der Finsternis verschwand. Im Zimmer zu bleiben schien mir unmöglich, also schlüpfte ich in meine Hose, zog den Regenmantel meines Großvaters über und ging hinunter. Die Haustür war nicht verschlossen. Als ich unter das Vordach trat, löste ich den Bewegungsmelder aus und wurde in gleißendes Licht getaucht. Meine Augen verkrampften sich. Ich entfernte mich vom Haus und war erleichtert, das ungewollte Spotlight gegen völlige Schwärze zu tauschen. Abseits der Lichter fühlte ich mich wohler. Früher schon, als Kind, hatte ich mich schlaflos im Bett gewälzt, weil ich Angst davor hatte, ich würde einschlafen und nie wieder aufwachen. Also zwang ich mich dazu, wach zu bleiben und lief in den Garten oder hinauf zu den Heustadeln. Dabei hatte ich eine entsetzliche Angst, die ich selbst herbeiführte, um die noch größere Angst, die Todesangst, beiseitezuschieben.

Auch jetzt, auf dem Weg zum Lärchenwald, fand ich mich mit der Angst ab. Unsere schlimmsten Zustände führen wir immer selbst herbei. Wie ein Schlafwandler folgte ich dem Rinnsal, nur schlief ich nicht, sondern war putzmunter. Je mehr ich mich der Ortstafel und dem Wald näherte, desto breiter und stärker wurde das Bächlein. Schließlich bog ich von der Straße ab. Auf dem Pfad zum Wald gab es keine Laternen, ich tastete mich vorsichtig voran und drehte mich mehrfach um meine eigene Achse, um sicherzugehen, dass mir niemand folgte. Meine Schuhe und Socken waren bereits durchnässt, irgendwo über mir surrte leise die

Hochspannungsleitung, die ich in der Dunkelheit nur erahnen konnte. Auch Sterne waren keine zu sehen. Ein Rascheln zerriss die trügerische Stille, ich fuhr herum und sah gerade noch etwas im Gebüsch verschwinden. Für einen kurzen Moment hörte ich nur das Klopfen meines Herzens, machte dann ein paar Schritte ins Gestrüpp hinein, da entdeckte ich ihn: Er hatte einen buschigen Schwanz, seine Augen leuchteten bernsteinfarben. Obwohl ich ihm ungewöhnlich nahe kam, schien er keine Angst zu haben. Anstatt wegzurennen, kratzte er sich nervös mit der Hinterpfote an einer kahlen Stelle auf seinem Kopf. Für einen ausgewachsenen Fuchs sah er abgemagert aus. Plötzlich sprang er auf und biss sich ins Fell, winselte und kratzte sich wieder mit dem Hinterbein. Er verhielt sich eigenartig, obwohl die Tollwut doch im ganzen Land ausgerottet war. Nachdem er ein Stück Fleisch aus seinem Bauch gerissen hatte, starrte er mich an. Sein Maul schien Worte zu formen, die ich nicht verstehen konnte. Er wiederholte dieselben Bewegungen und zuckte mit den Gliedern. Als ich nicht reagierte, brach er in ein helles, lang gezogenes Bellen aus, das mich so erschreckte, dass ich rückwärts in den Farn fiel. Im selben Augenblick flackerte am Eingang des Hohlwegs ein seltsamer Schleier auf, der gleich darauf in der Ferne verblasste. Als ich mich wieder aufraffte, war der Fuchs verschwunden. Ich ging in den Hohlweg, meine Knie zitterten. Doch dort war nichts.

NEUNZEHNTER TAG

»Dieses Mädchen hat schon wieder für dich angerufen.«

»Ich hab jetzt keine Zeit.«

»Leg doch endlich dieses Buch zur Seite und kümmer dich um das arme Ding.«

»Kümmer du dich um deine Angelegenheiten, ich kümmer mich um meine.«

»Anscheinend tust du das nicht.«

»Und du solltest dich schonen, schon vergessen?«

»Wie soll ich mich schonen, wenn andauernd das Telefon klingelt?!«

»Ich bring das in Ordnung, versprochen. Aber jetzt hab ich noch zu tun.«

Zuerst der Drang, Mädchen kennenzulernen, dann der Drang, all diese Mädchen wieder zu vergessen. Liebeleien wie Tand, den man im Rinnstein findet, voller Ruß und Taubenkot. Was aus der Ferne golden glänzt, stellt sich mitunter als eine feine Schicht Urin heraus, die ein Passant oder ein herrenloser Köter hinterlassen haben, um sich zu erleichtern. Kinder finden fremdes Spielzeug und stecken es in den Mund. Sie lutschen daran, bis sie die Lust verlieren. Ideale von Beziehungen und dann das Entbundenwerden von den Idealen der Beziehungen, das Entbundenwerden von den Beziehungen, von jeglichen Beziehungen. War das Alleinsein eine Notwendigkeit für Menschen wie mich oder war mein Zustand eine logische Folge jahrelanger Übung? Mit einem Mal wurde mir klar, dass es keine Liebe in meinem Leben gab. Das Körperliche habe mit Liebe rein gar nichts zu tun, sagte mein Großvater. Das Körperliche, Geschlechtliche sei näher an der Gewalt als an der Liebe, es erschaffe dort den Teufel, wo ohne es nur der liebe Gott wäre. Es gehöre schon dazu, gezwungenermaßen, sei Pflicht, Fest oder Sünde, ein Erfordernis der Schöpfung. Ansonsten sei das Körperliche natürlich förderlich, harte Arbeit, am besten an der frischen Luft, Naturwissenschaft, Stahlindustrie, Leistungssport: die Fundamente unserer Gesellschaft. Im Gegensatz dazu sei das Geistige geradezu eine Farce. Kunst als Ablenkung von der eigenen Unzulänglichkeit. Literatur als zwecklose Zerstreuung. Der Versuch, Fragen zu stellen, sei ein Eingeständnis des Ruins. Und Religion? In unserem Leiden vor Gott geradezu körperlich. Keine Frage, sondern eine Antwort. Unbegreiflich für jemanden, der ohne Selbst- und Nächstenliebe auch nicht zur größten aller Zuneigungen fähig sei. Auf der Suche nach Antworten hatte ich nur weitere Fragen freigeschaufelt. Mich eingegraben in die alte Erde und mir den Blick zur Sonne verbaut, die immer seltener über die Berge spitzte. Während in der Stadt die Gebäude den Blick zum Himmel versperren, werfen hier die Felsen ihre

Schatten auf die Menschen. Noch dazu kommen die Bauwerke aus Gedanken und Ängsten, Vorwürfen und Erwartungen, die sich über unseren Gehirnen türmen und die größten Schatten werfen. Ich zog den Vorhang zu und legte mich aufs Bett.

Ich träumte von Figuren aus dem Buch. Der Wasenmeister brachte einen Hundekadaver ins Gasthaus und die Wirtin quetschte ihn gehäutet durch den Fleischwolf. Der Ingenieur erzählte vom Kraftwerksbau, während sich die Arbeiter Unmengen Bier in den Schädel kippten. Der Gendarm wankte durch die Nacht nach Hause. Der Maler in seinem roten Künstlerrock fuchtelte mit dem Gehstock durch die Luft und schimpfte über Gott und Weng. Wäre er in der Stadt geblieben, wäre er einer von vielen Außenseitern gewesen, eine gescheiterte Existenz unter tausenden, die nicht weiter auffiel, hier aber war er der große Außenseiter, der Kunstmaler, den zwar alle für verrückt hielten, aber in seiner Verrücktheit tolerierten. Der Mann der Wirtin schrieb einen Brief aus dem Gefängnis. Der Medizinstudent beobachtete die Wirtin bei der Körperpflege. Er spähte durch den Türspalt und musste unverhofft husten, da entdeckte ihn die Wirtin und zog ihn zu sich ins Zimmer. Die Tür fiel hinter den beiden zu. Ich wachte auf.

Indem mein Großvater den Vorhang aufriss, war er quasi der verlängerte Arm von Professor Lavie. Die Großväter und großväterlichen Freunde reißen junge Träumer aus dem Schlaf und konfrontieren sie mit

Facetten der Realität, derer sie sich beständig zu entziehen versuchen. Ich ging nach draußen. Julia war nicht im Café, also schrieb ich ihr eine Nachricht, dann schaltete ich mein Telefon wieder aus. Da ich nicht wusste, wohin ich gehen sollte, kehrte ich beim Schnapsbrenner ein. Ganze Scharen von Männern saßen beieinander und vertrieben sich den Abend mit Watten und Schnapsen. Es war stickig und laut. Ich fand einen freien Barhocker und grüßte den Schnapsbrenner, der gerade dabei war, Zirbenlikör in massenhaft Stamperl zu schütten.

»Der Durst hat noch jeden Sünder zurück an die Quelle getrieben.«

»Ich wurde eher von zu Hause *ver*trieben, aber ein Bier nehme ich trotzdem.«

»Wollte der alte Haudegen seine Ruhe, ich kann's ihm nicht verdenken.«

Ein Kellner in Lederhose holte das Tablett mit den Stamperln und stellte es ein paar Meter weiter auf einen Tisch. Dem Grölen nach zu urteilen, hatte die Meute ihre helle Freude an der Lieferung.

»Ganz schön viel los heute, und das mitten unter der Woche.«

»Der Durst ist ein Hundling.«

»Bei all den durstigen Sündern in Weng geht dir nie die Kundschaft aus.«

»Ich kann mich nicht beklagen. Zurückhaltung scheint zwar wieder in Mode zu kommen, aber hier hab ich noch nichts davon bemerkt.«

Ein Bierglas zerschellte am Boden. Ich erschrak, doch sonst schien es niemanden zu kümmern.

»Und selbst wenn die Einheimischen eine Pause einlegen, auf die Kurgäste kann man sich immer verlassen.«

Der Bau des Kur- und Rehazentrums war ein wahrer Segen für die lokalen Gastronomen gewesen. Viele Kurgäste kamen nämlich nicht vorrangig zur Erholung oder Genesung, sondern zur Bewältigung ihrer überhandnehmenden Midlifecrisis. Dabei griffen sie in bewährter Manier auf hochprozentige Alkoholika und Affären mit Kurbekanntschaften oder Einheimischen zurück. Grau melierte Herren taten sich mit Burn-out-Patientinnen zusammen, und tablettenabhängige Vorstandssekretärinnen verbandelten sich mit kernigen Skilehrern. Da im Rehazentrum ab 22 Uhr Ausgangssperre herrschte, beeilten sich die Kurgäste umso mehr, möglichst schnell möglichst viel zu konsumieren, denn nur ein frühabendlicher Vollrausch konnte die verfrühte Sperrstunde wettmachen.

»Und vor Feiertagen ist es eben noch wilder als sonst«, sagte der Schnapsbrenner und bugsierte die eben gezapften Biere an den Stehtischen vorbei zu einer Gruppe Frauen Mitte vierzig. Da fiel mir wieder ein, was ich nach dem Aufstehen in der Zeitung gelesen hatte. Morgen war Nationalfeiertag. Immerwährende Neutralität, rot-weiß-rote Fahnen im Wind. Keine Wirbelsäulengymnastik für die Kurgäste in aller Herrgottsfrühe, also mehr Umsatz am Vorabend für den Schnapsbrenner. Jetzt bereitete er vor meinen Augen eine traditionelle Spezialität des Innergebirgs zu. Er schnitt Schwarzbrot in Scheiben und richtete mehrere Suppenteller her, in die er eine unbestimmte Menge Schnaps goss.

»Wie viel? Das kommt darauf an. Die besten Köche kochen nach Gefühl.«

Dann legte er auf jeden Teller eine Scheibe Brot und streute jeweils einen gehäuften Teelöffel Kristallzucker über seine Kreationen. Dieses Gericht war Einheimischen vorbehalten und wurde vor allem von Jägern bestellt, die über einen speziell trainierten und geeichten Magen verfügten. Selbstverständlich stand das Schnapsbrot nicht auf der Speisekarte, die Kurgäste wären in Scharen krepiert. Diese Delikatesse war ein Geheimtipp unter Eingeweihten, die jene seltenen Freuden erleben wollten, an denen tapfere Holzknechte und Wilderer schon seit Jahrhunderten zugrunde gingen. Der Schnapsbrenner platzierte alle Teller auf seinen Handflächen und Unterarmen und marschierte ans andere Ende des Raumes. Dort saßen die Jäger, Julias Mann und seine Kumpane, in tarnfarbener Kleidung und diskutierten erregt, ein Jagdgewehr lehnte achtlos an der Wand wie ein Spazierstock oder ein Regenschirm. Unterm Tisch schlabberte ein Dackel Wasser aus einer Schüssel. Die Jäger tunkten das Brot kräftig in die Flüssigkeit und verfeinerten das Gericht mit Prisen aus dem Zuckerstreuer. Dabei vollführten sie grobe Gesten mit den Armen. Ich zog meinen Kopf ein und konzentrierte mich auf mein Bier. Der Schaum war bereits in sich zusammengesunken. Ich fühlte mich weder heimisch noch geborgen. Es war offensichtlich, was mich von den anderen unterschied, doch ich konnte es unmöglich in Worte fassen.

Vielleicht waren wir uns alle ähnlich, die Bauern, die Kurgäste, die Kellner, die Jäger, der Schnapsbrenner und ich. Jeder wähnte sich überlegen und schwamm dennoch einsam in derselben Suppe. Ich sah meine Reflexion in einem Spiegel mit aufgedrucktem Weißbierlogo. So sah ich also aus. Ein wenig wie mein Vater. Kein bisschen wie mein Großvater. Und die Mitmenschen? Nichts als Skizzen und Klischees.

Meine Hände als Schutzschild zu verwenden hatte keinen Sinn. Seine Faust traf mich an der linken Wange, aber erst der Hieb in den Bauch ließ mich zu Boden gehen. Ich sank in mich zusammen und küsste die verdreckte Spitze eines Trekkingstiefels. Augenblicklich war mein Gesicht nass, über und über getränkt in einer Flüssigkeit, die meine Nase verstopfte, meinen Blick verschattete und in meine Ohren floss. Wahrscheinlich war die Wiese noch feucht vom tagelangen Regen. Ich drehte mich zur Seite, um meine empfindlichen Stellen zu schützen, der Überfall war aus dem Nichts gekommen, ich war schlicht zu überrascht, um zu kämpfen. Und wenn man den ersten gekonnt ausgeführten Schlag eingesteckt hat, ist es schwierig, aus der Defensive heraus noch die Oberhand zu gewinnen. Eine Trübung legte sich zwischen mich und die Welt. Jemand hob mich auf die Beine, nur um mich sofort wieder niederzustrecken. Meine Arme waren kraftlos und zu keinem Gegenangriff fähig, meine Knie knickten ein, ich erbrach mich auf meinen Schoß.

Erst als ich meine Augen mit Spucke sauber wischte, erkannte ich den Großen Wagen. Die unzählbaren glänzend hellen Himmelskörper über mir waren allerdings nur ein schwacher Trost, der schmierige Glanz eines lichtverschmutzten Nachthimmels hätte mein Lebensgefühl adäquater veranschaulicht. In freier Wildbahn waren auch nach all den Jahren die Hauptschüler den Gymnasiasten überlegen. Die Hoffnung, dass aus bösen Kindern gute Menschen werden, war für mich gestorben. Ich zog mich an einer jungen Lärche hoch und klopfte den Schmutz von meiner Jacke. Dann folgte ich dem Polarstern in Richtung Dorfplatz. Die Haustür war nicht versperrt. Bis auf einige Schrammen und die geschwollene Wange war ich einigermaßen glimpflich davongekommen. Zu Hause wusch ich mir das Salz aus den Augen und stopfte Watte in die Nasenlöcher. Beim Zähneputzen spuckte ich roten Schleim ins Waschbecken. Nahkampf war nicht meine Disziplin.

ZWANZIGSTER TAG

Mein T-Shirt war zerrissen, die Hose nicht. Im Radio spielten sie den Militärmarsch »O du mein Österreich« und von den Balkonen der Nachbarhäuser baumelten verwaschene Fahnen. Sie tanzten in keiner Brise, sondern hingen schlapp nach unten, denn es war windstill. Auch mein Großvater hatte eine Fahne gehisst, so wie es sich gehört, wenn man mitten im Dorf wohnt. Wie hatte ich nur so unachtsam sein können, im Dunkeln auszurutschen und mir das Gesicht derart zu verunstalten. Ich drückte einen Beutel Tiefkühlerbsen gegen meine Wange und rollte mit den Augen. Mein ganzer Körper stand unter Spannung. Nach dem Schlussakkord war von Kranzniederlegungen die Rede und der sehnsüchtig erwarteten Leistungsschau des Österreichischen Bundesheeres. Das Spektakel am Heldenplatz: verrostete Panzer, verrostete Hubschrauber, verrostete Heeressportler. Die Politiker und Minister hätten alles zerstört mit ihrem Stumpfsinn, hätten das Bundesheer zu Tode gehungert, bis nichts übrig geblieben sei als ein träger Haufen Schrott, Panzerschrott, Hubschrauberschrott, Heeressportlerschrott. Die Militärmusikkapellen seien nur ein schwacher

Nachklang ihrer Ahnen, fernab jeder Glorie, heruntergewirtschaftete, abgehetzte Ensembles mit zu wenig Schneid für zackig-forsche Märsche. Den Jungen gehe im freien Feld die Puste aus, weil sie nichts als Bequemlichkeit und Lobhudelei gewohnt seien. Warum? Die Politik sei an dem Unglück schuld, genau wie sie an allen bisherigen Unglücken immer schuld gewesen sei. Und damit waren natürlich alle schuld, die in Österreich wahlberechtigt waren, sie alle waren an allen Unglücken in diesem Land schuld. In ihrem Stumpfsinn würden die Wahlberechtigten stumpfsinnige Politiker wählen, die in ihrem Stumpfsinn wiederum stumpfsinnige Gesetze beschließen würden, die den österreichischen Stumpfsinn abermals potenzierten und das Land in ein immer noch größeres Unglück stürzten. Im Radio lasen sie Wortspenden von Prominenten vor, die ihren Senf zum Nationalfeiertag verschriftlicht hatten. Der Bundespräsident sprach über die Wichtigkeit der Neutralität, danach trank er Spritzwein mit Lokalpolitikern und Industriellen. Mein Großvater sagte, er kenne solche Heuchler zur Genüge. Nicht aus Nächstenliebe handelten sie, sondern aus einem fanatischen Narzissmus heraus rammten sie der gesamten Nation ihre Ellbogen ins Gesicht, bis sie an deren Spitze stünden. Wie eine Made im Misthaufen fühlten sie sich in ihrer Stellung. Was das über das Land aussage, sei mir hoffentlich klar. Zum Glück könne er sich, bevor es endgültig zu spät sei, unter die Erde retten. Die Leute klammerten sich ja immer an ihr Leben, als sei es etwas Unentbehrliches, als könnten sie ohne es nicht existieren.

»Die sollen doch froh sein, wenn sie es endlich geschafft haben. Das Leben zu überwinden ist das Natürlichste auf der Welt, gerade wenn man sich die Panzer anschaut, die jungen Burschen mit ihren Gewehren im Anschlag, und die stellen sich hin, trinken ihren Spritzwein und glauben, dass sie ewig so weitermachen können mit ihren Plänen und Heeresschauen. Niemand ist neutral.«

Zu glauben, Österreich sei neutral, sei absurd. Der Heldenplatz selbst sei ja ein Beweis der absoluten Parteilichkeit. Der Bundespräsident, die Minister, die Masse? Alle befangen. Als der Wortschwall des Moderators von einem weiteren Marsch unterbrochen wurde, wechselte ich den Sender und somit das Gesprächsthema. Über das Wetter lässt sich unvoreingenommener diskutieren. Sieben-Tage-Prognose: Kälteeinbruch, Temperatursturz, Niederschlag, Unfallgefahr. In den nächsten Tagen werde es bis auf achthundert Meter herunter schneien, dann werde sich das Wetter wieder beruhigen. Das Sturmtief »Bernhard« werde bald über Westösterreich hinwegfegen, in bergigen Regionen sei mit Schneeverwehungen und Glatteis zu rechnen. Ich sah nach draußen, es war windstill und die Sonne schien. Der Wettermoderator warnte vor dem Betreten von Wäldern und einem möglichen Verkehrschaos.

»Schlechte Sicht? Das ist wie ein Wetterbericht für mein Leben. Die Scheiben sind vereist, da hilft kein Frostschutzmittel und kein Eiskratzer. Ich weiß nicht, wie es weitergehen soll.«

Mein Großvater war ein Wetterprophet. Es schaue

schlecht aus, sagte er, er sehe Unheil am Horizont, Tod und kein Entkommen.

Als er das sagte, überkam mich die plötzliche Lust, ein weiteres Mal wandern zu gehen. Ich wollte den womöglich letzten angenehmen Herbsttag an der frischen Luft verbringen. Erst durch meinen Aufenthalt in Weng hatte ich Gefallen am Gehen ohne Grund gefunden. In der Stadt ging ich, um von einem Ort zum anderen zu gelangen, von der Wohnung in den Supermarkt, von der Universität in die Bibliothek, vom Büro zum Bosnastand, von einer Bar, in der das Licht ausging, in die benachbarte mit späterer Sperrstunde. Gehen ohne Zweck war mir fremd gewesen, doch in Weng zog mich etwas an einem unsichtbaren Seil nach draußen, eine verwilderte Spur führte in die Wälder, eine Fährte, die ein schlummernder Instinkt in mir witterte und verfolgte, in den Hohlweg, in das Unterholz, ins Ungewisse. Ich nahm mir einen Jägerhut und einen Wetterfleck aus der Garderobe meines Großvaters und machte mich auf den Weg.

Ein leichter Luftzug kam auf und kühlte mein lädiertes Gesicht. Ich marschierte zum Wasserfall, bog aber nicht zum Kogel ab, sondern ging weiter in das Tal hinein. Ein alter Mann warf mir einen wirren Blick zu, er verzog sein Gesicht, als hätte er einen Geist gesehen. Die Bäume in den Obstgärten trugen keine Früchte mehr, Hunde bellten in einem Zwinger. Ein vages Gefühl der Endlichkeit lag in der Luft. Der Herbst wusste, dass er sterben musste. Nach dem letzten Bauernhof folgte ich auf gut Glück einem Pfad in den Wald, der sich über viele Serpentinen nach oben schlängelte. In der Ferne hörte ich, dass jemand mit Holzarbeiten den Feiertag schändete. Hier gab es keine Wanderwegbeschilderung, keine rot-weiß-roten Markierungen auf Baumstämmen, keine durchnummerierten Mountainbiketrails. Der Trampelpfad war von Holzknechten oder Schwammerlsuchern in den Boden getreten worden. Die meisten Wege durch die Wenger Wälder existieren schon seit Tausenden von Jahren. Schon die Kelten, die hier lebten, schlugen Schneisen durch das Dickicht, um auf der Jagd schneller voranzukommen. Die Römer hingegen hielten sich von den Bergen fern, sie bauten gepflasterte Straßen durch die Täler und Befestigungen zum Schutz ihrer Handelsrouten. Hoch oben in den Felsen harrten die keltischen Rebellen aus wie später die Partisanen. Auf einer Lichtung fand ich einen Ast, der sich gut als Wanderstock eignete. Irgendwo dröhnte eine Motorsäge und ein Baum stürzte um. Ich suchte den Boden ab, um vielleicht noch einen zweiten Stock zu finden, denn ein Vorrat an guten Wanderstöcken gehört im Innergebirg zur Grundausstattung eines jeden Wanderers. Verkrüppeltes, brüchiges Geäst war alles, was ich auftreiben konnte.

Dort, wo der Wald wieder begann, bemerkte ich die Umrisse eines Mannes. Da er wie gehetzt rannte, hielt ich ihn erst für einen Jogger, doch dann sah ich, dass er etwas vor sich her trug. Als er sich im Laufschritt näherte, glaubte ich, er hätte eine riesige Puppe bei sich, die schlaff von seinen Armen baumelte. Da er sich ziemlich abmühte und nur langsam vorankam, schien die Puppe sehr schwer zu sein.

Nun hatte er mich entdeckt und steuerte direkt auf mich zu. Es war keine Puppe. Der Mann schrie wie ein Wahnsinniger.

»Mein Bub! Mein Bub!«

Er hatte dunkelrote Backen und trug eine Bommelmütze, die er nicht über die Ohren gezogen hatte, sondern die wie eine Kippa nur den Hinterkopf bedeckte. Er legte den Körper neben mir ins Moos.

»Der Baum hat ihn erwischt. Mein Bub, herrgottnochmal. Er ist auf die falsche Seite gefallen, ich kann mir nicht erklären, wieso. Ich hole die Rettung, bleiben Sie bei ihm! Decken Sie ihn zu! Kümmern Sie sich um ihn, ich bitte Sie!«

Dann lief er den Weg entlang, den ich gekommen war. Ich starrte auf den Jungen. Er musste ungefähr fünfzehn, sechzehn Jahre alt sein und hatte dieselben roten Backen wie sein Vater. Dünne Lippen, Sommersprossen. Seine Augen waren geschlossen, er rührte sich nicht. Was hatte ich mit dieser Sache zu tun? Ich zog meinen Wetterfleck aus und bedeckte den reglosen Körper. Er war kein Kind mehr, er hatte schon Ansätze eines Oberlippenbartes, aber erwachsen war er auch noch nicht. Ich bückte mich zu ihm hinunter und versuchte ihn anzusprechen. Keine Reaktion. Hinter seinem Kopf schien etwas zu qualmen, also hob ich ihn leicht an und fasste dabei in etwas Klebriges. Vor Schreck ließ ich den Kopf sofort wieder fallen. Nun lag er seitlich, das Kinn zur Schulter. Erst jetzt bemerkte ich den Krater in der Schädeldecke, meine

Hand war beschmiert, das Gehirn lag offen da und dampfte wie ein kleiner See, dessen Wasser wärmer war als die Luft darüber. Ich wischte meine Hand an einem Büschel Gras ab. Der ist tot, dachte ich, da kann man nichts mehr machen. Vom Baum erschlagen. Erst jetzt wurde mir das ganze abscheuliche Ausmaß dieser Situation bewusst. Ich fasste unter den Wetterfleck und versuchte, seinen Puls an der Halsschlagader zu ertasten. Ich fühlte nichts, war mir aber nicht sicher, ob sich nicht doch noch etwas in dem Burschen rührte, sein Brustkorb hob sich nicht, aber vielleicht schlug das Herz so schwach, dass es sich am Hals nicht bemerkbar zeigte. Ich war kein Arzt, verdammt. Ich fand es unangemessen, dass ich derjenige war, der ihm in den letzten Momenten seines Lebens zur Seite stehen sollte. Er kannte mich nicht, hatte keinerlei Bezug zu mir. Ich stand da und war ein Fremder für ihn. Trotzdem war ich ihm so nah, wie es wahrscheinlich nie wieder jemand sein würde. Hier auf dieser Lichtung unter dem blauen Himmel, am Nationalfeiertag, in den letzten Stunden vor dem Wintereinbruch, fühlte ich mich in einem surrealen, existenzialistischen Augenblick gefangen. Wahrscheinlich war es das Beste, wenn er meine Nähe spürte. Ich kniete mich ganz eng neben ihn, sodass mein Oberschenkel seinen Rücken berührte. Sein Gehirn sah aus, als wäre es mit Marmelade beschmiert worden. Obwohl die Konsistenz eine andere war, erinnerte mich die Farbe an Preiselbeeren. Zäh floss der Sirup über die verklebten Haare auf das Moos. Noch dazu dieser Dampf, direkt aus dem Kopf dieser Dampf. Wie das Einkochen von

Früchten. Ich wollte ihm gut zureden, aber mir fiel nichts ein.

»Alles wird gut.«

Wird es das? Wenn ich das Loch in seiner Schädeldecke betrachtete, bezweifelte ich meine Aussage. Ich hoffte, er nahm meine Unsicherheit nicht wahr. Darum sagte ich es noch einmal: »Alles wird gut!«

Schwerverletzten sollte man immer das Gefühl geben, dass sich das Kämpfen gegen den Tod noch lohnt. Wann kam der Vater endlich zurück? Warum hatte er seinen Sohn nicht gleich mitgenommen? Ich hielt Ausschau und sehnte fieberhaft einen Notarzt herbei, der wusste, was bei einem solchen Krater im Kopf zu machen war. Ob da überhaupt noch was zu machen war.

Plötzlich fing der Körper des Jungen zu zittern an, er schüttelte sich geradezu, spastisch und nervös. Ich erschrak so sehr, dass ich einen Sprung zur Seite machte. Da hörte er auf zu zittern und lag erstarrt am Boden wie zuvor. War das ein vielversprechendes Lebenszeichen oder ein letztes Aufbäumen vor der großen Stille? Vielleicht handelte es sich um postmortale Muskelzuckungen, wie bei einem wild herumirrenden Huhn, dem man gerade den Kopf abgeschlagen hat. Ich war überfordert. Auf einmal zitterte das Laub unter mir, es raschelte und hob und senkte sich, ich tastete nach unten und bekam mein Bein zu fassen, das bebte wie ein Parkinsonpatient. Um mich zu beruhigen, ging ich hastig ein paar Schritte auf und ab. Ich war komplett ungeeignet für die mir übertragene Rolle, den Jungen auf seiner letzten Reise zu begleiten.

Der Dampf roch unangenehm nach Innereien. Vögel zwitscherten, und ich hätte mich beinahe übergeben. Ich fühlte mich wie in einem tragischen Heimatfilm. Was hätte wohl der Maler an meiner Stelle gemacht? Ich hätte einfach weiterwandern können und mich verhalten, als wäre nichts geschehen, als hätte ich nie neben einer Leiche gestanden oder neben einem Sterbenden oder – im günstigsten Fall – neben einem Bewusstlosen. Der Medizinstudent hätte mit Sicherheit gewusst, was zu tun war. Nur leider war er kein realer Mensch, sondern eine Erfindung des Autors, der wiederum mit Sicherheit nicht gewusst hätte, was zu tun war. Endlich hörte ich Schritte. Zwei Männer in roten Uniformen liefen den Pfad herauf, kurz dahinter folgte der Vater des Jungen. Einer der beiden schob mich sofort zur Seite, während der andere seinen Notfallrucksack öffnete. Der Vater hatte Tränen in den Augen, seine Wangen leuchteten noch dunkler als zuvor, blau, violett. Sie entfernten den Wetterfleck und begannen mit der Herzdruckmassage. Ich drehte mich um, denn ich konnte nicht mitansehen, wie der Brustkorb unter dem Druck nachgab, wie der Notarzt seinen Mund auf die schmalen Lippen presste. Ich wartete abseits und hoffte auf ein Wunder.

»Mein Bub, mein Bub«, jammerte der Vater.

Nach einiger Zeit sah ich wieder hin, die drei standen bei einem Baum und rauchten. Sie kehrten dem Jungen den Rücken zu und redeten. Jetzt war es amtlich. Da er ganz alleine auf der Lichtung lag, leistete ich ihm wieder Gesellschaft. Sein Geist war noch hier, das spürte ich, aus seinem Körper drang noch Wärme. Die Wenger Wälder sind ein schöner Ort, um zu sterben. Schon viele Bauernbuschen vor diesem hier hatten sie der fremden Steppe vorgezogen. Er lag da, als wäre es sein Grab, hier am Wegrand zwischen Baumstümpfen, Moos und Wurzeln, wo Kinder nicht nur gezeugt werden, sondern auch umkommen. Er war leblos, ich wurde nicht mehr gebraucht. Der Wetterfleck war kalt und feucht. Ich wollte keine Zigarette, sondern überquerte die Lichtung und lief weiter durch den Wald, immer weiter, weiter hinein und hinauf und weg von den Zigaretten und dem Tod. Hinter mir hörte ich einen Hubschrauber, doch ich drehte mich nicht um. Den ganzen weiteren Weg hatte ich das Gefühl: Meine Kehle ist voller Totenluft. Ich hatte den Dampf aus seinem Gehirn eingeatmet und den Geschmack noch immer auf der Zunge. Mit der Luft eines Toten in der Lunge rannte ich zur nächsten Serpentine und noch ein paar Meter weiter, bis ich mich völlig verausgabt auf einen Baumstamm fallen ließ. Wahrscheinlich war der schwache Herzschlag nur ein Gedankeneinschub meinerseits gewesen, eine fantastische Einbildung, der Junge war tot, er war bereits tot gewesen, als ihn sein Vater vor mir ablud. Alle Rettungsversuche waren umsonst, der Wetterfleck, der Notarzt, der Hubschrauber, nichts als irrsinnige Manöver, die das unabwendbare Eingeständnis der Wahrheit hinauszögerten.

Als ich Stunden später wieder hinunterstieg, waren alle offensichtlichen Anzeichen des Unglücks beseitigt. Nur dort, wo der Kopf des Jungen gelegen hatte, fand ich Blutspuren. Es sah aus, als wäre jemandem ein Marmeladebrot hinuntergefallen. Die kleinen Stückchen stammten vermutlich von der Schädeldecke. Fußspuren, Plastikreste, keine Leiche. Bald würde das Blut weggewaschen und das Moos von Schnee bedeckt sein. Alles, was gedeiht, muss leiden und sterben, muss am lebendigen Leib verfaulen.

Ich versuchte angestrengt, die Flecken aus dem Loden zu bürsten. Dann hängte ich den Wetterfleck und den Jägerhut zurück an die Garderobe meines Großvaters. Als ich mich umzog, fiel mein Telefon aus der Jackentasche. Ich starrte es einen Augenblick lang ungläubig an, um es im nächsten Moment gegen den Heizkörper zu schleudern.

Bei meinem Großvater gab es ein Feierabendbier. Ich wollte den Vorfall nicht ansprechen, gewiss kannte er den Bauern und womöglich auch dessen Sohn. Unter keinen Umständen wollte ich den Namen des Jungen erfahren. Bis jetzt war er für mich ein namenloses Gespenst. Wenn man jemandes Namen kennt, weiß man sehr viel über ihn. Ich wusste, wie sein Kopf von innen aussah, das genügte mir. Mein Großvater nippte an seinem Bier und schwieg. Ich tat es ihm gleich.

EINUNDZWANZIGSTER TAG

In der Nacht hatte ich einen Traum voller nervenzermürbender Sehnsucht, Selbstmitleid und überwältigendem Unglück. Ich träumte von einer helltönenden Frauenstimme, der ich in den Wald hinein folgte. Sie sang ein Lied in sanftem Sopran, die alpenländische Version einer Schubert-Arie. Ich blickte von hinten auf mein Traum-Ich und war mir plötzlich nicht sicher, ob ich es war, der sich unter dem Jägerhut und dem Wetterfleck verbarg. Vielleicht war ich jemand anderer, eine Abweichung, eine Erweiterung, ein Fremder. Ich folgte nicht nur dem bezaubernden Klang, sondern auch Abdrücken von Stöckelschuhen im Schnee, und ich wusste: Jeder Schritt war ein Verstoß gegen irgendetwas. Die Stimme fesselte meinen Geist, ich sehnte mich danach, der Sängerin gegenüberzustehen, zu ergründen, wer in der Lage war, so schön zu singen. Da sah ich eine Gestalt am Boden kauern. Der Wasenmeister, braun eingewickelt in einen zerschlissenen Mantel, steckte einen steifgefrorenen Hundekadaver in seinen Rucksack. Er grüßte mich mit einem falschen Namen. Ich winkte mit dem Stock. Weiter oben machte ich eine weitere Entdeckung: kopulierende Paare am Wegrand, die Frauen hatten ihre Röcke bis zum Hals hochgezogen, die Männer meist nur den Latz ihrer Lederhose geöffnet, so vollführten sie den Akt, betrunken stöhnten sie wie verwundete Tiere, links und rechts vom Weg alle paar Meter ein weiteres Paar in Aktion, manchmal mit erheblichem Altersunterschied, junge Mädchen, deren nackte Ärsche auf dem Schnee wetzten, und bärtige Holzknechte im Bierrausch der Ekstase. Ich lief durch diese fürchterliche Allee, eine Motorsäge dröhnte und die Bäume ringsum fielen einer nach dem anderen um und erschlugen all die Männer und Frauen, die zu beschäftigt damit waren, ihren Trieben nachzugeben, und nichts vom Sterben mitbekamen. Blut spritzte in Fontänen, Gedärme quollen aus offenen Leibern, Paare, die sich gerade noch begattet hatten, lagen mit eingeschlagenen Schädeln auf der Erde. Noch im Todeskampf kopulierten sie miteinander, schändeten Leichen und tauschten literweise Körperflüssigkeiten aus. Hinter all dem Lärm vernahm ich schwach die Frauenstimme. Ein Ast traf mich am Kopf, ich ging zu Boden, konnte mich aber zum Glück an einem Baumstamm wieder hochziehen. Alles drehte sich, der Wald, der Schnee, die Hirnmasse, und wurde zielstrebig zu einem anschwellenden Geräusch, zu einem grauenvollen weißen Rauschen, das den Sopran untermalte und ihn fast verdrängte, einem Rauschen ohne Anfang und Ende, sich ausweitend zu infernalischem Lärm, sodass ich mir oder jener fremde Wanderer, den ich aus der Vogelperspektive beobachtete, sich die Ohren zuhalten musste, um keinen Hörsturz zu erleiden. Der ungeheure Lärm formte schließlich einen Raum, einen unendlichen Raum, in dem eine Frau in einem langen Rock mit dem Rücken zu mir stand. Es stank nach Fisch und Vogeldreck. Sie war es, die sang. Krähen stürzten auf mich herab. Ihre Krallen gruben sich in meine Stirn. Erschrocken wachte ich auf.

Das Schneetreiben musste bereits in der Nacht eingesetzt haben, denn der Dorfplatz war von einer dünnen weißen Schicht bedeckt. Von oben kam beständig Nachschub in Form von dicken Flocken. Auch auf dem Fensterbrett lag Schnee, die Scheibe war beschlagen, kalt zog es ins Zimmer. So hell war es in Weng noch nie gewesen, alles Finstere war plötzlich weiß. Weit sah ich nicht, denn die Totenluft war trüb.

Beim Frühstück erzählte mein Großvater, dass der Sohn vom Wastlbauer tot sei, jeder im Dorf wisse es bereits, unter einen Baum sei er gekommen.

»Er hat dem Wastlbauer bei der Holzarbeit geholfen, er war ja immer so ein tüchtiger Bub. Eine tragische Geschichte, wo er doch in ein paar Jahren den Hof übernehmen hätte sollen. Was wohl jetzt aus dem Hof wird? Einen Knecht kann sich ja heute niemand mehr leisten. Ohne die eigenen Kinder kann man all die Felder und Wälder gar nicht bewirtschaften, besonders im Alter. Die Schwester wird den Hof auch nicht übernehmen.«

Ich stopfte das Butterbrot in mich hinein, damit ich so schnell wie möglich aufstehen konnte.

»Genau auf den Hinterkopf. Wenn der Baum das Bein getroffen hätte oder was weiß ich, wäre er mit einem Bruch davongekommen, aber der Hinterkopf zerspringt wie eine Melone, die man mit einem Schlag gezielt spaltet. Der Hubschrauber ist völlig umsonst losgeflogen, die Wucht eines Baumes ist ungeheuerlich, da kann man nichts mehr flicken. Der Wastlbauer macht sich die größten Vorwürfe. Der eigene Sohn. Gestern hat er seinem Vater noch im Wald geholfen, er war tüchtig mit der Axt, und jetzt, jetzt ist er tot, der Elias.«

Das änderte alles. Eine Leiche war eine Leiche, aber ein Name war ein Mensch. Elias, ein biblischer Name, dachte ich, ein biblischer Tod, der gnadenlos von oben kam. So grübelte ich vor mich hin, bis mein Großvater seinen Monolog auf das Wetter lenkte.

»Im Oktober Sturm und Wind, uns den frühen Winter künd't.«

In der Zeitung las ich von Menschen, die sich empörten, von Menschen, die Weichen stellten, von anderen, die sich weder empörten noch Weichen stellten, sondern ohne nennenswerten Grund berühmt waren, von Staaten, die versagten, von bevorstehenden, unabwendbaren Naturkatastrophen. Der Schnee legte sich wie ein Vorhang vor die Fenster.

Mein Großvater spülte die Teller händisch ab, obwohl er einen Geschirrspüler hatte.

Der Schnapsbrenner rührt in der Maische, dachte ich, und verschließt den Gärungsbottich.

Der Schweindlpfarrer jagt seinen Haustieren hinterher, die Jäger wilden Hasen.

Julia serviert Cappuccino an einen Tisch, die Gemeindearbeiter essen Leberkäsesemmeln und glotzen auf ihren Hintern.

Die Gäste des Kur- und Rehazentrums mühen sich bei der Physiotherapie ab und schwitzen in ihre Polyester-Oberteile.

Der alte Greißler sitzt in seinem Rollstuhl und grunzt.

Der Hotelier tut so, als lese er ein Buch. Er hat Angst.

Sie alle wuselten durch meine Gedanken, geschäftig drehten sie sich um ihre eigene Achse, schlugen Purzelbäume und rannten um ihr Leben, und ich wollte schreien, dass ihre Routinen sinnlos waren, doch da gaben meine Knie nach und ein stechender Schmerz durchzuckte meinen Kopf: Nicht sie waren die Abwegigen, ich war es. Hinter aufgeschlagenen Büchern Schutz suchend, war ich nur ein Entwurf, ein abgedroschenes Klischee, das unvollendete Porträt eines deformierten Charakters. Als ob die Kunst oder die Wissenschaft mich retten könnten! Ich legte den Stift zur Seite und zerknüllte das Papier.

Im Keller vergrub ich mich im schwarzen Gold. Kisten voller Rock'n'Roll, Kisten voller Schlager, Pop und Klassik. Drei Schränke waren gerammelt voll, ganz unten die vergleichbar wenigen Langspielplatten, in den Regalen darüber die unzählbaren Singles. Nachdem sie das Gasthaus aufgegeben hatten, teilten meine Großeltern die Platten unter sich auf, alles, was mit Rock zu tun hatte, ging an meinen Großvater, die Schnulzen hingegen heimste meine Großmutter ein. Peter Alexander, Bernd Clüver, Julio Iglesias, Heino. Im dritten Schrank stand eine Truhe, und dort fand ich eine weitere Mappe mit Schnulzen: die Roy-Black-Mappe. Der tragische Held des deutschen Schlagers hatte den Rock'n'Roll im Blut, doch sein Charme und seine Grübchen verdammten ihn zum Schlagerstar. Prädestiniert für Herzbeschwerden und Alkoholprobleme erlag der ehemalige Frauenschwarm seinem Leiden einsam und viel zu jung in einer Fischerhütte in Südostoberbayern. Kokett blickte er von den Singlehüllen. Dieser Scheitel, diese blendend weißen Zähne, dieses Kinn wie ein rasierter Jünglingshintern. Während sich »Ich denk an dich« auf dem Plattenteller drehte, blätterte ich durch die Mappe. Zwischen »Ganz in Weiß«/»Ich suche dich« und »Das Mädchen Carina«/»Ich bin so gern bei dir« lag ein gefalteter Zettel. Ohne nachzudenken faltete ich ihn auseinander. Die Schmutztitelseite des Buches, ich erkannte sie sofort. Dasselbe vertraute Papier, auf einer Seite gerissen, auf der anderen ein Eselsohr. Das fehlende Puzzlestück. In geschwungenen Lettern hatte jemand »In tiefer Sehnsucht, Ihr ergebener« geschrieben, gefolgt von einer krakeligen Unterschrift. Wenn das die Signatur des Autors war, war das Buch wirklich für meine Großmutter bestimmt gewesen? »In tiefer Sehnsucht« war keine Standardfloskel, um lästige Leser abzufertigen. Ich dachte nach, und bisher unvereinbare Stränge verschlangen sich in meinem Hirn zu einem unbekannten Knäuel. Vielleicht war die Seite nicht aus Zorn über den Inhalt des Buches herausgerissen worden, sondern aus Zorn über den Inhalt der Widmung. Oder: um ein Geheimnis zu verbergen. Viele einzelne Ungereimtheiten ergaben zusammen plötzlich einen Sinn. Auf der anderen Seite konnte es natürlich sein, dass ich Phantome sah, die gar nicht existierten. Chaos regierte meinen Kopf, und ich wusste, ich würde es so schnell nicht wieder loswerden.

Im Postkasten lag ein Brief von Professor Lavie. Er mache sich Sorgen, er habe nicht ahnen können, welche Auswirkungen die Reise auf mich haben würde. Ich las jeden Satz mehrmals, wandelte ihn in Gedanken auf verschiedenste Weise ab, potenzierte die Aussage dahinter und stellte absurde Vergleiche an. Ich machte mir auch Sorgen, also fuhr ich zu Dr. Oberreiter.

ZWEIUNDZWANZIGSTER TAG

Morgengrauen. Zitternd erwachte ich aus unruhigen Träumen, Schulunterricht im Schlachthaus, zerhackte Stimmbänder, Reifeprüfung mit dem Beil in der Hand, ein Stück rohes Fleisch auf dem Overheadprojektor, dickes Blut und wässriges Bier, in Plastik eingeschweißte Gliedmaßen: All diese Eindrücke flimmerten hinter einem purpurnen Filter wie ein Bühnenspiel des Entsetzens, die Generalprobe zu einem Bühnenspiel des Entsetzens. Meine Füße schauten unter der Bettdecke hervor, ich hatte Halsschmerzen und mir war kalt. Ich manövrierte meinen Körper in die Vertikale und rubbelte am blauen Fleck in meiner Armbeuge. Draußen lugten die ersten Sonnenstrahlen über den Horizont und tauchten die Dachziegel im Osten des Dorfes in gelbes Licht.

Morgen. Grauen. Ob man es angsteinflößend oder erfrischend findet, nicht zu wissen, was kommt, hängt vom Charakter ab. Auf mich jedenfalls, und das sagt einiges über meinen Charakter aus, wirkt Ungewissheit wie eine Bedrohung. Wenn jede Möglichkeit eintreten kann, kann auch die allerschlimmste Möglichkeit eintreten. Und wenn eine Möglichkeit irgendwann tatsächlich eingetreten ist, taucht die Ungewissheit alles von Neuem in dumpfe Schwärze. Jede Entdeckung ist die Entdeckung neuer Rätsel. Die weißen Flecken auf der Landkarte nehmen zu, nicht ab, und wenn man etwas wissen kann, dann dass jedes Wissen unvollständig ist. Mir blieb nichts anderes übrig als abzuwarten.

Glockenschläge. Jeder Tag begann mit einer Belästigung, und diese Belästigung wurde zu allem Unglück zigmal wiederholt: Immer und immer wieder läuteten die Glocken und rissen mich aus meinen Überlegungen. Auf die erste Belästigung folgten weitere, eine aufdringlicher als die andere: Das Frühstückenmüssen war ebenso eine Belästigung wie das Aufwachen- und das Aufstehenmüssen davor. Der Alltag ergab sich demnach aus einer Abfolge mehr oder weniger sinnvoller Belästigungen. Ich stellte Teewasser zu. Die Sonne hatte den ersten Berg bezwungen und warf ihre messerscharfen Strahlen durch die Fenster. Mein Großvater sagte, er habe aufgehört, ihrer Schönheit zu vertrauen.

»Die aufgehende Sonne gibt Versprechen, die der Tag nicht halten kann.«

Außerdem fehle ihr im Winter die Kraft, gegen den Frost anzukommen. Das Gestein sei gefroren und die Sonne könne nichts daran ändern, der eisige Wind mache alle Bemühungen zunichte. Die Pflanzen stürben ab, nicht nur auf der Schattseite, auch auf der Sonnseite stürben sie ab.

»Alles friert ein. Ich friere ein. Das Gehirn vom Frost zerfressen.«

Menschen an einem Tisch wie Vieh im Stall, eng beieinander, damit die Körperwärme nicht ungenutzt im Raum verdampft. Mir fiel es zunehmend schwerer, zwischen Gedanken und Aussagen zu unterscheiden, zwischen Wörtern und der Einbildung dieser Wörter, Innen und Außen, Erlesenes und Erlebtes vermischten sich zu einem zähen Brei, der Auftrag war zur Linse geworden, die meinen Blick auf die Welt entstellte. Die Worte eines anderen krochen in mich hinein und krallten sich an meinen Gehirnwindungen fest. Ich war infiziert. Mein Kopf war so schwer, dass mein Hals Mühe hatte, ihn zu tragen.

Ich holte eine Schaufel aus der Werkstatt und begann, den Weg vom Haus bis zur Straße vom Schnee zu befreien. Körperliche Arbeit als Ventil, damit der Kopf nicht explodiert. Die Schneeschauflertrupps der Gemeinde plagten sich angesichts des Schneetreibens mit dem Räumen der Straßen ab, auf die sie Unmengen von Salz und Schotter schütteten, die Gehwege hingegen blieben unpassierbar. Schon während meines Studiums hatte ich körperliche Arbeit gegen Entgelt verrichtet, um nicht verrückt zu werden. Am Grund schmierigen Spülwassers und in den Tiefen gekühlter Lagerhallen fand mein Geist zur Ruhe. Als ich es nach Monaten mit der Angst zu tun bekam, vollends zu verblöden, erhöhte dies meine Motivation, Lehrveranstaltungen an der Universität zu besuchen und längst überfällige Seminararbeiten zu schreiben.

Der nasse Schnee hatte ein enormes Gewicht. Eine Passantin nickte mir wohlwollend zu. Das sei ja lieb von mir, sagte sie und zog etwas aus der Manteltasche. Sie hielt mir einen Flachmann vor die Brust, ich lehnte dankend ab. Die Bergrettung habe am Morgen zwei Leichen aus der Klamm geholt, Kletterer aus Tschechien, die für die vorherrschenden Verhältnisse unzureichend ausgerüstet gewesen seien. Unerfahren seien sie gewesen, abgestürzt und erfroren. Wie Fleisch aus der Tiefkühltruhe habe ihre Haut ausgesehen. Als die Ehefrauen der Kletterer, die untertags in der Therme waren, die Leichen identifizierten, habe eine der beiden über die Wange ihres Gatten gestreichelt und sei geradezu in ihn eingetaucht wie in frischen Schnee. Als sie ihre Finger wieder herausgezogen habe, habe der Tote geknistert. Einer der Bergretter habe ihr das erzählt. Ich drückte meine Bestürzung aus und schaufelte den Rest des Weges frei. Dann trug ich die Schaufel zurück in die Werkstatt. In den Bergen lauert der Tod. Die Kletterer, Elias, der Maler aus dem Buch: abgestürzt, erschlagen, abgängig. Die einen knistern, die anderen dampfen, sterben müssen sie alle. Ich schwitzte und spürte die Muskeln in meinen Armen.

Im Fernsehen lief eine Diskussionsrunde, bei der auch der Schriftsteller J. anwesend war. In der Sendung ging es um das gegenwärtige Bildungssystem sowie um das Berufsfeld Kunst. Pädagogische Fragen wurden nur am Rande behandelt, vielmehr sprachen die Beteiligten, ein Universitätsprofessor, eine Filmemacherin, eine Medienkünstlerin und so weiter anfangs über ihr Verständnis von Kunst und die verschiedenen Etappen ihrer Karriere. Als der Moderator inmitten der flauen Debatte die Bedeutung von Kreativitätsförderung in den Bildungsstätten betonte, hakte J. ein.

»Das Wort ›Kreativität‹ ist doch längst zur leeren Phrase verkommen. Alle sollen sie heute kreativ sein, die Young Professionals, die Kindergartenkinder, die Künstler sowieso, die Tischler und die Baupoliere, sogar die Ärzte und die Juristen sollen imstande sein, kreative Lösungen für irgendwelche Probleme zu finden. Zum Flexibilitätszwang und zum Multitaskingfähigkeitszwang kommt nun also auch der Kreativitätszwang hinzu. Und es geht ja gar nicht mehr um die ursprüngliche Bedeutung von ›etwas neu erschaffen oder herstellen‹, sondern worum geht es eigentlich? Kreativität heißt doch nur, dass man jederzeit dazu bereit ist, halbseidene Ideen rauszuscheißen zum Wohle irgendeines gottverdammten Wirtschaftszweigs. Was erhofft man sich denn von der sogenannten Kreativitätsförderung, wie auch immer diese aussehen mag? Dass man eine Generation von Genies heranzüchtet? Das Gegenteil ist der Fall, und das wissen wir doch längst. Vereinheitlichte Lehrpläne in den Schulen, durchökonomisierte Bachelor- und Masterstudien, die Vernichtung von Talenten: In der Diktatur der Mittelmäßigkeit, in der sich jeder als Genie versteht, ist für wahre Genies doch überhaupt kein Platz.«

Eine Diskutantin (Doppelname, Berufsbezeichnung: Bildungsbeauftragte, Genaueres verriet die Bauchbinde nicht) war sichtlich erregt: »Hier muss ich Ihnen entschieden widersprechen. Sie reduzieren Kreativität auf ihren wirtschaftlichen Nutzen, vergessen aber den Stellenwert, den sie für die Selbstverwirklichung eines Menschen hat. Außerdem sprechen Sie despektierlich über Lehr- und Studienpläne, inwieweit sind Sie als Laie überhaupt mit bildungspolitischen Details vertraut?«

»Mein Status als Schriftsteller zwingt mich dazu, auch als scheinbar Außenstehender zu den verschiedensten Themen Stellung zu beziehen. Viele meiner Kollegen ziehen es vor zu schweigen, und deswegen wurden sie heute auch nicht in diese Sendung eingeladen. Ich schweige nicht, auch wenn es manchmal klüger wäre. Auf meinen Lesereisen treffe ich viele junge Menschen, Schülerinnen, Studentinnen, und wenn es sich ergibt, beschäftige ich mich natürlich tiefergehend mit ihnen, und ja, viele von ihnen sind sehr kreativ, in der Tat. Ja, sie sind spontan und flexibel, sie können aus vertrauten Handlungsmustern ausbrechen und bekannte Objekte in einem neuen Kontext verwenden, aber können sie auch wirklich schöpferisch tätig sein? Die Schule bereitet sie nicht darauf vor, das Elternhaus auch nicht, die Universität? Sie reden zwar davon, dass sie sich selbst verwirklichen wollen, aber was sie eigentlich anstreben, ist sich selbst zu verkaufen. Welches Selbst verwirklicht sich denn, wenn schon wieder jemand versucht, einen Roman über seine Generation zu schreiben? Kommen die Inhalte von innen oder von außen? Wer macht das Selfie? Man selbst oder jemand anders? Sie sind Egoisten, das stimmt, aber Egoisten ohne Ego.«

»Nun übertreiben Sie mal nicht. Jede Handlung ist in vielfältige Kontexte eingebunden, alles um uns herum beeinflusst unsere Entscheidungen, das ist doch ganz normal. Sie verwirklichen sich doch auch als Schriftsteller, oder nicht?«

»Ich wusste schon als Kind, dass ich einmal schreiben würde und davon würde leben können. Eine andere Wirklichkeit gab es für mich nie. Und ich bereue es nicht, obwohl es wie jede Berufung natürlich auch seine Schattenseiten hat, die Öffentlichkeit, das Gerede der Leute, wissen Sie, in meinem Bekanntenkreis sehen mich einige als Verräter, als Nestbeschmutzer, weil ich ihnen ein Denkmal gesetzt habe, und so wird es mir mit dem gesamten Staat ergehen, wenn ich ihm einmal ein Denkmal aus Wörtern baue. Der wahre Wert eines Schriftstellers zeigt sich ohnehin erst nach seinem Tod, also habe ich keinen Grund, mir die Kritiken meiner Zeitgenossen zu Herzen zu nehmen. Ich habe meine Vorstellung vom Leben verwirklicht, auch wenn die wahren Früchte meiner Arbeit erst reifen, wenn ich sie nicht mehr kosten kann.«

Der Moderator brach den Monolog ab, da J. schon zu viel Redezeit beansprucht hatte und die Bildungsbeauftragte und der Universitätsprofessor darauf brannten, ihre Redezeit ebenfalls in Anspruch zu nehmen. Allen, die das Wort ergriffen, konnte man ansehen, dass sie sich fühlten, als wären sie der Mittelpunkt der Welt. Anders könnten sie sich der Kamera und dem Publikum im Fernsehstudio auch nicht stellen. Für jeden von ihnen war der Kosmos das, was sie waren. Alle hatten sie ein Welt- und Lebensthema, durch dessen Linse jede Handlung und jede Überlegung gebrochen wurden. Eine Diskussionsrunde von Weltmittelpunkten, die aufloderten und erloschen.

Während die Kamera weitere Gesichter fokussierte und diese Gesichter den Mund öffneten, um sich mitzuteilen, sammelte ich die Teile meines Mobiltelefons vom Boden ein und setzte sie wieder zusammen. Der Akku war riesig und irgendwie klebrig. Der Bildschirm hatte einen Sprung, die hintere Abdeckung schloss nicht mehr richtig. Ich betätigte den Einschaltknopf und hoffte das Beste.

Grüngelbes Licht flackerte auf. Dieses Modell war zwar alles andere als auf dem aktuellen Stand, dafür aber unzerstörbar. Ich hatte einige Anrufe in Abwesenheit. Es war schon spät, aber ich versuchte es trotzdem. Die Tastentöne ergaben eine dissonante, abgehackte Melodie.

DREIUNDZWANZIGSTER TAG

Ich hörte die Sirene und schreckte auf. Es war Mittag. Noch lauter als die nervtötenden Kirchenglocken war der allwöchentliche Probealarm der örtlichen Feuerwehr. Julia stand im Türrahmen und schaute mich mit einer Mischung aus Wut und Mitleid an. Sie trug ihr Arbeitsgewand, eine schwarze Bluse mit tiefem Ausschnitt, enge Jeans, dazu rosarote Sneaker.

»Es tut mir so leid!«

Sie kam auf mich zu und streichelte über meine Wange. Dank der blauen Flecken in meinem Gesicht behielt ihr Mitleid Oberhand.

»Ich schwör dir, ich hab ihm nichts gesagt.«

»Man sieht ja eh fast nichts mehr.«

»Das muss schrecklich wehgetan haben. Wenn er in Rage gerät, ist er wie ein Tier. Es tut mir so leid!«

»Sie waren zu dritt.«

»Er kann es gar nicht wissen.«

»Vielleicht war es auch nur eine Warnung.«

»Wenn er es wissen würde, hätte er dich bestimmt nicht so glimpflich davonkommen lassen.«

»Glimpflich? Ich war bewusstlos!«

»Du lebst noch, das ist im Moment das Wichtigste.«

Ihre Hand war kalt. Wenn man die falschen Leute verärgert, ist man nirgends mehr sicher, ob in der Stadt oder in Weng. Und dieser Wahnsinnige besaß sogar mehrere Jagdgewehre und genügend Schießpraxis, um mich auch volltrunken noch aus zwei Kilometern Entfernung zwischen die Augen zu treffen. Julia fuhr mit ihren Fingern durch meine Haare.

»Ich vermisse dich.«

»Ich will nicht erschossen werden.«

Ich ging unter die Dusche.

Als ich ins Zimmer zurückkam, war Julia noch immer da. Sie beugte sich über meinen Schreibtisch und blätterte in den Unterlagen.

»Musst du nicht arbeiten?«

Sie ging nicht auf meine Frage ein.

»Was ist das hier? Und wieso hast du Fotos von meinem Urgroßvater?«

Sie zeigte auf den Mann, an dessen Namen sich mein Großvater nicht erinnern konnte.

»Das muss kurz davor gewesen sein, ehe er verschwunden ist.«

»Verschwunden?«

»Ja, verschwunden. Er war ein komischer Kauz, zumindest sagen das alle, er hat am Ende seines Lebens in irgend so einer Anstalt für Arme gewohnt, weil es niemand mehr mit ihm ausgehalten hat.«

»Im Armenhaus?«

»Ja, ist doch egal.«

»Wie hat er geheißen?«

»Friedrich. Glaube ich.«

»Was weißt du über ihn?«

»Warum willst du das wissen? Ich kenne ihn nur von Fotos, er war schon lange tot, als ich geboren wurde.«

»Du hast gesagt, er war ein komischer Kauz?«

»Das sagt mein Vater immer. Er war irgendwie seltsam, keine Ahnung. Wer ist der Mann da neben ihm?«

»Ein bekannter Schriftsteller, der damals in Weng war.«

»Ah, ich weiß schon«, sagte sie abfällig. »Die beiden sehen so vertraut aus, glaubst du, dass sie ein Paar waren?«

Daran hatte ich nicht gedacht. Ich nahm die Bilder an mich. Sie ließ nicht locker.

»Könnte ich mir durchaus vorstellen. Das wäre auch ein guter Grund dafür gewesen, dass er von meiner Familie verstoßen wurde.«

Ich versuchte, etwas Ordnung in meine Unterlagen zu bringen, verstaute die Bilder in einer Klarsichtfolie und schlichtete die Notizen zu einem Stapel. Julia umfasste meinen Oberkörper von hinten, ich spürte ihre Brüste an meinem Rücken. Sie streichelte mich ungelenk und versuchte mich umzudrehen. Ich gab nach. Jetzt standen wir uns gegenüber, sie schmiegte sich an mich und küsste meinen Hals, ihre Locken rochen nach Shampoo und Zigarettenrauch. Sie hatte schöne Augen, ja, aber als sich ihre Lippen meinem Mund näherten, musste ich an das Jagdgewehr ihres Ehemannes denken, an Orangensaft und aufdringliche Zuckerwürfel. Ich drehte meinen Kopf zur Seite, riss mich los und zog den Vorhang vor das Fenster. Ich hatte Angst vor Scharfschützen und Zeugen.

»Wir können das nicht machen, Julia.«

»Keiner weiß, dass ich hier bin.«

»Alle wissen, dass du hier bist. Das ist ein Dorf, da weiß jeder immer alles.«

»Er wird dir nichts mehr antun, das verspreche ich dir.«

»Auch wenn das stimmt, ich kann nicht für immer in Weng bleiben.«

»Darum müssen wir die Zeit, die du noch da bist, bestmöglich nutzen.«

Sie kam auf mich zu und murkste an meiner Gürtelschnalle herum. Ich ging einen Schritt zurück, bis ich die Bettkante an meinen Waden spürte.

»Dein Urgroßvater …«

Sie gab mir einen Stoß. Innerhalb weniger Sekunden lag ich auf dem Bett und trug keine Hose mehr. Sie setzte sich auf mich und drückte meine Arme auf die Matratze. Sie presste ihren Mund auf meinen, er schmeckte nach Kaffee und Frühstück, ich hielt die Luft an und machte mich daran, meinen Kopf zwischen ihre Brüste zu stecken. Sie entledigte sich ihrer Jeans und ihres Höschens, nicht gerade elegant, aber rasch genug, damit meine Erektion nicht verflog. Sie setzte sich mit einem Ruck auf mich, verfiel sofort in einen flotten Rhythmus, und ich dachte an das Buch, um mich abzulenken. Da passierte es: Ich spürte, wie mein Schwanz langsam erschlaffte, obwohl Julia das Tempo steigerte. Ich starrte auf ihre Nippel, um mich von ihnen hypnotisieren zu lassen, auf ihr verzerrtes Gesicht, auf ihre Schamhaare, aber es hatte keinen Zweck. Also drehte ich Julia auf den Rücken und nutzte den letzten Rest meiner Erektion dazu, ein paar Mal alibimäßig in sie einzudringen. Dann tat ich so, als würde ich kommen, und blieb erschöpft auf ihr liegen. Ich fühlte nichts. Sie tätschelte meinen Kopf und ich wünschte, sie wäre nicht mehr hier. Mir war jede Lust auf Sex vergangen. Stattdessen sehnte ich mich an meinen Schreibtisch zu meinen Notizen und dem mit Post-its gespickten Buch. Ich wollte schreiben. Ich ging ins Bad und sah dort ein Gesicht im Spiegel, das meinem zwar ähnelte, aber besser auf einen anderen Körper gepasst hätte. Ob ich ich war oder nicht, schien mir eine berechtigte Frage, andererseits: Wer sollte ich denn sonst sein? Ich war mir nicht sicher. War ich der, der ich mein Leben lang zu sein geglaubt hatte, oder war ich ein anderer? Noch gab es keine Klarheit. In einer Ecke hatte der Spiegel einen Sprung. Er zeigte diagonal nach oben und entwickelte bereits einige kleine Ausläufer an den Seiten.

Julia war immer noch nackt und bereit für eine zweite Runde.

»Also dein Urgroßvater …«

»Jetzt hör doch mal auf mit diesem alten Sack!«

Es ließ mir keine Ruhe.

»Er ist verschwunden, sagst du?«

»Vor dir liegt eine nackte Frau und du denkst an meinen Scheiß-Urgroßvater und dein Scheiß-Projekt? Was läuft eigentlich falsch mit dir?«

»Es ist wichtig, bitte.«

»Du bist ein Arschloch.«

Sie schlüpfte in ihre Jeans. Ihre Scham verschwand hinter dem Reißverschluss. Erst dann fand sie ihre Unterhose und knüllte sie in die Gesäßtasche. Sie knöpfte ihre Bluse zu und stieg in ihre Sneaker.

»Ich will doch nur mit dir reden.«

»Ich will aber nicht reden. Ich hätte etwas Besseres vorgehabt. Weißt du was? Wir hätten es bei dem einen Mal belassen sollen!«

Ich machte keine Anstalten sie aufzuhalten. Wenn man an einer wirklich großen Sache dran ist, hat man keinen Nerv für Nebensächlichkeiten wie zwischenmenschliche Beziehungen. Sie trampelte die Treppe hinunter, ihr wütendes Schnaufen verhallte im Stiegenhaus. Endlich war ich allein.

Vor Jahren hätte ich alles dafür getan, meine Zeit mit einem Mädchen zu verbringen – besonders, wenn es nackt war. Nach dem Tod meines Bruders floh ich in die Hauptstadt und verschanzte mich in einem möblierten Studentenzimmer. Ich saß im Dunkeln, wochenlang. Mein Zimmer war klein und die Jalousie mein Bollwerk gegen die Realität. Sonnenlicht bekam ich nur zu Gesicht, wenn ich notgedrungen zur Uni schlich, um meine Fehlzeiten einigermaßen in Grenzen zu halten. Die meiste Zeit begnügte ich mich mit einer Glühbirne, die verwahrlost von der Decke baumelte. Manchmal hörte ich Mädchenlachen oder wildes Hupen von der Straße und stellte mir die Bilder dazu vor, lockiges Haar und ineinander verkeilte Stoßstangen. In den violetten Nächten pochte mein Herz schneller und sehnte sich nach Gesellschaft, ersehnte junge Beine und feuchte Lippen, von denen Glaube, Liebe, Hoffnung tropfen. Ich träumte vom Klang heiserer Kehlen, der meine Einsamkeit lindern würde, ersann Szenarien einer besseren Welt, in der ich nicht allein und traurig im Bett lag, sondern gelassen neben einem Körper und einfach nicht einschlafen wollte, weil ich es liebte, ihm beim Atmen zuzuhören. Doch alles, was ich hörte, war mein eigenes Keuchen, ein ruheloses Auf und Ab des Brustkorbs, das mir die Kehle zuschnürte, weil ich den Ärger in mir nicht hinausschrie, sondern über die Blutbahnen verteilte, von Kopf bis Fuß ein nervöses Bündel Zorn. Es fehlte nicht viel und ich wäre an meinem eigenen Atem erstickt. In meinen Träumen kehrte ich ins Innergebirg zurück, wie ein Neurotiker zu seinen Ängsten zurückkehrt. Ich wusste, wenn nicht bald etwas geschah, würde ich explodieren. Knochensplitter würden durch die Luft geschleudert werden, heiße Fleischfetzen an den Wänden kleben, blutig verkrusten zu einer unabwaschbaren Anekdote. Moderne Kunst als das, was übrig bleibt von einem Menschen, der seine ganze Energie dafür einsetzte, sich selbst zu zerstören. Sex und Suizid, die Gedanken eines Einzelgängers.

Unter meinem Schreibtisch lagen noch ihre Socken, ich kickte sie unters Bett und begann zu schreiben. Julias Avancen zurückzuweisen hatte keiner Überwindung bedurft, trotzdem hatte ich ein schlechtes Gewissen. Draußen lauerten der Winter, ein Scharfschütze, ein Hinterwäldler mit stets geladener Fleischpistole und jetzt auch noch eine zurückgewiesene

Frau. Unbefriedigt und verschmäht – eine gefährliche Mischung. Falls Weng jemals ein sicherer Hafen gewesen war, dann war es das jetzt nicht mehr. Nichts war so tödlich wie die Frauen und der Frost.

VIERUNDZWANZIGSTER TAG

Dieses Mal war ich pünktlich. Ich saß neben meinem Großvater und trug, zum ersten Mal in den letzten Wochen, sogar ein Hemd. Die versammelten Gläubigen waren merklich erleichtert, als der Dechant vor den Altar trat und nicht der Schweindlpfarrer. Gemeinsam mit den Ministranten kniete er andächtig vor dem Kreuz nieder. Als er sich umdrehte und die Hände faltete, glaubte ich Abschürfungen an seinen Knöcheln zu erkennen. Vielleicht lag es aber auch am flackernden Kerzenlicht, das seinen Händen einen roten Schimmer verlieh. Der Organist hämmerte in die altehrwürdigen Tasten, der Chor sang aus vollen Kehlen und das Publikum stimmte mutig ein. Mein Großvater schwieg, ich murmelte an manchen Stellen vage Textfetzen in meinen Kragen. Mit seiner würdevollen Erscheinung verlieh der Dechant der Kirche eine Aura der Religiosität, welche die bei meinen letzten Besuchen vorherrschende, an die Jahreshauptversammlung eines Kleintierzüchtervereins erinnernde Stimmung zugunsten erhabenerer Affekte verdrängte. Auch wurden Tiere mit keinem Wort erwähnt. Keine Ziegen, kein Vögeln, keine Blaue

Titte. Vielmehr sprach der Dechant von der Liebe zu Gott und der Liebe zu unseren Nächsten.

»Müsste man die Bibel auf einen Satz herunterbrechen, so würde dieser lauten: Nur die Liebe zählt. Glaube, Liebe und Hoffnung – das sind die Stützen unserer Gemeinschaft, aber die Liebe nimmt den ersten Platz ein. Sie ist eine lebenslange Aufgabe und wichtiger als alle Ge- und Verbote. Denn nur wenn man liebt, handelt man im Sinne Gottes.«

Die Messe war sehr feierlich, die Stimmen der Sänger und Sängerinnen verschmolzen zu herrlichen Akkorden und hallten engelsgleich im Gewölbe wider. Obwohl es draußen Minusgrade hatte, war mir nicht kalt. Das Gotteslob in der Hand, versuchte ich angestrengt mitzusingen, erreichte die Höhen aber nicht annähernd und fand auch kein passendes Intervall. Da ich nicht einmal die tiefere Oktave intonieren konnte, musste ich mich mit zweifelhaftem Summen begnügen. Der Dechant genoss die Musik mit geschlossenen Augen, die Ministranten blickten selig nach oben, selbst Jesus am Kreuz wirkte gelassen. Ich war der verlorene Sohn – längst aus der Kirche ausgetreten, was niemand wusste –, den kein Vater wieder aufnehmen würde, weil ich mitten unter den Schäfchen saß und niemand ahnte, wie verloren ich tatsächlich war. Die beiden Engel auf dem Hochaltar schauten auf mich herab, als ob sie meine Gedanken lesen könnten. Jesus hing nach über 2000 Jahren immer noch am Kreuz. Die Heiligen auf den Fenstern hielten sich an ihren Schwertern und Speeren fest, jederzeit bereit zuzustechen. Die Kerzen waren halb abgebrannt.

»Liebe dich selbst, sagt Jesus. Erst wenn wir uns selbst lieben, sind wir dazu fähig, unseren Nächsten zu lieben. Wir müssen uns selbst mit all unseren Schwächen und Fehlern annehmen, erst dann können wir unseren Mitmenschen wahre Zuneigung entgegenbringen. Brüder und Schwestern, liebt euch selbst, nicht narzisstisch, sondern demütig. Wenn Gott uns unsere Sünden vergibt, können wir uns diese auch selbst nachsehen. Und wenn wir uns selbst lieben und unsere Nächsten lieben, dann lieben wir auch Gott. Alles andere ergibt sich von allein.«

In Gedanken bastelte ich an einer Predigt, wie sie der Schweindlpfarrer gehalten hätte: Eine bestimmte Vogelart, die in Alpentälern heimisch ist, mit einer bestimmten Größe, Federfärbung und Lebensweise legt eine Haltung an den Tag, die als Maßstab für rechtes christliches Handeln dienen kann. Über Themen wie das Paarungsverhalten und die Brutpflege wird eine Brücke zum Menschen geschlagen, der sich den Eifer und die Sittlichkeit seiner gefiederten Freunde zum Vorbild nehmen soll. Abschließend ein paar Worte über Liebe und Kameradschaft, selbstverständlich ohne einen Hinweis auf die Alpine Steinziege zu vergessen. Beim Schweindlpfarrer konnte man wenigstens sicher sein, dass er seine Worte nicht aus der üblichen Sonntagspredigtdatenbank kopierte, sondern die Inhalte aus verschiedenen Lexika für Vogelkunde zusammentrug. Ich versuchte, mich wieder auf die Vorgänge auf der Kanzel zu konzentrieren. Zum ersten Mal sprach ich das Glaubensbekenntnis, das sich vor Jahrzehnten in meinem Gedächtnis festgekrallt hatte, lautstark mit, bei den Fürbitten wurde ich ganz sentimental, und als sich beim Vaterunser alle die Hände reichten, war ich froh, dass neben mir nur mein Großvater stand, der abwesend im Gotteslob blätterte. Trotzdem sang ich! Als der Dechant zur Kommunion einlud, wäre ich fast mit den anderen nach vorne geschritten, um mir den Leib Christi in den Mund stecken zu lassen. Mein schlechtes Gewissen hielt mich davon ab. Dieses Bewusstsein machte mich zwar zu einem wahrhaften Katholiken, jedoch erfüllte ich die Voraussetzungen für den Empfang der heiligen Kommunion nicht: Mir war seit Langem nicht die Beichte abgenommen worden, meine eucharistische Nüchternheit war beim Teufel, da ich nach dem Aufstehen einen Tee getrunken hatte, und zu guter Letzt war ich nicht einmal mehr Mitglied der katholischen Kirche. Ich war nicht sonderlich hungrig, hätte aber gerne am Mahl teilgenommen.

Wieder einmal war ich nur Beobachter. Die Gebrechlichen durften sitzen bleiben und bekamen die Hostie zum Platz geliefert, den Kleinkindern wurde ein Kreuz auf die Stirn gemalt – ich blickte neidisch auf die eingeschworene Schar und wollte am Geschehen teilhaben, mitwirken an diesem heiligen, pseudokannibalischen Ritual. Mir blieb der Leib Christi verwehrt, aus Gründen, die ich selbst verschuldet hatte. Nach dem Schlussgebet kündigte der Dechant die Gottesdienste der nächsten Woche an, Messen für verstorbene Väter, Mütter und Kinder, Allerheiligen, Allerseelen, Pfarrkaffee mit selbst gebackenen Kuchen. Für den Sohn des Wastlbauern wurden so viele Messen ausgezahlt, dass sie seiner in den nächsten Wochen und Monaten laufend namentlich gedenken würden. In der Kirche hatte ich ihn nie gesehen. Ich dachte an seine rosigen Wangen und sah die gleichen Wangen in den Gesichtern der Engel. An den Flanken des Gottesauges, dem Himmel nah, leuchteten sie in all ihrer Unschuld. Ein letztes Mal hob der Chor zu singen an und wurde dabei erst ruhig, dann heftig von der Orgel begleitet. Die süßen Klänge des Soprans erfüllten mich mit einem unbekannten Gefühl der Sicherheit. Als ich die Noten mit ihren herabhängenden Hälsen sah, legte ich das Gotteslob zur Seite. Nach dem Schlussakkord strömten die Leute nach draußen und für einen kurzen Moment war ich einer von ihnen. Wollten sie alle nicht einfach nur erlöst werden? Am Dorfplatz bildeten sich Grüppchen, es wurde geplaudert und gescherzt, mein Großvater drängte darauf, nach Hause zu gehen. Ich kannte niemanden von ihnen persönlich, aber sie sprachen so, wie ich in Gedanken und in meinen Träumen sprach, wie auch mein Großvater sprach und ich als Kind gesprochen hatte. Das allein genügte, um eine Saite in mir anzuschlagen, die klingen wollte, aber stumm blieb. Vielleicht gründete meine bisherige Zurückhaltung schlicht im Wunsch nach Zugehörigkeit. Ich war noch nicht bereit dafür, die Glaubensgrundsätze der katholischen Kirche oder die Gewohnheiten einer dörflichen Gemeinschaft zu verinnerlichen. Manche Dinge brauchen Zeit. Am Ende würde ich wahrscheinlich sowieso werden wie mein Großvater: ein Teil von allem, aber isoliert. Es gibt eine Zeit zum Gebären und eine Zeit zum Sterben, eine Zeit zum Bauen und eine Zeit zum Niederreißen, eine Zeit zum Steinewerfen und eine Zeit, in der man Steine abbekommt. Wer das Leben niemals wirklich gehasst hat, kann auch nie dazu imstande sein, es aufrichtig zu lieben.

FÜNFUNDZWANZIGSTER TAG

Die Straße zum Museum war nicht geräumt worden. Ich wusste nicht, ob am Auto Winter- oder Sommerreifen montiert waren, jedenfalls hatte ich so meine Probleme, heil anzukommen. Auch die Lungenheilanstalt war im Schnee versunken. Unter ihrem weißen Schleier hätte sie durchaus als Schweizer Skiressort durchgehen können, das in den Jahren stetig um Zubauten erweitert wurde, um immer mehr und mehr Gäste ins Gebäude quetschen zu können. In den Luftkurort kamen allerdings nicht immer mehr Touristen, sondern immer mehr Kranke. Das war zwar weniger nobel, aber auch sie brachten Geld, und das war schließlich die Hauptsache. Später würden sie vielleicht in den umliegenden Pensionen nächtigen, um die hohe Luftqualität auch nach der Entlassung aus der Lungenheilanstalt genießen zu können. Der Tausch frische Höhenluft gegen tuberkulösen Auswurf war ein gutes Geschäft. Die nach dem Autor benannte Straße lag unter Schneeverwehungen begraben, der Barfußwohlfühlpfad war zur winterlichen Todesfalle geworden. Ich stapfte durch den Schnee und fand die

Eingangstür des Museums unverschlossen. Sie habe nicht mit Besuchern gerechnet, schon gar nicht bei diesem Wetter. Am Montag komme selten jemand, sagte die Museumsbedienstete, ob ich denn nicht arbeiten müsse.

»Gut, dass Sie es ansprechen. Ich hab nämlich ein paar Fragen an Sie.«

Da ich quasi mit einem beruflichen Anliegen an sie herantrat, vergaß sie, das Eintrittsgeld zu kassieren. Ich zeigte ihr die Erstausgabe des Buches und faltete die Seite mit der Widmung auseinander.

Wir gingen in den Raum mit den Vitrinen. Sie öffnete eine Glasabdeckung und griff behutsam nach einem Taschenbuch. Auf der ersten Seite prangte die Unterschrift des Autors. Nach einigen prüfenden Blicken mit der Lupe sagte sie, dass die beiden Schriftzüge höchstwahrscheinlich von ein und derselben Person stammten. Da sie sicher war, dass das ausgestellte Taschenbuch vom Autor persönlich signiert war, musste dies auch auf meine Ausgabe zutreffen.

»Aber warum haben Sie die Seite herausgerissen?«

»Das war ich nicht.«

»Was steht da noch? Wem hat dieses Buch gehört?«

Ich nahm die Seite wieder an mich.

»Vielen Dank, Sie haben mir sehr weitergeholfen.«

»Wissen Sie, wir setzen uns dafür ein, Raritäten wie dieses Stück Papier für die Nachwelt zu erhalten. Hätten Sie Interesse daran, uns dieses Exponat für unsere Sammlung zur Verfügung zu stellen? Natürlich gegen eine angemessene Vergütung, versteht sich.«

»Ich denke darüber nach.«

»Bei uns wäre es in guten Händen, das versichere ich Ihnen.«

»Wir haben ja das letzte Mal über den Autor und den Maler gesprochen, Sie erinnern sich? Ich hab hier einige Fotografien.«

»Warten Sie kurz.«

Sie öffnete eine Lade und schlüpfte in weiße Handschuhe, bevor sie die Fotos begutachtete.

»Diese Aufnahmen kenne ich nicht.«

»Kennen Sie diesen Mann?«

Ich zeigte auf Julias Urgroßvater, der neben dem Autor für die Kamera posierte. Sie nahm die Lupe zur Hand.

Sie schüttelte den Kopf.

»Ich muss betonen, dass ich primär auf regionale Kunst und Kultur spezialisiert bin und damit eben auch auf das Werk des Malers. Das Literarische ist nur ein Beiwerk, dieser Bereich im Museum ist als Exkurs zu verstehen, als Ergänzung der Biografie des Malers. Ich weiß nicht, mit wem der Autor verkehrte, das ist nicht mein Fachgebiet.«

Ein Mensch, der zugab, etwas nicht zu wissen, war eine wohltuende Abwechslung nach all den hochtrabenden Vorträgen, die hier im Keller stattgefunden hatten. Die Referenten waren davon überzeugt, Autoritäten zu sein, weil sie die meisten Bücher des Autors gelesen hatten und ein paar weitere über ihn. Dass er die Intellektuellen verabscheut hatte, lag auf der Hand. Komisch, dass die meisten immer gerade jene bewundern, von denen sie verachtet werden. Der Maler hat der gesamten Menschheit mit dem Stock gedroht und er hätte nicht gezögert, auch zuzuschlagen. Wenn zu der roten Farbe am Künstlerrock der eine oder andere Blutspritzer hinzugekommen wäre, wäre das nicht tragisch gewesen, sondern eine alltägliche Nebenerscheinung der Malertätigkeit. Der Autor hat gegen alles angeschrieben, was in diesem Land heilig war, die verklärte Vergangenheit, den Katholizismus, die Sozialdemokratie, die staatlichen Organe, und zum Dank für ihr ewiges Schweigen werden seiner Leiche bis heute Lorbeerkränze umgehängt.

»Aber ich weiß, wer Ihnen möglicherweise weiterhelfen könnte.«

Sie gab mir die Adresse des Ortschronisten, eines Volksschuldirektors im Ruhestand, der seit Jahrzehnten die Geschichte des Luftkurortes dokumentierte und alle paar Jahre ein Buch im Eigenverlag veröffentlichte. Es war einen Versuch wert.

Ich näherte mich einem in die Jahre gekommenen Zwiehof, wie sie für die Gegend typisch sind. Der Hausherr war gerade dabei, Schnee zu schaufeln, und nicht erfreut, einen ungebetenen Gast empfangen zu müssen.

»Was wollen Sie?«

Er schwitzte und atmete schwer. Ich erklärte ihm mein Anliegen in wenigen Sätzen und zeigte ihm die Fotos.

»Wieso fragen Sie nicht seine Nachfahren?«

»Da bin ich leider nicht weit gekommen.«

Kurz angebunden gab er mir einige Daten preis: Friedrich L., Geburtsjahr unbekannt, aus Oberösterreich stammend, war Schaffner und Fahrdienstleiter, gründete eine Familie in Weng und wohnte später im Armenhaus, Anfang der Sechzigerjahre verschwand er von einem Tag auf den nächsten, wurde als abgängig gemeldet und nie wieder gesehen.

»Hat die Polizei Ermittlungen durchgeführt?«

»Sie haben ein Verbrechen ausgeschlossen.«

»Haben sie ihn nicht gesucht?«

»Er wurde nicht vermisst, müssen Sie wissen, er war abgängig, das ist etwas anderes.«

»Ist im Vorfeld irgendetwas Besonderes passiert?«

»Es gab Gerüchte darüber, dass er sich oft mit einem Mann getroffen habe, der nicht von hier war. Sie hätten ausgedehnte Spaziergänge gemacht, von denen sie lange nicht zurückgekommen seien. Sie dürften ein recht inniges Verhältnis gehabt haben. Ich habe ihn allerdings nie gesehen, ich höre nur, was die Alten erzählen und schreibe es auf. Ob der Mann etwas mit dem Verschwinden zu tun hatte? Das weiß ich nicht. Eine Leiche wurde jedenfalls nie gefunden.«

Er pausierte kurz und schien über etwas nachzudenken.

»Ich muss jetzt weiterschaufeln. Die Arbeit macht sich nicht von selbst.«

Der riesige Zwiehof war wohl ein Überbleibsel des alten Bauernadels, zigmal vererbt, heruntergewirtschaftet, beim Watten verspielt und zurückgewonnen, für heutige Ansprüche völlig ungeeignet und kaum zu erhalten, geschweige denn zu heizen. Ich hatte zwar wieder ein paar Puzzlestücke auftreiben können, aber ganz zu entschlüsseln war das Rätsel nicht. Vielleicht verlor ich mich auch in einer völlig unbedeutenden Nebenstraße, einer Sackgasse der Vergangenheit, über die niemand genau Bescheid wusste, die nichts mit meinem Vorhaben zu tun hatte. Nein, alles hatte etwas damit zu tun, besonders die Vergangenheit, denn sie war die Wurzel allen späteren Übels, so entfernt und belanglos sie auch zu sein schien.

Zurück in Weng betrat ich das Café.

»Die ist hinten im Lager und bereitet die Lieferungen für die Stammkunden vor.«

Ich wollte Julia noch einmal sehen, vielleicht noch einmal ihre vollen Lippen küssen, alles weitere war nach unserer letzten Zusammenkunft unmöglich geworden. Ich ging also vorbei an den Toiletten und durch eine Tür, auf der ein Schild mit der Aufschrift »PRIVAT« prangte. Hier stapelten sich Paletten mit Gemüse und Dosenfraß, Bierkisten, Säcke voller Blumenerde und hunderte Flaschen. Von hinten drang Licht in den Raum. Vor dem geöffneten Tor parkte ein Lieferwagen, dessen Laderaum halb eingeräumt war. Prall gefüllte Papiertragetaschen mit Filzstiftbeschriftung, Bierkisten mit Namensschildern. Eine davon war für meinen Nachbarn bestimmt. Obwohl er nur ein paar Gehminuten entfernt wohnte, ließ er sich jeden Montag mit Nachschub beliefern. Da ich dem Anschein nach alleine im Lager war, öffnete ich ein Bier und nahm einen großen Schluck. Dann öffnete ich eine zweite Flasche und leerte diese ebenfalls bis zur Hälfte. Den billigen Nachgeschmack konnte ich verkraften, immerhin hatte ich nichts dafür bezahlt. Hinter den Mülltonnen war gerade genug Platz zum Pinkeln. Als eine Flasche voll war, nahm ich mir die nächste vor. Der Rest plätscherte auf den Beton. Ich stellte die Flaschen zurück in die Kiste und drückte den Verschluss wieder drauf, sodass sie aussahen wie die restlichen Flaschen. Dann steckte ich eine Tafel Schokolade ein und schaute mich weiter um. Die Tür zum Büro war abgeschlossen, aus dem Raum drang gedämpft »Hungry Heart« von Bruce Springsteen. Ich verließ das Lager durch die Hintertür.

Am Abend gab ich meinem Großvater die Fotos zurück und erzählte ihm von meinem Besuch im Museum und im Zwiehof. Ihn schien nichts zu wundern, für ihn waren die Einblicke in die Vergangenheit genauso entbehrlich wie das Fernsehprogramm.

»Ob er ihn tatsächlich umgebracht hat oder nur in seinem Buch verschwinden ließ, das wissen nur die beiden. Und sie haben dieses Geheimnis mit ins Grab genommen.«

Als er mit mir sprach, kam er mir seltsam vor, wie ein Fremder, mit argwöhnischem Blick und dunklen Augen.

»Ich stehe am Abgrund«, sagte er.

Und: »Das Alter ist wie eine Schocktherapie.«

Der fortschreitende Frost habe seine Körperteile steif gefroren, bis auf das Gehirn, das immer weicher werde. Ich fragte mich, wie lange Dr. Oberreiter noch brauchen würde. Er hatte versprochen, sich sofort darum zu kümmern.

»Alle Farben verschwinden im Schwarzen. Die ganze Existenz ist blutunterlaufen. Verdickt und finster.«

SECHSUNDZWANZIGSTER TAG

»Selig, die arm sind vor Gott; denn ihnen gehört das Himmelreich. Selig die Trauernden; denn sie werden getröstet werden. Selig, die keine Gewalt anwenden; denn sie werden das Land erben. Selig, die hungern und dürsten nach der Gerechtigkeit; denn sie werden satt werden. Selig die Barmherzigen; denn sie werden Erbarmen finden. Selig, die ein reines Herz haben; denn sie werden Gott schauen. Selig, die Frieden stiften; denn sie werden Söhne Gottes genannt werden. Selig, die um der Gerechtigkeit willen verfolgt werden; denn ihnen gehört das Himmelreich. Selig seid ihr, wenn ihr um meinetwillen beschimpft und verfolgt und auf alle mögliche Weise verleumdet werdet. Freut euch und jubelt: Euer Lohn im Himmel wird groß sein.«

Wir standen auf dem Friedhof am Grab meiner Großmutter. Die Musikkapelle spielte einen Trauermarsch. An die einst so mächtigen Grafen erinnerten imposante Grabmäler, vor denen junge Adelige mit riesigen Sonnenbrillen ungeduldig auf ihre Armbanduhren schauten. Dann kamen die höher gestellten Bürger, die Hotelbesitzer und Wirte, und weiter hinten das Fußvolk. Die Menschen vor frisch aufgeschütteten Gräbern, in deren Erde einfache Holzkreuze steckten, hatten Tränen in den Augen, auf einigen Ruhestätten lag noch der Blumenschmuck der Beerdigung. Die schmiedeeisernen Kreuze waren mit einem leichten Flaum Frost überzogen. Die Musik schwebte schwerfällig über uns hinweg.

»Da werd ich auch bald liegen«, sagte mein Großvater und zeigte auf das Grab vor unseren Füßen. Ich klopfte ihm auf die Schulter.

»Noch bist du jung.«

Er hatte wenigstens jemanden, mit dem er sein Grab teilen würde. Neben den Würmern, versteht sich, mit denen jeder seine letzte Ruhestätte teilt. Würden sie mich auch in dieses Grab hinablassen? Wenn die Vorfahren verfault sind, wäre wieder genug Platz, und die Würmer wären wieder hungrig. Selig die Würmer, denn sie werden satt werden.

Wir gedachten der Heiligen und Märtyrer. Der Nothelferin Margareta, des Drachentöters Georg, des Landespatrons Rupert, des Schutzpatrons Österreichs Leopold, des Vaters des abendländischen Mönchtums Benedikt, des heiligen Franziskus'. Mein Großvater dachte an den Kanon der Heiligen: angefangen von Maria und Josef über die zwölf Apostel bis hin zu obskuren mittelalterlichen Märtyrern, ich dachte an den Autor. Diejenigen, die zu Lebzeiten um Gottes willen beschimpft und verleumdet werden, erhalten großen Lohn: die Unsterblichkeit. Der Dechant ging mit seinen Ministranten durch die Reihen, segnete die

Gräber und besprengte sie mit Weihwasser. In meiner kindlichen Vision vor so vielen Jahren war alles von sich aus heilig gewesen, ohne erst geweiht werden zu müssen. Hier war man erst heilig, wenn man jahrelang unter der Erde lag und alle Niedertracht vergessen war. Über die Toten nur Gutes, die Lebenden aber werden als Sünder verdammt.

Das Credo besagt: Die Asche ist heilig, der Staub ist heilig, der Moder ist heilig, Tod, Gewürm und Knochen sind heilig. Der Schimmel ist heilig wie das Gerippe und die Ruinen. Heilig die Märtyrer und Heroen, die Päpste, Kreuzritter und Henker. Heilig die kopfüber Gekreuzigten, Gesteinigten, Geräderten, lebendig Verbrannten, Enthaupteten, Gevierteilten, Erhängten, in siedendem Öl Gebadeten, mit Lanzen Durchbohrten, wilden Tieren Vorgeworfenen, Gehäuteten, Vergewaltigten, Zersägten, am Altar Erschossenen. Heilig die Schädelkalotten, Fingernägel und Blutampullen, die Holzsplitter, Tränen und Dornen, heilig die beschnittene Vorhaut Jesu, heilig die Foltergeräte und Stofffetzen. Heilig das Leiden und der Glaube. Heilig die geschundene Seele. So besagt es das Credo. Einen lebendigen Heiligen kann es nicht geben. Je größer das Leiden, desto achtbarer der Märtyrer.

Die alten Herren des Kameradschaftsbunds legten vor dem Kriegerdenkmal einen Kranz nieder. Fast siebzig Jahre hatte es gedauert, bis neben den Gefallenen der zwei Weltkriege auch diejenigen am Friedhof Erwähnung fanden, die sich geweigert hatten, am großen Schlachten teilzunehmen. Vom Kriegerdenkmal aus waren die zwei Kupfertafeln nicht zu sehen, sie prangten links und rechts des Ausgangs, eine nette Geste des Pfarrers, Jahrzehnte zu spät, aber schön glänzend. Vor den Tafeln wurde kein Kranz niedergelegt.

Nachdem sich alle bekreuzigt hatten, bildete sich ein langer Tross, der sich vom Ausgang nach hinten staute und sich langsam vom Friedhof zu den umliegenden Gasthäusern in Bewegung setzte. Die schwarze Masse wuselte über den Dorfplatz, Zigaretten leuchteten auf wie Glühwürmchen, und die andächtige Stille blähte sich zu einem Vielklang an Stimmen auf. Die Eingangstür des Kirchenwirts war das nächste Nadelöhr, das unser Vorankommen bremste. Die Stuben und der Saal füllten sich mit Leuten, mein Großvater und ich setzten uns zu ein paar Trachtlern an den Tisch, die bereitwillig zusammenrückten. Die Kellnerin brachte jedem von uns ein Bier. Der Mann neben mir, ein alter Landwirt im Trachtenanzug, streckte seinen Krug in meine Richtung. Wir stießen an, nahmen einen Schluck und wischten uns den Schaum vom Mund. Er schaute mir in die Augen. Sein Blick verfinsterte sich.

»Nur, dass du's weißt: Die erste Runde geht auf dich.«

Er meinte mich, ganz sicher.

»Das bist du mir schuldig.«

Ich glaubte nicht, dass ich ihn kannte.

»Ich geb dir einen Tipp: der Kirschbaum hinterm Ententeich.«

Jetzt fiel es mir wieder ein: In der Schulzeit hatte ich mir angewöhnt, auf dem Weg nach Hause täglich

Mundraub zu begehen. Ich sprang über den Zaun und pflückte massenweise dunkelrote Kirschen, die ich sofort verspeiste. Mit den Kernen zielte ich auf die Enten. Einmal erwischte mich der Bauer auf frischer Tat und drohte mir mit seiner Sense. Ich lief über das frisch gemähte Gras davon und verschluckte mich an einem Kern.

Der Landwirt lachte und klopfte mir auf die Schulter.

»Weißt du was? Gib mir einen Kirschschnaps aus und das war's. Vergeben und vergessen.«

Ich bestellte eine ganze Vase voll.

Das musste ich mir vor Augen führen: Wie kann man sich als Europäer, als Weltbürger fühlen, ohne seinen Frieden mit der eigenen Herkunft geschlossen zu haben, ohne vorher voll und ganz Provinzler zu sein? Nur als Heuchler. Ich musste es akzeptieren: Ich war Wenger, Gebirgler mit Haut und Haar. Ob ich wollte oder nicht. Mein Vaterland war das Innergebirg – der Rest der Welt existierte für mich nicht. Und wenn, dann nur als Milchstraße am Firmament, als Projektionsfläche meiner Begierde. Meine Heimat lag im Schatten der Berge hinter dem Wald, und als ich fortgezogen war, war ein Teil von mir zurückgeblieben. Ein Fuß am Gaspedal, der andere noch zwischen Tür und Angel. In fernen Städten verfluchte ich mein schlechtes Blut und zehrte dennoch von den Gedanken an zu Hause. Nur wenn man seine Wurzeln kennt und sie von Zeit zu Zeit mit Kot bedüngt, kann man zu wahrer Größe wachsen. Ich konnte meine Herkunft nicht ablegen, also schrieb ich sie mir hinters Ohr. Jetzt tischte die Kellnerin Würstel auf. Die Trachtler langten gierig zu. In ihren Mündern vermengten sich Bier und Fleisch zu Brei. Ich ekelte mich ein wenig, aber ich fühlte mich daheim.

SIEBENUNDZWANZIGSTER TAG

An Allerseelen steigen die Seelen der Verstorbenen aus dem Fegefeuer und erholen sich für kurze Zeit von ihren Qualen. Die Selbstmörder hingegen, die sich in die Hölle retten konnten, müssen die Bürde der Existenz erneut für einen Tag ertragen. An der Schwelle zum Winter liegt der Geruch von Leichen in der Luft, der den Lebenden die Kraft zum Atmen raubt. Wenn wir hilflos nach Worten ringen, würgt uns eine Ahnung, eine Erbanlage, eine Gewissheit. Vage Stimmen hinter unserem Trommelfell drängen uns zum letzten Schritt und preisen die Vorzüge der Freiheit, die jedem Ast innewohnt, der stark genug ist, einen baumelnden Körper zu tragen, der Freiheit, die beim Sprung vom Wasserfall wartet und am Grund des Furchensees. Nur die Furcht hält uns zurück. Wie aus dem Nichts rotten sich Zweifel zusammen, die nur einen Schluss zulassen: die Kapitulation.

Das Material, das ich in meinem Gedächtnis gesammelt habe, ist gewaltig. Das Aufgeschriebene ausbaufähig. Ich kann Professor Lavie wohl Bericht erstatten. Aber so wie es nicht möglich ist, den gesamten Darm bis zum Magen hinauf zu leeren, so kann man auch nicht alles in Worte fassen, was sich unter der Schädeldecke abspielt. Mein Auftrag ist ein Versuch, ein Lokalaugenschein, eine Zeitreise. Professor Lavie wird keinen großen Nutzen aus meinem wie auch immer gearteten Bericht ziehen können. Vielmehr obliegt es mir, dem Ganzen etwas abzugewinnen. Mein Auftraggeber wird mich ausfragen und mich zu weiteren Überlegungen bewegen wollen. Und ich werde im Lehnstuhl sitzen, Wörter mit den Lippen formen und diese später zu Papier bringen. Wie meine Großeltern zum Autor in Verhältnis stehen, kann ich ihm sagen. Was die Leute in Weng und im Luftkurort von ihm denken. Warum er hier hergekommen ist und was ihn wieder abreisen ließ. Ich werde sagen, was ihm und allen längst bekannt ist. Und darüber hinaus kann ich erzählen, was ich über mich selbst herausgefunden habe, über meine Herkunft. Dass sich Parallelen ergeben haben, die zwischen den Jahrzehnten Wellen schlagen. Meine Verstricktheit mit dem Ort, dem Buch, der Landschaft, dem Autor. Als Tourist kehrte ich in die Vergangenheit zurück und fotografierte verwitterte Ruinen. Jetzt liegt es an Professor Lavie, die Abzüge zu analysieren. Ich habe meinem Großvater Fragen gestellt, zufällige Bekanntschaften und Eingeweihte belästigt, ich habe im trüben Fluss gefischt und ein paar Stücke Treibgut aus den Fluten gezogen. Die Geschichte von Weng ist die Geschichte meines Lebens: bedeutungslos für die Allgemeinheit. Ohne von der Außenwelt abhängig zu sein, schwelt das Dorf wie ein unterirdisches Feuer und brennt darauf, sich als Lavastrom über das Innergebirg zu ergießen. Bis zu den Bergspitzen hinauf alles mit Asche zuzudecken. Von den römischen Besatzern über die Nazischergen aus den Nachbarorten bis zu den Sommerfrischlern – sie alle stellten eine Bedrohung dar, der man nur mit Gewalt begegnen konnte. Widerstand gegen den Handel, Widerstand gegen den Krieg, Widerstand gegen die Bildung, Widerstand gegen alles Aufgezwungene, gegen alles, was von außen kommt. Blut im Boden, in der Lunge, in den Augen.

Ich bin keine Insel. Ich bin ein Gestrandeter, die Insel ist Weng. Auch wenn hier und da Salzwasser über die Kaimauern schwappt, dringt es nie bis ins Zentrum vor. Einflüsse verebben im Sand und verdunsten in der kalten Sonne. Nur selten gelingt es einem Fremden, einen Samen zu verpflanzen, so wie der Kuckuck sein Ei in das Nest eines Zaunkönigs oder einer Bachstelze legt und dafür ein anderes hinunterschlingt. Heranwachsen kann er den Samen nicht sehen, denn dieser ist den Wirtseltern auf Gedeih und Verderb ausgeliefert. Ein Jungkuckuck sieht zwar anders aus als seine Geschwister, vermag aber deren Bettelrufe exakt zu imitieren, sodass er genügend Futter bekommt. Er klingt dabei nicht etwa wie ein einzelner junger Zaunkönig oder eine einzelne junge Bachstelze, sondern wie ein voll besetztes Nest. Nur so bringt er seine vermeintlichen Eltern dazu, seinen ungeheuren Hunger zu stillen. Der Unterschied hinsichtlich Aussehen und Verhalten ist offensichtlich, wird aber – wenn überhaupt – erst erkannt, wenn es längst zu spät ist. Ist eine Linie einmal verdorben, nimmt die Familiengeschichte einen anderen Lauf. Ein einziger Fremdkörper zerstört das Idyll der heilen Welt.

Mir ging alles durch den Kopf: die Grasbüschel neben den Gleisen, das Erbrochene im Pissoir, Julias Urgroßvater und sein plötzliches Verschwinden, das Verschwinden des Malers im Buch, gefrorene Hunde im Rucksack, Elias mit den roten Wangen, die kopulierenden Paare am Wegrand, von Baumstämmen gespaltene Köpfe, Schwarzbrotkeile, die Worte meines Großvaters, die klangen wie aus dem Mund des Autors, die trauernde Mutter auf dem Denkmal in der Kurve, der Lauf eines Jagdgewehrs, Jesus am Kreuz, festgenagelt in alle Ewigkeit, verfolgt, gefoltert und gedemütigt zu Lebzeiten, als Kadaver verehrt, das Rauschen und der Raum. Mir ging der Frost durch den Kopf und machte mich beinahe wahnsinnig. Es war ein eigenartiger Vormittag, im Radio spielten sie Roy Black und Blasmusik, während draußen Volksschulkinder lärmten und Lastkraftwagen auf der Straße zum Furchensee rumpelten. Von irgendwoher wehte der Wind den Duft von ofenfrischem Schweinsbraten. Es hätte auch Hundebraten sein können – das kam darauf an, welches Tier über Nacht überfahren worden oder erfroren war. Ich schloss das Fenster, da die Kälte und der Lärm in kürzester Zeit Besitz von meinem Zimmer ergriffen. Heute war der kälteste Tag. Ich bereute, weder Wollsocken noch meinen Wintermantel eingepackt zu haben, geschweige denn einen Schal oder Handschuhe. Ich hatte den frühen Wintereinbruch nicht erwartet. Mit dem Jägerhut und dem Wetterfleck von meinem Großvater würde es schon gehen. Wie ein Gefangener, der in seiner Zelle von einer Wand zur anderen geht und dann wieder zurück, wanderte ich auf den immergleichen Wegen, in den Hohlweg, zum Wasserfall, zum Furchensee. Zur vermeintlichen Freiheit.

Auf dem Tisch liegt ein angefangener Brief an Professor Lavie. Daneben das Buch, zerlesen und mit Notizen versehen wie ein Lehrmittel. Daneben meine Aufzeichnungen. Ich ziehe den Vorhang zu und ziehe ihn wieder auf. Ich klopfe auf den Röhrenfernseher. Ich hab nicht gefrühstückt, denn nach der ersten Mahlzeit des Tages erschlafft der Geist. Dann muss man den ganzen Tag in Bewegung bleiben, um ihn wieder aufzuwecken. Wenn mein Großvater ins Bett geht, sitze ich an meinem Tisch und bin hellwach. Dann die Finsternis und alles wieder von Neuem. Bis zum Mittagessen blättere ich im Buch und arbeite an meinem Bericht. Mir ist unklar, was ich von Weng mitnehmen werde, wenn ich abreise. An die Stadt will ich gar nicht denken. Aus der Ferne wären die Beobachtungen nicht möglich gewesen. Den Sinn begreif ich trotzdem nicht. Was besagt es, wenn ich meinen Gefühlszustand vom vorigen Abend lese und ich mich nicht erinnern kann, jemals so gefühlt zu haben? Wie stehe ich zu meinem Großvater? Soll ich es für mich behalten? Ich mache weiter, weil ich weitermachen muss. Alles, was ich höre, ist das Kratzen des Stifts auf Papier und Schweißperlen, die zu Boden tropfen. Das

Leben könnte schön sein. Wenn nur der Zwang nicht wäre, der Zwang zu schreiben, zu denken, der Zwang zu atmen.

Meine Stimme ist tote Luft. Ohne Zuversicht ist es schwer, den Kugelschreiber in die Hand zu nehmen und unschuldige Blätter mit Schmierereien zu missbrauchen. Es ist schwer, sich vor die alte Silver Reed zu setzen, die vor langer Zeit meinem Bruder gehörte und die er heute nicht mehr braucht. Der Autor kann sich von mir aus im Grab umdrehen, es ist mir egal, er soll meine dreckigen Finger verfluchen. Ich kann in keine Fußstapfen treten, die bodenlosen Kratern gleichen, ohne abzustürzen und mir den Hals zu brechen. Also sprenge ich neue Gräben durchs zerfurchte Universum. Bleibt mir etwas anderes übrig?

Ich stelle mich kurz auf den Balkon, um in die frische Luft und die Kälte einzutauchen, um mein Hirn schockzufrosten. Es kommt mir vor, als wäre ich meilenweit entfernt von den Zuständen auf dieser Welt. Am gegenüberliegenden Balkon raucht mein Nachbar eine Zigarette. Er zieht das Nikotin in seinen Wasserkopf und nimmt einen Schluck aus einer Bierflasche. Ich proste ihm zu. Selig die Ausgetrockneten, denn ihr Durst wird gestillt werden. Erst als ich meine Finger nicht mehr spüre, gehe ich wieder hinein. Ich beuge mich über meinen Schreibtisch und fuchtle mit dem Kugelschreiber herum – nur ein Spinner, der versucht, sich die Zeit zu vertreiben. Draußen gehen die Menschen zur Arbeit und kommen wieder nach Hause.

Ich bin da, wo ich vorher war. Ich gebe den Blinden Rauchzeichen.

Mein Großvater ist von einem Lehrling abgeholt worden. Genau wie sich mein Vater immer fremd gefühlt hat in diesem Ort, in dieser Familie, spüre ich die Missgunst, die mir entgegenschlägt, die Sonne ist wütend, der Heizkörper voller Verachtung, das Bett seufzt. Die Dinge haben sich gegen mich verschworen. Mein Bericht siecht dahin wie eine Frühgeburt in der Mülltonne. Er hat keine Zukunft.

Der Wetterprophet sagt Tauwetter voraus, ein paar Tage Sonnenschein. Dann Schneefall und Frost, schlimmer als zuvor. Es ist ein Auf und Ab der Witterungen. Ich komme nicht recht voran, aber ich werde weitermachen, bis meine Gedärme und mein zuckendes Herz auf diesen Blättern kleben. Auch wenn diese Zeilen nur dazu bestimmt sind, einigen Wenigen in die Hände zu fallen. Auch wenn sie mir keinen Cent und kein Stück Brot bescheren. Und auch wenn sie schließlich zerfleddert und rattenzerfressen den Flammen zum Opfer fallen und nur als das in Erinnerung bleiben, was sie waren. Ich versuche nur zu überleben. Aber wenn unsere Schatten einst zu blanken Knochen zerfallen, kümmert sich niemand mehr um Ruhm. Denn die Toten sind scheu und bescheiden. Und ewig sorglos.

Aber hier auf der dunklen Erdkugel, wo wir unseren belanglosen Wichtigkeiten nachgehen, wo wir um Geld beten und Bomben basteln, sind wir weit davon entfernt, sorgenfrei zu sein. Und alles liegt an den weichen Hüften junger Frauen, an ihren lieblichen Brüsten und ihren abgrundtiefen Augen, und an den unbelehrbaren Männern, die sehnsüchtig nach allem schielen, was ihre Triebe befriedigen könnte. Gemeinsam drehen sie beständig am Rad der Wiedergeburt, verführen sich gegenseitig und verlängern das ewige Leiden dieser Welt um eine weitere Generation. Und ich stehe mittendrin, geboren aus Lust und Unvernunft, schlaflos, öde.

Am Ende einer Seite angekommen, erreicht mich ein Anruf von Dr. Oberreiter. Ich hebe ab und höre, was er zu sagen hat. Am selben Tag beende ich meinen Aufenthalt in Weng und reise zurück in die Stadt.

DANKSAGUNG

Ich danke allen, die mich auf dem Weg zu meinem ersten Roman begleitet haben, insbesondere Carina und Wolfgang.

Außerdem danke ich all jenen, ohne die ich nie zum Schreiben gefunden oder es aufgegeben hätte, unter anderem Birgit, Franz, Josef, Lisa, Sarah und Uwe B.